小学館文庫

命の砦

夏川草介

JN151858

小学館

目次

命の砦

プロローグ

発熱外来の壁にかかったホワイトボードを見上げて、敷島寛治《しきしまかんじ》はため息をついていた。

ホワイトボードの上の隅には、『令和4年5月4日』と今日の日付が走り書きされている。その一面に、五センチ四方の小さな紙が、所せましと張り付けられているのである。

それぞれの紙片に記されているのは、患者の氏名、生年月日、症状などの基本情報であり、来院患者の車の車種とナンバーまで書かれているのは、オンライン診療が前提となる発熱外来ならではの光景であろう。

いずれにしても、そこに貼られた紙の枚数がすなわち、今日、受診予定の患者の数ということだ。

咽頭痛《いんとう》……濃厚接触者……東京旅行帰り……。

紙に書かれたそんな単語を拾い読みしながら、窓の外に視線をめぐらせれば、明るい午前の日差しの下、十台近い車が並んでいる。

敷島の勤務する『信濃山病院《しなのやま》』は、病床数二百床弱の、長野県の片田舎《かたいなか》にある病院だ。その裏口は、本来、患者の車が入ってくる場所ではなく、職員たちの通用口にすぎないのだが、二年前に発熱外来が設置されて以来、当たり前のように来院者の車が並ぶようになっている。

車列の間を、ガウンとN95マスクを身に着けた看護師が、ｉＰａｄを抱えて往来しているのも、今では見慣れた景色《けしき》である。

「今日はゴールデンウイークでしたよね」

敷島が、そんなことを言いながら、オンライン診療を終えたばかりの患者のカルテを差し出した相手は、感染担当看護師の四藤《しとう》である。

電子カルテに向き合っていた四藤が肩をすくめて答えた。

「そうですよ。夢と希望にあふれたゴールデンウイークです。しかも三年ぶりに緊急事態宣言も蔓延《まんえん》防止措置もない、夢いっぱいのゴールデンウイーク」

「おまけにラジオだと、第六波は収束傾向だと言っていましたが……」

敷島がもう一度軽くため息をつく。

朝の外来開始からすでに二時間が経過し、十人以上診察を終えているはずだが、一向に途切れる様子もない。

「先週の日曜日は、この時間に三十人は来ていましたから、これでも減っている方だと思いますよ。六波のピークのときなんて、一日で百人以上来て、三十人くらい陽性だった日もあったじゃないですか」

思い出したくもないことを、四藤はさらりとした口調で告げている。

看護師の四藤は、二年前のクルーズ船の患者受け入れ以来、専従でコロナ診療を支えている中核スタッフのひとりだ。小柄でこざっぱりした性格であり、有能な上に舌《ぜっ》鋒《ぽう》も鋭い。

敷島もまた最初期からコロナ診療に従事しているが、専門は消化器内科であり、一般診療との並立が原則である。四六時中コロナ専属で駆け回っている四藤の発言は、軽い調子であっても重みがある。

「で、敷島先生、外には何台くらい並んでいました？」

「八台目までは数えましたが、その奥は見えませんでした。もう一台くらい並んでいそうですけど」

四藤は次の患者のカルテを差し出しながら、傍らの若手の看護師に目を向けた。

「ごめん、田口《たぐち》さん。受付に電話して、発熱外来前の交通整理をお願いして。十台以上並ぶと、次の車が入って来られなくなるのよ」

了解です、と応じた田口看護師はすぐにＰＨＳを手に取って番号を押している。

ほとんど同じタイミングで卓上の別のＰＨＳが鳴り響き、「はい、発熱外来」と応じた四藤がすぐに顔をしかめて何事か答えた。内容から察するに相手は保健所であるらしい。

「九十代が二人？　八十代も？　またデイサービスのクラスターですか？」

そんな聞きたくもない言葉が聞こえてくる。

昔は『クラスター』という単語が聞こえただけで、発熱外来の空気が凍りついたものだが、今ではその単語も「受診患者が五、六人くわわる」ということ以上の事実を意味しない。

「全員うちで対応しろって話ですか？　こっちは十分刻みで十五時まで予約はぎっしりなんですよ……、ほかの病院もいっぱい？　それはわかってますけどね……」

そんなことを言いながら四藤が席を立ち、ホワイトボードを一瞥《いちべつ》してから、来院予

定の時間を確認している中、

「相変わらず盛況ですねぇ」

そんな緊張感のない言葉とともに入って来たのは、百キロ近い肥満体がトレードマークである、肝臓内科の日進《にっしん》である。

日進は丸い頰を撫《な》でながら敷島の横に立ってホワイトボードを眺めやる。

「まだ昼前なのに、ひどいことになってるじゃないですか、敷島先生」

「院長の予想では、連休は少し静かになるかもしれないということでしたが、さすがに当てが外れた形です」

「まあ、そりゃそうでしょう。一日あたりの感染者が十万人を超えていた時期に比べれば減ってきたとはいえ、今でも三万人、四万人と感染者が出ているんです。それなのに、世の中はすっかりコロナが収まってきたって空気ですからねぇ。おかげで今朝の国道も、浮かれた県外ナンバーの車ばかりでした。これはまた次の大きな波が来ますよ」

窓際まで足を進めて外を眺めやる。

「テレビのニュースも、お決まりの中央道やら関越道やらの渋滞じゃなくって、発熱外来の渋滞でも中継すれば、もう少し面白みもあるでしょうにねぇ」

発言のいちいちが軽薄で毒にあふれているのは、この人物の特性だ。自他ともに認める『皮肉屋日進』というあだ名もある。

苦笑まじりに敷島は話題を転じた。

「感染症病棟は大丈夫ですか？　昨日ふたり入院したと聞きましたが」

「大丈夫ですよ。ベクルリーを点滴していますが、落ち着いています。十六床の病床もまだ四床空いていますしねぇ。あんまり穏やかなものですから、柄にもなく自分から発熱外来を手伝いにきたわけです」

「こちらは大丈夫です。成人の診察はなんとか時間通りで進んでいるんですが、小児科の方が大変そうで……」

再びホワイトボードに目を向ける敷島に、日進が「なるほどねぇ」と首肯する。

診察待ちの札の下に張り付けられた紙の多くが、十五歳未満の小児科領域の年齢であり、より詳しく言えば、大半が小学生以下なのである。

「今日も受診者の三分の一が小児というわけですか」

「家族内クラスターの受診者たちも、両親の診察は終わっているんですが、お子さんがまだなので待機しているところで……」

「遅くなってすみません！」

歯切れの良い声とともに、若い女性医師が入って来て、皆が一斉に振り返った。現場が待ちわびていた小児科医の常盤加奈《ときわかな》である。二十代後半で、産休間近の大きなお腹《なか》をかかえている。

「遅いですよ、先生」

四藤の声に、常盤が素早く頭を下げた。

「四藤さん、すみません。一般外来の方に、喘息《ぜんそく》発作の子が来ていたものですから」

「理由はいいんです。とりあえず駐車場が限界になってきているので、手早くお願いします。さんざん車の中で待たされたおかげで具合が悪くなったなんて言われたら、やりきれませんから」

言葉に遠慮はないが、嫌味もない。それが四藤という人間だ。

常盤はiPadを立ち上げて、素早くキーボードを叩《たた》き始めている。四藤がそばにカルテを積み上げ、田口が、常盤の指示を見越して検査キットの準備を始めている。

患者の数は多く、多忙であることは間違いないが、それに対応するスタッフの動きに無駄がない。

「あまり楽観してはいけませんが」と敷島がつぶやくように告げた。

「今日もなんとかなりそうですね」

敷島の言葉に、日進が丸い肩をすくめる。

「いつのまにやら皆さんすっかりコロナ診療の達人みたいになっていますからねぇ。呼吸器内科医も、感染症の専門家もいない小さな病院で、よくまあここまでやってきましたよ」

皮肉屋が珍しく感慨深げな声をもらしている。

視線を向ければ、日進は淡い笑みを浮かべている。

「こんな長野県の田舎の病院で、コロナ診療を受け入れるなんて、無茶苦茶だと思っていたんですけどねぇ」

「先生は最初から受け入れに反対していましたね」

「私は怠惰で気ままな肝臓専門医ですからねぇ。先生方みたいに、熱い使命感とは縁がないんですよ。今みたいに、毎日日本中で何万人も感染者が出るようになっているなら反対はしませんが、二年前は違いましたからねぇ」

敷島は苦笑とともにうなずき返した。

「いつのまにか二年もたっているんですね」

そんな何気ない返答の中に、思わぬ実感がこもっていた。

新型コロナウイルス感染症が、初めてこの国で確認されてから、二年である。

より正確に言えば、横浜にクルーズ船が入港したのが令和二年の二月であるから、二年と三か月が経過している。

その間に多くの出来事があった。

オリンピックが延期され、緊急事態宣言が繰り返され、多くの患者が病院や施設や自宅で亡くなった。今でも亡くなり続けていることは事実だが、事情は随分違う。

クルーズ船の患者を受け入れた第一波の頃は、すべてが手探りであった。ワクチンはもとより治療薬もなにもなく、文字通り医師には治療手段がなにもなかった。薬がないだけでなく、コロナ患者を受け入れる病院もわずかであり、発熱があるというだけで診察を拒否された多くの患者が、信濃山病院に送られてきたものである。

医療体制が拡充されないまま迎えた第三波では、感染爆発を受けて医療崩壊が現実化し、ようやくこれを乗り越えたあとにはデルタ株という新たな脅威が現れた。都市圏において、自宅での死亡者が複数例報告され、いやがうえにも社会の不安と緊張が膨れ上がっていた状況は今も記憶に鮮明である。しかしそのデルタ株の脅威さえ、すでに過去の話題だ。

事態は凄《すさ》まじい勢いで変化を続けている。

複数の治療薬が現場に届き、ワクチン接種が開始され、患者を収容するホテルも整備された。かたくなに患者の受け入れを拒否していた病院の多くが、今では発熱外来のみならず、入院の設備も整えつつある。一方で、ウイルス株も次々と変転し、感染力や症状が変わるだけでなく、治療薬さえ変更を余儀なくされている。受診者の年齢層も、以前はほとんどが成人であったが、第六波では三分の一から半分近くが十五歳以下の小児である。

一連のめまぐるしい変化を顧みたとき、しかし第一波の過酷さは群を抜いたものであったと、敷島はふいに淡い感傷に行き着いた。

もっとも苦しいと感じたのは、医療崩壊が起きた第三波でも、デルタ株が猛威をふるった第五波でもない。正体不明のウイルスの恐怖に震えていた第一波であったことは疑いない。世界中で凄まじい勢いで死者が増加し、医師や看護師の死亡さえ、当たり前のように報道されていた中、この田舎の小さな病院で、敷島たち数人の医療者は、黙々と防護服に身を包んで歩き回っていたのだ。

あの、言葉にならない壁を乗り越えてきたからこそ、続くいくつもの波をなんとかしのいで、ここまでくることができた。そんな感慨さえ、敷島の心中をよぎっていくのである。

ふいに駐車場の方で車が動き出して、敷島は物思いの底から呼び起こされた。

受付のスタッフが車の誘導を始めてくれたのであろう。発熱外来前まで入って来られなかったらしき車が数台、窓の前を通り過ぎて行く。

敷島は一度ゆっくりと深呼吸をしてから「日進先生」と傍らを振り返った。

「しばらく内科の診察をお願いしてもいいですか？」

「それはかまいませんが……」

「私は少しあちらを手伝ってきます」

敷島の視線の先では、常盤がｉＰａｄに向かって早口で検査の説明をしている。成人の診療と異なり、小児の場合、親の不安感も強いため、病状のいかんにかかわらず説明にどうしても時間がかかる。ましてこの四月から赴任してきたばかりの常盤は、コロナ診療そのものに不慣れであるから、そうスムーズに進むわけではない。

「小児科が進まないと、次の患者が入れません。小学生や中学生なら私でも診《み》られますから、そちらを手伝ってきます」

「なるほど、それは名案ですねぇ。妊婦さんが扱《こ》き使われているのは、私としても心穏やかではありませんからねぇ」

「誰が扱き使ってるって言うんですか？」

険のある声で割り込んできたのは、もちろん四藤である。

「この状況で、内科の先生が二人そろって雑談なんて、勇気があるじゃないですか」

「誤解はいけませんねぇ、四藤さん。私たちはこの発熱外来の混乱をどうやって解決するかの作戦を練っていたんですよ」

「じゃあさっそくその作戦を聞かせてください。さぞかし名案なんでしょうね」

「私が内科を受け持っている間、敷島先生が小児科を手伝います。三列で動かしますから、外回りの看護師はいくらか大変でしょうが、渋滞解消には役立つんじゃないでしょうかねぇ」

にやにや笑いながらそんなことを言う日進に、四藤の方は少し首を傾《かし》げてから、うなずいた。

「名案ですね。賛成です」

さすがに切り替えが早い。

「じゃあ、ここの端末は日進先生に任せるとして、敷島先生にはすぐ予備のｉＰａｄを用意します。小学校の高学年くらいなら大丈夫ですよね。すぐ二、三人回しますから」

そう言って戸口を振り返り、

「田口さん、外来を三列で動かすって外に伝えて。ちょっと大変になるけど、午後にはクラスターの高齢者が来るから、それまでになんとか駐車場を空けるわよ」

ひとつひとつの指示は疎漏《そろう》がなく的確である。

「実に頼もしいですねぇ、怠惰な私とは大違いだ」

笑いながら、日進が端末の前に腰を下ろした。

そんな日進の落ち着いた動作もまた頼もしいと敷島は思う。

第一波の頃は、まだ設備も不十分だったこの発熱外来で、患者への対応をめぐって日進と激しく口論したこともあったのである。

本当にわずかな年月で、多くのことが変わってきた。

そうして変わってきた中で、しかし変わっていないことがあるとすれば、どんな患者も受け入れ、診療を続けるという基本的な営みであろうか。

敷島はもう一度首をめぐらし、窓の外の青い空に目を細めた。

そこにもまた、いつもと変わらぬ明るい信州の日差しが降り注いでいた。

第一話　レッドゾーン

まず靴下をはき替える。

次に手袋をつける。

それから使い捨てキャップをかぶり、N95マスクを装着する。

タイベックという足首から頭の先まですっぽり覆うつなぎのような白い防護服を着用。チャックを閉め、シールで留めたあとは、二重になるよう、もうひとつ手袋をつける。ちなみにこの手袋は一枚目と異なり、肘近くまである長手袋だ。

さらにフェイスシールドをつけてから、今度は靴をはき替え、その上にシューズカバーをかぶせ、最後に鏡の前で一連の手順にミスがないかを確認する。

説明に従って、ひととおりの着替えを終えた日進は、細長い全身鏡に映る自分の姿を確認してため息をついた。

「冗談きついですねぇ……」

我ながら情けない声であった。

鏡の中には、すっぽりとタイベックに包まれ、辛《かろ》うじて両目だけを光らせている自分の姿が映っている。なにか出来の悪いSF映画の悪役でも見ているようだ。

新型コロナウイルス感染症病棟に入るための防護服であるから、それなりに緊張感があるはずなのに、ずいぶん違和感があるのは、日進が身長百七十センチ、体重九十五キロのまごうかたなき肥満体で、白いつなぎが丸々と膨れ上がっているからである。

端的に言って、滑稽でしかない。

日進は狭い視野の中で視線をめぐらせた。

防護服やマスクなどの大量の資材が積まれた部屋は、もともと四人部屋の病室だが、今は日進を含めて七人の防護服姿が集まっている。皆、信濃山病院の内科医たちで、防護服の着脱訓練を行っているのである。

中央で色々指示を出している内科部長の三笠《みかさ》だけは、顔を出しているからわかるのだが、その他の医師たちは皆頭まですっぽりタイベックに包まれているから、誰が誰だかわからない。そういう意味では丸々と太った日進だけは、確実に認識できるだろう。

やれやれ、とため息をつきながら、日進は視線を部屋の壁に向けた。

積み上げられた段ボールの隙間に見えるなんの変哲もない白い壁。

その壁の向こうの病室に、昨日、長野県が初めて受け入れた新型コロナウイルスの患者が入院したのだ。横浜のクルーズ船からの搬送患者である。

日進には今もってまったく実感がわいていない。

「冗談きついですねぇ……」

そんな言葉をつぶやくのが、精一杯であった。


令和二年二月三日。

それが、横浜港に一隻の大型クルーズ船が着岸した日である。

甲板上やバルコニーに多くの乗客を乗せたまま停泊した白亜の豪華客船を、内科医の日進義信《よしのぶ》は長野県の自宅のテレビで眺めていた。

おりしも冬二月の信州は冷え込みの一段と厳しくなった時期で、窓の外にはちらちらと雪が舞い、すっかり葉を落とした庭木の紅葉《もみじ》も、その枝を白く染めていた。

日進は肥満体を丸めてこたつに当たりながら、中国武漢《ぶかん》を震源地とする正体不明の感染症のニュースに耳を傾けていた。新型コロナウイルスという言葉と、美しい客船とのギャップは甚《はなは》だしく、しかも甲板上には元気そうに往来する人の姿も見えて、全体として妙に現実感がなかったことを覚えている。

キッチンで皿を洗っていた妻の真智子《まちこ》が、テレビを見ながら大げさに首を振って嘆いていた。

「いやだわ、病気を乗せた船が日本に来るなんて。どうして港に入れちゃうのかしらね」

日進とよく似た丸い体型の妻は、別に悪気があってそんなことを言っているわけではない。ただ、頭の中に思い浮かんだ事柄について、分別《ふんべつ》のフィルターを通してから口に出すというささやかな手順を、省略してしまう癖が昔からあった。

「まあ、母さんのそういう気持ちもわかるけどねぇ」

日進は妻をなだめるように応じた。

「誰が聞いているかわからないんだから、口に出すときは気を付けないとだめだよ」

「そんなこと言って、お父さんは怖くないの?」

妻の率直な返答に、日進は苦笑する。

「怖くないことはないけど、横浜の話だよ。私たちが住んでいるのは長野県じゃないか」

教えさとすような態度ではあるものの、内容は妻の発言を少しばかり遠慮と分別で包装しただけであるから、無神経という点で大差ない。それでも一応妻をたしなめたつもりになって、日進は満足したのだ。

日進は今年四十七歳になる内科医である。

特別、熱意と使命感にあふれた医師だとは自分でも思っていない。どちらかというと鈍重《どんじゅう》で、行動力は十人並み、無能ではないが、誇るほどの特別な技術もない。いつも毒のある愚痴やぼやきを口にしてばかりいるから、皮肉屋日進などと呼ばれているが、中身は凡百の内科医である。

勤務先の信濃山病院は、横浜港から遠く離れた長野県にあり、しかも日進の専門は肝臓。隔離法も治療法も定かでない未知のウイルス性肺炎に向き合うような条件はどこにもないし、日進自身にもそのつもりはない。おかげで冷静でいられたし、冷静なおかげで妻の発言を不適切だとたしなめることもできたのである。

ゆえに、クルーズ船の入港から十日もたたぬ二月十二日、院内で緊急会議が招集され、突然コロナ患者の受け入れが通達されたときには、衝撃を受けたというより、ほとんど意味がわからなかった。

「クルーズ船において、感染者が予想をはるかに超えるスピードで増加している」

緊急会議の席上で、院長の南郷《なんごう》が黒々とした顎鬚《あごひげ》を撫《な》でながら、そんな言葉を口にした。

「横浜近郊の病院は、受け入れ病床が満床となり、国から全国の感染症指定医療機関に受け入れ要請が発出された。当院はこれに対応することを基本方針とする」

医師たちがざわめく中、南郷があれこれと受け入れの経緯《けいい》を説明する様子を、日進はなかば呆気《あっけ》に取られて眺めていた。

院長の南郷に続いて、隣に座っていた内科部長の三笠が病院の基本方針を説明した。

『A病棟の一番奥にある二つの大部屋を感染症病棟とし、廊下に衝立《ついたて》を置いて、一般病棟と区切る』

『衝立横の病室はベッドを運び出し、サブステーション及び資材庫として活用する』

『隔離病室の担当看護師は、主任以上の管理職に限り、当面は中堅以下の看護師は配置しない』

『「帰国者・接触者外来」を設置し、県や保健所から診療要請のあった患者をそこで診察する』

三笠の落ち着いた声が、次々と説明をかさねていく。

途中、整形外科の医師が、険しい口調で何か質問をしたが、三笠は受け流すように短く穏やかに応じただけだ。

提示された患者の受け入れ日は、二月十六日。

「四日後……？」と、絶句するようにつぶやいたのは、隣席の産婦人科医だ。

「気楽に言ってくれますねぇ。車の納品日じゃあるまいし……」

日進もまたそんな言葉をつぶやいていた。

信濃山病院は、呼吸器内科医もいない田舎《いなか》の古びた小病院である。

完全隔離の感染症患者をどうやって管理するのか。

看護師は管理職だけで対応するというが、人員は足りるのか。

そもそも誰が主治医になるのか。

無数の疑問が浮かんでくるものの、そのひとつひとつは問題の本質ではない。重要なことは、信濃山病院で新型コロナ患者を受け入れるなど正気の沙汰ではないということだ。

ざわざわと私語の行きかう会議室の中で、南郷の宣告するような声が響き渡った。

「以上が当院の基本方針になる。反対意見もあるだろうが、公立病院としての当院の役割だと考えてもらいたい」

　会議室は、異様な緊張感の中で沈黙に帰した。

　ただちに反論をする者はいないが、誰もが不安や不満や戸惑いを感じているようで、困惑顔で周りを見回す者、苛立《いらだ》った様子で天井を睨《にら》みつける者、視線を落として沈思する者、それぞれの態度が見える。

　そんな中、日進はゆっくりと右手を挙げた。

「とりあえず、私は受け入れに反対させてもらいます」

　やんわりとした口調ではあるものの、論旨は明確であった。

　さすがに周りの医師たちは驚いた様子だが、かまわず日進は続けた。

「率直に言って、こんな田舎の小病院で、新型コロナ患者を診《み》るなんて無理だと思うんですよ。病院にはそれぞれの役割ってものがあります。地域医療は当院の役割でしょうが、コロナは高度医療機関にお願いするのが筋ってものでしょう。蕎麦《そば》を食うときは箸を使うし、ステーキならナイフとフォークを用意する。懐石料理をいただくのに、爪楊枝《つまようじ》を取り出す物好きはいないわけですよ」

　いつもの皮肉な笑みを浮かべたままそう言って日進は院長を見返した。

　医師の中には、日進の発言に眉をひそめている者もいるが、苦笑している者や、小さくうなずいている者も少なくない。

南郷はわずかに目を細めて答えた。

「受け入れ先のない患者がいるという状況は了解していますか、日進先生」

「もちろんです。しかしそれは行政の問題であって、田舎の小病院の院長が考えることじゃありません。院長の使命感には脱帽ですけど、素人集団の病院に受け入れられる患者の方がかわいそうってもんでしょう」

反論するなら反論するで、ものには言いようがあるのだが、不必要に毒を含ませるのが日進の悪癖である。

無論、南郷はそれを百も承知しているから、わずかも表情を動かさない。

「先生の意見は、真摯《しんし》に受け止めておきましょう」

そんな短い答えが返ってきただけであった。


「まったく正気の沙汰とは思えませんねぇ……」

五日前の会議室の景色《けしき》を思い出しながら、日進はタイベックの中でため息交じりにぼやいた。

日進の発言は、会議室の空気に一石を投じたものの、投じただけで終わったようで、病院の基本方針は何も変わらなかった。もとより予測していたことではあるが、日進としては愉快ではない。

「でもあんな場所ではっきり反対しただけでも、日進先生はすごいですよ」

ふいにそう告げたのは、すぐ隣でタイベックを着ていた神経内科の春日《かすが》である。三十六歳と日進より一回り年下の春日は、訓練に集まった六人の内科医の中でも、二十代の音羽《おとわ》に次いで若い。大きな黒縁眼鏡《めがね》をかけた研究者肌の医師であるが、今は白い防護服の目元に黒い眼鏡だけが光っている状態で、これはこれで異様である。

「僕なんて、コロナは怖いと思いましたが、あんな風に反対意見は言えません」

「いいんですよ。憎まれ役は私の十八番《おはこ》ですからね。まあ、良識と常識にあふれた肝臓内科医が少々反論したところで、使命感に満ちあふれた院長が方針を変えるものではないんでしょうけどねぇ」

春日は遠慮がちにうなずきながら答える。

「でも本当に昨日、この隣の病室にコロナの患者さんが入ったんですよね。全然実感がわきません」

「同感です」

クルーズ船から搬送されてきた患者は、八十代と高齢ではあるがしっかりしており、胸部CT上、肺炎もなく元気に過ごしているという。主治医は内科部長の三笠が自ら引き受けたから、その他の医師たちは患者の顔も見ていない。

「どっちにしても、患者が到着してからこんな訓練をやるなんて、受験が終わってから問題集を開くようなものでしょう。少なくとも合格を目指している受験生の態度じゃありませんねぇ」

日進のいつものひねくれた論評に、春日は困惑顔でうなずくばかりだ。

タイベックの訓練は、実際は二度目で、一度目は一月末に、看護師も含めて行われている。指導内容は同じだが、現実に患者がいるといないとでは空気が違う。表面上は気楽に見えるやりとりにも、微妙に張りつめた何かがあった。

「それにしても本当にこんな格好で患者さんの診察ができるものでしょうか」

春日が自分の白い格好を見下ろしながら、

「こんな服を頭からかぶっていたら、聴診器も使えません」

「耳まで覆われていますからねぇ。聴診はあきらめろということなんじゃないですか」

「手は厚いゴム手袋が二重ですから指の感覚もあいまいです。身体診察だって簡単じゃない」

「きっと触診もやらなくていいってことでしょう」

「しかもN95マスクのおかげで呼吸も会話も大変ですよ」

「問診も省略していいってことだと解釈しましょう。となると、医師はほとんどやることがない。これは楽ちんでありがたいですねえ」

ほとんど投げやりにも聞こえる日進の返答に、さすがに春日は呆《あき》れ顔を覗《のぞ》かせている。

しかし日進としても冗談で言っているわけではない。

通気性の悪いタイベックの内側は数分でたちまち蒸し暑くなり、二重のゴム手袋は外から見てもわかるくらいに汗がにじみ始めている。対結核用のN95マスクはきつく顔面に張り付いて呼吸も楽にはできず、大きなため息をつくとマスクの脇から漏れた吐息で目の前のフェイスシールドが淡く曇ってしまう。

――こんな格好で診療なんてできるわけないでしょうに……。

それが率直な感想であった。

「何か質問はあるでしょうか？」

ふいに聞こえた声は、正面に立っている白髪の内科医のものだ。

防護服から顔だけを出しているその人物は、腎臓内科医であり、内科部長でもある三笠だ。感染対策の責任者をつとめており、昨日入院した患者の主治医も自ら引き受けた。職歴は、最年長で六十一歳の富士《ふじ》に次いで長く、温厚で着実な性格のおかげで患者、看護師の双方に人望が厚い。ただ、普段は穏やかな微笑を浮かべていることの多い三笠も、さすがにこの一週間は硬い表情しか見せていない。

「これでタイベックの着脱手順の説明は終わりです。くれぐれも、慣れるまではひとりで着るのではなく、誰かに確認してもらうようにしてください。タイベックのテープやN95マスクのシールチェックなど、絶対に省略しないように」

前回と同じ文言を、三笠が丁寧に繰り返している。

すぐに前の方にいた長身のタイベックが右手を挙げて質問を発した。

頭まですっぽり覆われているが、その長身から消化器内科の敷島だとわかる。寡黙で知られた敷島が淡々とした口調で、防護服を脱ぐときの細かな手順を確認している。その横で几帳面《きちょうめん》に何度もうなずきながら耳を傾けている小柄なタイベックは、内科唯一の女性医師、糖尿病内科の音羽であろう。隣に立っていた春日も、慌てて輪の中に加わりに行った。

その背中を見送りながら小さくため息をついた日進は、すぐ後ろに立っていた別の医師に声をかけた。

「富士先生は、このままコロナ患者を受け入れる方針でいいと思っているんですか？」

話しかけた相手は、内科の長老の富士である。専門は循環器内科だ。寡黙な老医師はタイベックの下から細い目を日進に投げかけた。

「賛成とは言いませんが、この年になると、あれこれ要求しようという気にはならない。まあ、皆が受け入れるというのなら、老兵はそれに付き合うだけです」

「ご立派ですねぇ。肺炎なんて、新型コロナじゃなくっても、高齢者にとっては致死的になることのある疾患です。先生は、真っ先に抗議をする資格があると思いますがね」

「それを言うなら、糖尿病や肥満のある患者も肺炎は重症化する。注意が必要なのはお互いさまだね、日進先生」

長老の淡々とした指摘に、日進は丸い肩をすくめるばかりである。

コロナ診療の最前線に立つであろう内科医たちは、それぞれの思いは持っているものの、日進ほど明確な反対意見を述べている者はいない。

三笠は管理職の側であり、富士は超然たる態度でいる。若手の春日や音羽は声を大にして反論をする性格ではないし、中堅で実力もある敷島は、むしろ黙々と医療に取り組むタイプである。

「真面目《まじめ》な先生方が多いのも、困りものですねぇ……」

マスクの下でぼそぼそとぼやきながら、部屋の白い壁に視線をめぐらせた。

その、壁一枚向こうに新型コロナ……。

冷静なつもりでいても、改めてそれを考えれば背中を冷たいものが流れていく。

感染力不明、治療薬なし、中国では死者多数……。

感染形式も、飛沫《ひまつ》感染だけで空気感染はないということだが、それならなぜN95マスクをつけろというのか。まだまだ明確な根拠がないということだろう。

要するに、わかっていることは、何もわかっていないということだけである。

「まあ、当面は患者の受け入れはひとりだけだと三笠先生も言っていた」

富士が再び口を開いた。

「国内の感染状況をみても、次々と入院依頼が来るということにはならないのではないかな」

「そう願いたいものです。私はあまり勤勉な医師ではないんです。ほどほどにお仕事をがんばって、ほどほどの給金がもらえれば満足でしてねえ。命がけで患者さんを救うなんて輝かしい業績は、ほかの方にお譲りしますよ」

保身と言われればそれまでだが、専門知識もない病院に受け入れられる患者の方も、いい迷惑ではないかと思う。

ふいにけたたましい音が聞こえたのは、ポケットのＰＨＳが鳴り出したからだ。いつものように応じようとした日進だが、タイベックの中で鳴っているＰＨＳには、出るのも容易でないと気が付いた。ＰＨＳはどこかに置いてから、着た方が良いらしい。

「なるほど、これも訓練の賜物《たまもの》ですか」

うそぶきながら、固定のテープを取り、顔を出し、足元までタイベックを下ろしてようやくＰＨＳにたどり着いた。病棟からの呼び出しである。

すぐに行きますよ、と応じながら周囲を見れば、同じようにＰＨＳが鳴って慌てている音羽の姿が見えた。

タイベックを脱ぎ、白衣を羽織って日進はいつもの姿に戻る。

資材庫から廊下に出ると、すぐそばの衝立に、『イエローゾーン』の張り紙が見えた。

張り紙から手前側の、日進が立っている区域はグリーンゾーンという感染リスクのない領域であり、コロナ対応用の資材庫兼サブステーションが設置されているほか、一般の患者たちが入院している病室もある。一方で、衝立一枚の向こう側は、新型コロナ患者を診察してきた医師や看護師が、ウイルスの付着した防護服などを脱いで廃棄するイエローゾーンであり、さらにもうひとつ衝立を挟んだ奥が、実際にコロナ患者が入院している領域で、防護服なしでの立ち入りが禁止されたレッドゾーンである。

日進の位置からは、奥の衝立は見えないが、感染区域までは目と鼻の先で、特別な扉や壁で区切られているわけではない。

ふいに遠くから聞こえた軽く咳《せ》き込む音は、一般患者のものかコロナ病棟からのものなのか、にわかに区別はつけられない。

日進は軽く首をすくめると、なかば逃げ出すように足早にそこを立ち去った。


『クルーズ船で、新たに九十九名の感染者を確認』

その日、帰宅したとたんに日進の耳に聞こえてきたニュースが、それであった。

真智子が大きな体を座椅子に預けたまま、リビングでテレビを見ている。卓上にはみかんを山積みにした籠が置かれ、すでに三個ばかり食べたあとがある。

テレビ画面上では、もう見慣れた白い客船の映像と、船のタラップを行きかう白いタイベック姿の人影が映っていた。

『一日の確認数としては寄港以来最多の人数で、感染者の総数は四百人を超えており、感染拡大を抑えきれない現場では日ごとに焦りが……』

「ただいま」

気の滅入《めい》るようなニュースを押しのけるように日進が告げれば、テレビに夢中になっている真智子は振り返りもせず「おかえり」と投げ返す。

「カレー作っておいたから、温めて食べて」

もぐもぐと口を動かしながら、ついでのように付け加える。

日進が鞄《かばん》を置いてキッチンを覗くと、ラップでくるまれた大きなカレー皿が置いてある。結婚したばかりの頃は、少しばかり遅くなってもいっしょに夕食をとったものだが、最近では早く帰ってきても妻は食事を終えてパジャマでテレビを見ており、ひとりで夕食をとることが日常になっている。時の流れというものであろう。

「ねえ、お父さん」と真智子がテレビから視線をはずさずに言った。

「もともと船の中に感染者がいるってわかってるのに、毎日こんなに感染者が出るってどういうことなの？　適当な対応をしてるってことかしら」

「どうかねぇ。それだけ感染力の強いウイルスってことじゃないかい」

レンジにカレー皿を入れながら日進が気のない返事をする。

「でもこの前、検疫官も陽性になったって言っていたのよ。そんなことってある?」

「なにしろ『新型』って言うくらいだ。普通の感染対策が通用しないのかもしれない」

「それにしたって危機感のない話じゃない。助けに行った人までウイルスをもらっているようじゃあ、先が思いやられるわ」

真智子はもともと看護師であったから、医療の話題となると、とかく自負が垣間見《かいまみ》えて身を乗り出してくるが、知識は一般人と大差ない。彼女が現場にいたのは、もう二十年も前の話なのである。

「しかも横浜じゃ、もう感染者を受け入れる病院がないから、日本全国の病院に患者さんをばらまいてるって話じゃない。せっかく一か所にしかいないウイルスをわざわざあちこちに送り込むなんて、感染を広げてるようなものじゃないかしら」

むき終わったみかんを口の中に放り込みながら、真智子がいつものごとく無遠慮なことを口にしている。

「未知の感染症だからねぇ、受け入れられる病院は多くはないんだろう」

「そういうものかしら。でもまあ義輝《よしてる》のことを考えれば、東京周辺にあんまり患者が多いのもよくないわね」

義輝というのは、日進家の一人息子で今は東京の大学で薬学部に通っている。もう二十歳《はたち》を過ぎているが、真智子にとっては今も可愛《かわい》い我が子である。

「そういえば」と真智子がようやく夫を振り返った。

「長野県の病院でもコロナ患者を受け入れたりすることってあるの？」

唐突な質問に、日進は思わずひやりとする。

ほとんど同時にレンジが甲高い電子音を立ててくれたおかげで、日進は何事もなかったかのように皿を取り出しにかかる。

「いや、どうかねぇ。詳しいことは知らないな」

「そりゃそうよね。肝臓内科のお父さんが、コロナの情報なんて知るはずないもんね」

そんなことを言いながら、真智子はテレビに戻った。

日進は、胸のうちで小さく吐息をつく。

信濃山病院でクルーズ船の患者を受け入れたことは、原則秘密事項になっている。

患者のプライバシーを守るため、という一応の断りはついているが、地域の住民から不安や抗議の声が上がるのを避ける意味合いも強いだろう。未知のウイルスに感染した患者が、すぐ近くの病院に運び込まれたと知れれば、否定的な反応が起こることは容易に予想できる。実際、都心部でコロナ患者を受け入れた病院が、近隣の住民から非難の投書を受けたという話も耳にしている。

幸か不幸か、信濃山病院のような小さな地方病院が、新型コロナ患者を受け入れるなど、誰も予想しないことであるから、今のところ問題になってはいない。妻も、元看護師であるだけに、なおさら考えもしないことであろう。

「お父さんは絶対にコロナ患者に近づいちゃだめだからね」

ふいの真智子の声に、日進は敢《あ》えて面倒くさそうに眉を寄せた。

「なんだい、突然」

「検疫官が感染するような怖い感染症なのよ。感染症の専門でもないお父さんが中途半端にかかわったって患者になっちゃうだけでしょ。だいたい太っている人って、肺炎になったら危ないって昔から言うじゃない」

自身の肥満体を棚に上げてあっさりそんなことを言う。

しかも内容は、存外的確であるから反論は難しい。

「コロナなんて、専門家の先生に任せてしまえばいいのよ。お父さんがかかわったって役に立てることなんてないんだから」

いちいち正論の妻の言葉の向こうで、テレビが全国の感染者のニュースに切り替わった。

クルーズ船以外で感染者が新たに七人。多くが関東圏での発症だ。たいした人数ではないが、連日陽性者が出ていることが気にかかる。陽性者がゼロの日がなくなっている。さりとて急増しているわけでもない。今週になって奇妙に静かな数字が並んでいる。

食卓に温めた皿を置いた日進は、テレビを見ながら、すっと腹の奥底が冷えるような感覚を覚えていた。

「勘弁してほしいですねぇ……」

誰にともなくつぶやいたその言葉は、テレビに夢中になっている妻の耳には届かなかった。

日進は、朝七時半に車に乗って出勤する。

市街地にある自宅から郊外にある信濃山病院まで、約三十分の道のりだ。街中の渋滞を抜けた国道はたちまちのどかな田園地帯に入り、病院のある北アルプスの懐《ふところ》に向けて真《ま》っ直《す》ぐに進んでいく。空を覆うように左右に連なる山並みは、今は白く彩られ、無骨な稜線《りょうせん》を柔らかな印象に変えている。

山や森の景色に格別の興味を持たない日進だが、冬の信州の美しさに異論を唱えようとは思わない。

真っ白な巨鳥が悠々と翼を広げたような山稜、農耕の気配が去って雪の下に静まる田畑、ところどころにうずくまるような広葉樹の森と、民家の煙突からうっすらと立ち上る白煙。そうした景色を眺めるのは、嫌いではない。憂鬱な出勤のドライブも冬場はいくらか気晴らしになるというのが日進なりの理屈であった。

二月十九日の朝もそうして病院に到着した日進は、しかし医局の部屋に入ると同時に、内科部長の三笠の呼び出しを受けることになった。

白衣を羽織りながら部屋に入れば、椅子に座った三笠の前に、消化器内科の敷島も立っている。一見して張りつめた空気があり、朝のドライブの心地《ここち》よさは消し飛んで、日進は嫌な予感を覚えた。

「朝から呼び出してすみません、日進先生」

三笠は声音《こわね》だけは穏やかにそう告げてから、返事も待たずに続けた。

「早朝、市の保健所から連絡が入りました」

保健所、というのは、普段の診療現場ではあまり耳にすることのない言葉だ。せいぜい食中毒の集団発生があったときに接点があるくらいであろう。

敷島と並んで立った日進に、三笠が手元のメモを見せながら告げる。

「精密検査の依頼です。三十二歳の男性、昨日、熱と咳《せき》、呼吸苦があり、かかりつけの診療所でX線写真を撮ったところ肺炎があるとのことです」

肺炎という病気は、一般臨床ではありふれた病名だ。普段の生活ではその名を聞いて驚くようなことは微塵《みじん》もない。市中肺炎、誤嚥《ごえん》性肺炎、異型肺炎に間質性肺炎。高齢者から若年者まで、それぞれの世代で見られるのが肺炎という疾患である。

だが、今は普段とは違う。

わずかに片眉を上げた日進に、三笠は小さくうなずいた。

「患者は三日前まで出張で東京に出ていました。長野県に戻ってきたところで肺炎を発症したという経緯です」

「コロナだと？」

日進は自ら口にしたその単語に、わずかに身震いした。

「確定ではありません。まだX線写真一枚で、採血、CTはもちろん、コロナ感染を確定するためのPCRも施行していません」

「検査結果を待っている段階ということですか」

口を開いたのは、敷島だ。三笠がゆっくりと首を左右に振る。

「患者はX線写真で肺炎が確認された時点で診察が中止され、自宅で様子を見るように指示されたとのことです。他の医療機関にも相談したようですが、受け入れてくれる場所はなく、困って自分で保健所に連絡したそうです」

三笠の淡々とした説明を聞くうちに、じわじわと背筋が寒くなってくる。

わかりにくい経過だが、少しずつ全体像が見えてきた。

それをまとめるように敷島が告げた。

「つまり東京帰りの肺炎患者がいて、近隣の医療機関が診療を拒否しているということですか？」

「そういうことです。当院で本日採血、CT、PCRを行います。PCRの結果が出るまで二、三日かかりますが、X線写真で肺炎があり、患者が苦しがっている以上、原則は入院でしょう」

「しかし、コロナかどうか確定していない患者なら、感染症病棟に入れることも問題があるのではないですか？」

「その通りです。ですから、新たに隔離可能な個室を用意し、感染対策についてはコロナ同様の完全防護服で対応します。一応これを『疑似症病棟』として、感染症病棟とは別に稼働させます」

保健所、診療拒否、疑似症病棟……。

聞き慣れない単語が次々と飛び出してくる。

クルーズ船の患者を受け入れてわずか四日目である。富士も言っていたとおり、すぐに次の患者が来るということは想定していなかった。しかも、肺炎があるというだけで、一般の医療機関が診療を中断し、治療を拒否するという事態が、自分の住むこの町で起こっているという。

二十年以上臨床に立ってきた日進が、聞いたこともない状況である。

「まだあります」

三笠が手元のメモに視線を落として続けた。

「保健所からはもう一名、五十八歳の発熱患者の検査の依頼も来ています。こちらは中国上海《シャンハイ》からの旅行帰りですが、長野県の自宅に戻って発熱に気づいたとのこと。どこの病院も受け入れを拒否し、こちらはX線写真も撮られていません。設置したばかりの『帰国者・接触者外来』で対応します」

日進はおもむろにハンカチを取り出して首に当てた。半分以上はパフォーマンスのつもりであったが、額には自分でも戸惑うほどの冷や汗が浮かんでいた。頭痛持ちでもないのに、目の奥がずきずきと痛むような気がしてくる。

——予想より、はるかに展開が早い。

それが日進の率直な感想だ。

いや、日進だけの話ではない。指揮をとる三笠も同じ思いに違いない。

懸命に思考をめぐらせようとするが、考えはまとまらない。とりあえず天井を振り仰ぐ日進の隣で、敷島が探るように問うた。

「こういった患者を受け入れていくのが、これからの当院の役割ということになるのですか？」

冷静で知られた人物らしく、的確な質問であった。

その敷島が、静かに語を継ぐ。

「当院はもともと大きな医療機関ではありません。周辺の診療所や大病院が、旅行歴のある発熱患者をことごとく断るようになれば、大変なことになります。それをすべて受け入れるというのは現実的ではありません」

「ですが、そうなる可能性があります」

三笠の張りつめた声が響いた。

敷島が口をつぐんだ。

日進も、思わず内科部長を見返した。

いつもは温厚な腎臓内科医の目が、異様な光を放っている。よく見れば、その目が軽く充血し、明らかな疲労のあとがある。

考えてみれば軽症とはいえクルーズ船の患者を三笠はひとりで直接診察しているのだ。しかも現場を動かしながら院長や保健所とも連携をとり、指揮下の内科医たちへの指導も行っている。その業務量と緊張感だけでも並大抵ではないところに、目下の事態である。三笠の感じている重圧は、尋常なものではないはずだ。

「クルーズ船の患者ひとり、ないしは二人程度なら、私ひとりで対応するつもりでいました」

三笠がゆっくりと口を開いた。

「しばらくはそれで時間を稼ぎ、色々な準備や訓練を積み上げながら、感染症対策チームを育てていくのが順当だと判断していました。けれども事態は私の予想を超えて進んでいるようです」

三笠は机の上で両手を組み、二人の内科医を見上げた。

「今後の対応を見据え、病棟と外来を十分に機能させるためのコロナ診療チームを発足させなければなりません」

三笠は一度言葉を切ってから、すぐに続けた。

「先生方の力を借りたい」

ふいに辺りの音が遠のいていくように、日進には思われた。

音が消え、時間が止まり、ふわりと中空に投げ出されたような感覚であった。

額に浮かんだ汗すらも、流れ落ちることを忘れたようであった。


糖尿病の薬を二種類、それから血圧の薬、コレステロールの薬、尿酸の薬……。

それが、日進が夕食後に飲む薬である。

夕食といっても、夜十時過ぎ。

嵐のような一日をなんとか乗り越えて、帰宅してきたところである。

真智子はすでに就寝したのであろう。家の中は静まり返り、ダイニングテーブルの上にはラップのかかった冷たいチンジャオロースが置いてある。

皿ごとレンジに入れて温めスイッチを押しながら、日進は、どっと体中にのしかかる疲労感と戦っていた。

──力を借りたい。

今朝、内科部長室で三笠に告げられたその言葉が、脳裏によみがえった。

しばし呆然《ぼうぜん》としていた日進は、もちろんあっさり承諾したわけではない。

「つまり」と日進はおもむろに切り出した。

「先生と、敷島先生と私の三人で、コロナ診療チームを結成すると？」

「そういうことです」

三笠の返答はあくまで平静である。

日進はもう一度ハンカチを額に当てた。

「試みになぜこの三人なのか聞いてもよろしいですか？　あふれんばかりの熱意を持った三笠先生と、真面目が白衣を着て歩いているような敷島先生がコロナに対応するならまだわかりますがね。私は、コロナ患者の受け入れに一貫して反対している人間ですよ」

「ほかに内科の中で適任者がいません。富士先生は六十一歳の最年長。おそらく内科医の中で感染したときのリスクがもっとも高い。一方で、音羽先生は二十代、春日先生は三十代。いずれも、この危険な感染症との戦いに投じるには若すぎる年代です」

「その言い方だと、コロナ診療については、医療者側の安全が確保されていないと言っていることになりませんかね、先生」

「端的に言えば、そういうことになります」

あまりに真っ直ぐな返答に、日進は軽くのけぞった。

安全が確保されていない……。

当然といえば当然であるかもしれない。コロナについては感染形式を含め不明な事柄が多く、治療薬もない。現に横浜では検疫官も陽性になっている。この状態で「安全は確保されている」と言われても誰も信じないだろう。感染症病棟の担当看護師が管理職以上の数名に限られていることも、若手や新人看護師たちが抱えている不安や恐怖感をなんとか抑え込むための苦肉の策なのである。

いつもなら、日進が三笠に正面切って意見することはない。皮肉や愚痴を織り交ぜつつも、なんとなくその傘下の実動部隊として仕事をこなしていくのが日進という男の立ち位置である。

けれども今回は事情が違う。

「笑顔で『お任せください』と私が答えるとは思っていませんよねぇ、三笠先生」

一応、日進の口元には社交辞令の笑みは浮かんでいるが、目は笑っていない。笑える要素はどこにもない。

「日進先生の意見は、私も承知しているつもりです」

「でしたら、遠慮を捨てて言わせてもらいますが、この病院で新型ウイルスと戦うなんて不可能だと私は思っています」

日進は三笠の机に大きな手を置いて身を乗り出した。

「いいですか、先生。この病院は長野県の片田舎にある小さな地域の病院です。最先端医療をやっているわけじゃありませんし、実際、呼吸器内科医も感染症医もいない。建物は耐震基準もぎりぎりで、設備は老朽化。たった二つの陰圧室も、長年、寝たきりの誤嚥性肺炎や心不全の患者が入院しているだけで、陰圧装置がちゃんと動くかもわからない。そんな状態で、治療法もない危険な感染症をどうやって受け入れるんですか？」

いつになく、早口の日進の声が、さして広くもない内科部長室に響き渡る。

それに対して、三笠は何も答えず、じっと日進を見返している。その静けさに苛立つように日進は語を継ぐ。

「院長や先生の使命感には、全力で敬意を表します。しかし、お二人だけでコロナが診られるわけではないでしょう。あなた方が動けば、医師も看護師も動くんです。どうか、周りの人間まで巻き込まないでいただきたい」

日進は皮肉屋である。皮肉というものは、ある種の余裕の表れであって、余裕のなくなった毒舌は、悲鳴か暴言の色彩を帯びてくる。そんなことがわからない日進ではなかったが、それでもあふれ出す言葉を押しとどめることはできなかった。

かすかにどこからか救急車のサイレンが聞こえてきた。患者を迎えに行くところなのだろうか。サイレンは近づいてきたと思ったそばからたちまち遠ざかっていった。

あとには息苦しい沈黙が広がるばかりだ。

手を組んだまま微動だにしない三笠。

中空を見つめて動かない敷島。

そして額にうっすらと汗を浮かべた日進。

熟練の内科医三人がそれぞれの態度で苦しい沈黙と対峙《たいじ》していた。

やがて一度目を閉じた三笠は、静かに口を開いた。

「国から長野県に、クルーズ船患者の受け入れ要請があったのは、今から一週間前のことです。そのときのクルーズ船における感染者の数は百七十四人でした」

唐突な話に、日進は眉を寄せる。

およその数値は日進の記憶にもある。ほんの数日前に二百人に満たなかった感染者は、昨日の段階で五百人を超えている。

「わずか百七十四人です」

静かな語調であるのに、氷の剣のような怜悧《れいり》さを秘めていた。と同時に、声の奥底にかすかな震えが感じられた。

「わずか百七十四人が、神奈川県内の病院で受け入れきれず、大病院のひしめく関東圏で拒否され、日本全国の感染症指定医療機関に要請をして、ひとりずつ、二人ずつをなんとか入院させ始めているのが今の状態です」

「百七十四人……」

つぶやいたのは敷島である。

その数値の意味を、日進もまたじっくりと噛《か》み締めた。

横浜は東京に続く日本第二の都市である。長野県全体の人口と比べても、横浜市ひとつの人口に遠く及ばない。関東平野全体を見れば、日本の全人口の三割が集中している。それだけ巨大なインフラがありながら、わずか百七十四人が収容できず、八十代の男性ははるばる長野県まで運ばれてきたのである。

「受け入れ病床がいっぱいだという話でしたが……」

敷島がそっと口を開いた。

「つまり、ほとんどの病院が受け入れそのものを行っていないということですか?」

「相手は未知の感染症です。中国武漢からの報告ではすでに医療者も含めて多数の死者が出ているとのこと。一方で治療法は何もなく、感染予防の手段さえまだはっきりしていない。やむを得ない状況と言えます」

三笠の説明は筋が通っているが、根本的な部分に大穴がある。

日進はすぐに問う。

「そういうことなら、当院が受け入れを断ったって、責められるものではないでしょう。この病院の職員のほとんどが、防護服なんて着たこともない人たちなんですよ」

「国もおそらく途方に暮れたのです」

三笠の、冷ややかなほど落ち着いた声が聞こえた。

「途方に暮れたからこそ、論理も常識も棚上げして、公立病院という伝家の宝刀を抜いたのです。これは要請という体裁をとった現場からのＳＯＳだと思っています。おそらく横浜港にいる医療者や検疫官たちは今、地獄を見ているはずです」

三笠の声は、冷静を装っていても、かすかな震えまでは隠せていなかった。

言うまでもなく三笠自身、ひとりで悩み抜き、考え抜いてきた末の結論であろう。

「横浜で起こっていることは、当然この町にも起こります。つまり、現段階でコロナ診療を支えようと動く医療機関はほとんど出てこないということです」

だから、やるしかないのだという三笠の論理を、日進は受け入れたわけではなかった。

日進は仕事に対する情熱とはあまり縁がない。ときには怠惰なこともあるただの中年医師である。けれども医師という職種に対する少しばかりの矜持《きょうじ》がある。だからこそ五十近い年齢になっても、開業や健診などの領域を選ばず、徹夜の当直や、休日の呼び出しもある臨床の勤務医を続けているのである。

だが、現実的に患者のために命がけで働くというような状況は、最初から想定していない。想定していないことを恥ずかしいとも思わない。

自分は一介の平凡な内科医である。

「無茶な道のりだということは理解しています。院長の手法がやや強引であることもわかっています。けれど、今の過酷な現実を支えることが我々の役割だと考える点で、私と院長は一致しています」

――この人は、本気で死地に踏み込むつもりだ。

日進はほとんど絶句していた。

このタイプの人間は、映画かドラマの中にしかいないと思っていた。表面上は英雄的な振る舞いをする人物も、本音をさぐれば打算や駆け引きがあり、自らの安全はきっちりと確保しているものだというのが、日進の人間観である。その俗な人間観に、三笠という人物はどうしても一致しそうになかった。

　最近はあまり目にしなくなった、古き良き時代の町医者とはこういう人物のことを指しているのだろうか。地域のため、患者のため、私生活を捨てて働く医師は今も皆無ではない。けれども絶滅危惧《きぐ》種であることは確かだ。

　三笠が自分とかかわりのない病院の医師であれば、日進は、惜しみなく敬意と感謝を送ったことだろう。その献身に偽りのない賛辞を送り、揶揄《やゆ》する者があれば、得意の毒舌をもってこれを排撃したに違いない。しかし、現実は皮肉屋の毒舌よりはるかに皮肉であった。

　――運が悪かったのか。

　端的に言って、そういうことであったかもしれない。こんな立派な医師と同じ職場にいたことが、自分の不運というしかないのかもしれない。

　日進は言葉もなく、三笠の真摯な目を見つめ返していた。

　結局その日、保健所から連絡のあった肺炎患者は、敷島が自ら主治医を買って出た。

コロナ肺炎かどうか、確定するためのＰＣＲ検査はすぐには結果が出ない。いったん外注検査として長野市まで運ばれていくから、結果が出るのに最短で二日かかる。それまではコロナかどうかも定かでないから、疑似症病棟という隔離病棟で対応することになる。

日進が対応したのは、もうひとりの患者である。熱があるというだけで断られたその患者を、一般外来とは別に設置した『帰国者・接触者外来』の診察室で受け入れ、診察後すぐにＣＴ検査を施行した。もちろんコロナの疑いがある以上、普通に検査はできない。院長命令のもと、放射線科周囲の廊下をすべて通行止めにし、要所要所に、患者や職員が足を踏み入れないよう人を配置した上で、完全防護の看護師がひとり案内に付き添ってＣＴ室に連れていき、検査を施行するという大変な手順である。

撮影したＣＴ上は明らかな肺炎はなかったが、だからといってコロナでないとは言えない。ＰＣＲ検査を行って、結果が出るまで自宅待機という方針であった。一連の指示をしたのが日進であり、わずか二度の防護服着脱訓練を行った日進は、三度目が実戦ということになったのである。

多忙であったかと言われれば、おそらくそうではない。コロナ診療の合間に、病棟回診や検査など普段の業務を並行して進めることができたから、患者につきっきりだったというわけではない。しかし骨の髄まで消耗した一日であった。

――なぜ逃げ出さないのか……。

日進は、一日の中で何度も自問したが、答えは見つからなかった。

三笠や敷島に気を遣ったのか。富士や春日たちを守るためか。プライドか思考麻痺《まひ》か。考えれば考えるほど、答えは遠ざかっていくように思われた。

――わずか百七十四人です……。

そう告げた三笠の声が、残響のように耳の奥底でこだましていた。

疲れ切った体で帰宅すれば、いつのまにか夜十時という時間になっていたのである。


レンジが乾いた電子音を響かせて、チンジャオロースが温まったことを知らせた。

我に返った日進は、扉を開けて皿を手に取る。

その右手が小さく震えている。

今日この手で、発熱患者のＰＣＲ検体を採取したのだ。

ただ細長い棒を患者の鼻腔《びくう》に入れるだけの検査だが、くしゃみや咳が出て飛沫が飛び散るために、感染リスクがもっとも高い検査だと言われている。それを知っている外来看護師たちが検査を拒否したためだ。

「絶対に無理です……」

ほとんど泣き出しそうな顔で首を振る看護師に対して、君がやりなさいと日進は言わなかった。臆病者であるからこそ、日進にはその看護師の気持ちが痛いほど理解できたのである。

日進は患者の診察を終えて一度防護服を脱いだ体を、再び新しい防護服に押し込みPCR検査を行った。インフルエンザ検査と要領は同じであるから難しいことは何もない。ただ、検査棒を抜き取った直後、患者が眼前で二度三度、大きなくしゃみをしたことを覚えている。

検査を終えたあと、日進は何度も何度も両手を洗い、顔を洗い、そのあとシャワーまで浴びたが、全身が目に見えないのっぺりとした膜に覆われたような心地で、理屈の通らない不安感がまとわりついていた。

「冗談きついですねぇ……」

そんな言葉をつぶやきながら、日進はレンジから取り出したチンジャオロースを食卓に運んだ。食欲は微塵もないが、こういうときはいくらかでも食べておいた方が良いのだと医師としての感覚が告げていた。

「おかえりなさい、お父さん。遅かったわね」

ふいに聞こえた声に意味もなくびくっと肩を震わせたのは、それだけ神経が張りつめていたからだろう。

奥の廊下からパジャマ姿の真智子が顔を見せていた。

「ちょっと忙しくてねえ。わざわざ起きてこなくていいよ、母さん」

「べつにお父さんのために起きてきたわけじゃないわ、トイレよ」

無遠慮にそんなことを言って、洗面所に消えていく。

日進は、妻の背中を見送りながらようやく、やれやれ、と自嘲《じちょう》的な苦笑を浮かべた。

お盆の横には、先ほど自分で食後の内服薬を用意したのだが、二錠飲むはずの血圧の薬が三錠になっている。自分の薬を数え間違えたことなど、今まで一度もない。これも精神状態が尋常でない証拠であろう。

「最近、病院が忙しいの？」

トイレから戻ってきた真智子の声に、日進はあいまいな言葉で応じる。

「忙しいといえば忙しいかねぇ」

「なんだか変ね。急に熱心なお医者さんになったみたいで」

真智子の遠慮のない言葉に、日進は不必要におどけた顔をする。

「まあ、ずっとのんびりやってきたんだから、たまには一生懸命にやるのもいいんじゃないかねぇ」

「なによそれ。柄にもないことやって、体調崩すだけじゃない？　無理はやめた方がいいわよ、お父さん」

呆れ顔でぱたぱたと手を振りながら真智子はキッチンでコップ一杯の水を飲んでいる。

日進の方は、そうだねぇ、などと気のない返事をしながら、箸を手に取った。チンジャオロースを咀嚼《そしやく》しながら、

「たとえばねぇ、母さん」

と、日進はほとんど無意識のうちに語を継いでいた。

「父さんが、コロナ患者の診察をすることになったら、母さんはどう思う？」

さほど深い考えもなく投げ出したその問いに、しかしすぐには返答が来なかった。答えを探すように日進が目を向ければ、真智子がコップを片手にしたまま目を丸くしている。

「コロナ患者ってどういう意味？　お父さん」

「どういう意味ってそのままの意味だけど」

「コロナ患者をお父さんが診てるってこと?」

「診ることになったらどうするって、なんとなく聞いてみただけさ。そんなに慌てることじゃない」

「びっくりした……」

大きく息を吐き出すようにして答えた真智子は、すぐに険のある顔をする。

「あんまりびっくりさせないでよ、心臓がひっくり返るかと思ったわ」

「そんな大げさな……」

「大げさじゃないでしょ」

思いのほかに強い言葉が返ってきた。

「治療法もなくって、死ぬこともある肺炎なのよ。間違ってお父さんがそんな患者からウイルスをもらったらどうするのよ」

「驚いたねえ。そんなに父さんのことを心配してくれてるなんて……」

「お父さんだけの問題じゃないの」

露骨に険しい口調で真智子が遮《さえぎ》った。

「お父さんが感染してもしウイルスを持ち帰ってきたら、私も感染するでしょ。そうなったら、ご近所中大騒ぎになるわ。きっとここに住んでいられなくなるわよ」

声を荒《あら》らげてそんなことを言う妻に、日進はおおいに戸惑う。

多くの人が新型コロナウイルス感染症に恐怖を感じていることは知っていたが、こういう直接的な形で不安感をぶつけられるとは思ってもいなかったのだ。

たしかにテレビでも、旅行先で感染した患者が、自宅待機の指示を聞かずに出歩いて、大変な批判にさらされているというニュースを流していた。しかし日進は、旅行したわけでも出歩いたわけでもない。

「いい、お父さん」

テーブルの前まで歩いてきた真智子が言う。

「もし患者さんが来ても、ちゃんと断るのよ。お父さんが自分の体を大事にすることが、家族を大事にすることにもつながるの。ちゃんと考えて行動してね」

強い口調でそう言ったあとは、そのまま寝室へ歩き出す。

廊下の向こうに消える直前、振り返った真智子が付け加えた。

「そのお皿、寝る前に洗っといてね。油ものって一晩置くだけで、汚れが落ちにくくなるんだから」

やがてぱたりと寝室の扉を閉める音が聞こえた。

日進はしばらく廊下の先を見つめていたが、やがて小さくつぶやいていた。

「ホント、冗談きついですねぇ……」

そのまましばし卓上のチンジャオロースを見つめて動かなかった。


翌二月二十日、医局で少し遅めの昼食を食べながらテレビを見ていた日進は、新たに入ってきた厳しいニュースと直面していた。

『クルーズ船の感染者、二人が死亡』

テレビのニュースキャスターは険しい顔をしながらそのニュースを告げ、コメンテーターが何やら細かい事柄を論じていたが、日進には、彼らが事の重大さを理解しているようにはまったく思えなかった。

「思っていた以上に、危険なウイルスですね」

声をかけてきたのは、ちょうど医局に入ってきた敷島だ。多忙な午前中の外来が終わったところであろう。

わずかに傾きかけた日の差し込む医局には、日進と敷島のほかに医師の姿はない。先刻まで当直明けの産科医がソファでうたた寝をしていたが、目を覚まして立ち去ったばかりだ。

唐揚《からあ》げ弁当の唐揚げを咀嚼しながら、日進は応じる。

「怖い怖いと言っていても、所詮《しょせん》はウイルス性肺炎だという希望的な観測がどこかにあったんですけどねぇ……」

詳細不明のウイルスとはいえ、突然救急車で病院に運ばれてきた急変患者ではない。感染していることがわかっていて、入院管理にしているにもかかわらず救命できなかったのだ。

しかもクルーズ船の乗客ということは、たとえ高齢であったとしても、長期間の旅行に出かけることができる元気で体力のある人だったはずである。施設入所中の認知症患者や寝たきり患者とはわけが違う。大量の抗がん剤が投与されているわけではないだろうし、普通に考えれば、重症のＨＩＶ感染や白血病を患っているような免疫不全状態の患者でもないだろう。

テレビに目を向けたまま敷島がうなずいた。

「診断がついていて、しかも十分な設備もあるのに救命できない感染症というのは、尋常ではありません。完全隔離状態での死亡ということは、家族も面会できなかったはずです。辛《つら》い最期でしょうね。なんの治療手段も与えられず、それを見守るしかなかった主治医も相当きつかったでしょうし」

「この期《ご》に及んで、他人の気持ちにまで配慮ができる敷島先生は立派ですよ」

日進は苦笑いを浮かべながら、

「私なんて自分の気持ちだけで手いっぱいです。デブで高血圧で糖尿病持ちの私のような人間は、肺炎になんてなれば一発であの世行きですからねぇ」

冗談であるはずの言葉が冗談として響かない。

テレビはいつのまにか発泡酒のCMに入っている。見目麗《みめうるわ》しい女性俳優がアルミ缶を傾けて、いかにも美味《おい》しそうに飲み干している様子が、自分とは別の世界の出来事のように遠く思われた。

「この危険な感染症に対応するのが、腎臓内科と消化器内科と肝臓内科の三人組なんですから、悲劇というよりは、喜劇というべきですかねぇ」

「確かに無茶な点は多々ありますが……」

敷島がテレビから視線を日進へと動かして告げた。

「私は先生がいてくれて、とても心強いと思っています」

唐突な敷島の言葉に、日進は目を丸くする。

「なんですか、急に」

呆れ顔で問えば、敷島はどこか少し照れたように笑いながら、

「いえ、深い意味はないんですが……」

「お世辞というのはねえ、敷島先生」

日進は新たな唐揚げを持ち上げながら、

「お世辞かどうかわかりにくいから成立するんです。あからさまな社交辞令は、失礼になる場合だってありますから、どうぞご注意を」

ぱたぱたと手を振りながら、日進は唐揚げを大きな口に頬張った。

敷島は何か言おうとしたようだが、ちょうど鳴ったPHSのおかげで会話は中断され、そのままどこかに呼び出されていった。

日進が再びテレビに視線を戻せば、ニュースは先刻の死者の報道に続いて、海外でもコロナ感染者が少しずつ増えているという内容を伝えている。中国から遠く離れたフランスやイタリアで複数名の陽性者が報告され、各国が検疫を強化するかもしれないという話だ。

得体の知れない感染症の網が、じわじわと世界に広がっているような不気味な報道である。

日進は大きくため息をついてから、テレビのスイッチを切った。好物の唐揚げの味まで悪くなるような心地がしたのである。

「今日もいい天気ですね」

ふいにそんな陽気な声とともに入ってきたのは、小児科の医師である。日進よりいくらか若いその小児科医は、壁際のポットでインスタントコーヒーを淹《い》れながら、

「なんだか院内に閉じこもっているのがもったいないくらいですね」

窓の外を眺めながらそんなことをつぶやくと、大きなあくびをしながら医局を出て行った。

日進は唐揚げを咀嚼しながら、窓外に視線をめぐらせる。

今日もよく晴れた冬の青空が広がっている。青く澄みきったキャンバスを背景に一握りの白い雲が浮かび、銀色に輝く美《うつくし》ヶ原《はら》の稜線へ向けて、ゆったりと流れていく。病院のそばに小学校があるためだろう。かすかに聞こえてくるのは、のどかな昼下がりに校庭で遊ぶ子どもたちの明るい声だ。

日進はしばし箸を止めたまま、病院の外を見つめていた。

前日に採取した二例のＰＣＲ検査結果が届いたのは、翌日の昼過ぎであった。

入院となった敷島の患者も、外来のまま自宅待機となっている日進の患者も、ともに陰性であった。

それから三日間は、信濃山病院は静かな空気に包まれていた。

静かといっても、一般の業務が止まっているわけではないから本来の忙しさはある。それでも新規のコロナ患者の受診がなかったことで、不思議な静けさを感じさせる日々となった。『帰国者・接触者外来』には毎日一名から二名の受診者があったが、幸いこちらも陽性者は確認されていなかった。

ただ、信濃山病院が静かだからといって、世の中も穏やかであったわけではない。二月二十二日、日本国内の累計の感染者数がついに百人を突破した。クルーズ船の感染者も、七百人を超える勢いだ。

二月二十三日には、クルーズ船で三人目の死者が出るとともに、それまで不気味な小康状態を保っていたヨーロッパでも、イタリアにおいて突然百人近い陽性者が報告され始めた。

そんな嵐の前の静けさとしか形容できない静寂の中で迎えた二月二十四日は、日進の当直日であった。

当直は、五十歳に近い日進にとって、もっとも体に応《こた》える業務のひとつである。ゆえに当直の当日は午前中からできるだけ心身を消耗しないよう無理をしない働き方を維持することになるのだが、そんな心がけをあざ笑うように患者がやってくる。

その日は北京《ペキン》に出張に行って帰ってきた男性が、微妙に熱があるとのことで保健所を介して受診。日進は防護服を着て、二度目のＰＣＲ検査を行った。

心身ともに無理をしないはずの日中に、過度の緊張を要する業務が続いた状態で当直に入るのだから、日進の疲労感は、倍増する。

そして疲れているときにこそ患者が来るのが救急当直というものであろう。その日は、当直帯開始の午後五時半から、打撲、発熱、尿管結石と続いて、九時過ぎまで休む間もなく働くこととなった。

「今日はうちの病院、当番日でしたかねぇ？」

外来の診察室でカルテを入力しながら思わず愚痴をこぼせば、処方薬の準備をしていた夜勤の看護師が困惑顔で首を振る。

「非当番日です。いつもなら、もう少しゆとりがあるんですけど」

「まあ当たりはずれの問題ですからねえ。文句を言っても始まりませんが」

「当番病院で診察を断られた患者さんも交じっていますから、それで多いのかもしれません」

控え目な看護師の指摘に、日進はげんなりしながらうなずく。発熱や呼吸器症状のある患者が二、三人、救急の当番病院で診察を断られて受診しているのである。

つい今しがた、下痢と嘔吐《おうと》で受診した患者もそのひとりだ。主訴は消化器症状だが、一週間前に香港《ホンコン》への旅行歴があることと微熱があることを伝えたところ、受け入れを拒否された。困って保健所に相談したら遠方の信濃山病院を受診するよう言われたとのことである。

二十五年の臨床経験の中でも、あまり聞いたことのない事態だ。

何かが少しずつ変わりつつある。

まだ具体的には見えてこないが、明らかに異常な事態の気配がある。嫌な予感が、日進の胸のうちに頭をもたげ始めていた。

「まだほかに新規の受診者はいますか？」

結石患者に、痛み止めの処方箋を出しながら問えば、看護師が薬の袋を用意しながら応じる。

「あと二人ほど。めまいの患者と、胃痛の患者です。それから、さっきの香港帰りの胃腸炎の患者さんはお腹《なか》のＣＴが終わったので、隣の処置室のベッドで休んでもらっています」

了解、と日進はＣＴ画像を画面に呼び出す。

患者は六十代の男性で、特別な持病もない人物だ。香港から戻ってきて数日してから下痢が始まり、今も続いているという主訴であった。元気そうに見えて吐き気が強く、三十八度近い熱もあることから、なんとなく気になって腹部CTを指示したのだ。

「水分があまりとれないって言っていましたから、入院にしますか？」

看護師の声に、日進は頭を掻《か》きながら、

「そうだねぇ、あんまりお腹の炎症が目立つようなら一、二泊してもらいますかねぇ。とりあえず点滴の準備はしておいてください」

言いながら、画面のCT画像をざっとチェックする。

最初に肝臓を確認するのは専門医の習性というものだが、もちろんそこに異常はない。続けてチェックした胆膵腎脾《たんすいじんひ》の各臓器に大きな異常はなく、よく見れば、小腸がいくらか浮腫《むく》んで見えるが、これもさほどひどい所見はない。

「思ったほどではありませんね。それにしては熱が高いのが気になりますが……」

言いかけた日進は、画面の片隅に目を留めて、凍りついた。

ふいに周囲の色が消え、物音までどこかに吸い込まれるように消えた心地がした。

マウスを動かす手はもちろん、言葉もなくし、呼吸さえ止まった。

腹部CTは、言うまでもなく腹部を撮影する検査だが、肝臓の上縁から撮る都合上、すぐ上にある肺も比較的広い領域が一緒に撮影されてくる。その偶然写った肺に異常な影があったのだ。

腹部CTの画像では肺ははっきりとは見えないから、コンピューター上でマウスを動かして肺野条件に切り替える。その短い動作の間だけで、手のひらにじわりと汗がにじむのがわかる。

そして切り替わった画面の肺を見て、日進は絶句した。

心臓周囲から肝臓に接した部分まで、撮影されている肺の大部分に真っ白な影が広がっていたのだ。

一見して、広範囲で、しかも見たこともない異様な肺炎像である。

息を止めたまま、何度もマウスをスクロールして、肺野を観察する。何度見返しても、確かにそこに肺炎がある。しかも、普段日進が誤嚥性肺炎や市中肺炎で目にする普通の肺炎像ではない。

そうしている間に、隣室で患者が妙に咳をしている音が聞こえてきた。先刻、腹部診察をしているときには気づかなかった症状だ。

「どうしました、日進先生？」

点滴の準備を整えた看護師が、何かただならぬ気配を感じたのか、診察室を覗き込んできた。

日進は答えなかった。

頭の中で知っている限りのCOVID‐19に関する症状を羅列していく。発熱、咳・痰《たん》などの呼吸器症状、嗅覚《きゆうかく》障害、味覚障害、そして……消化器症状。

下痢は、しばしば見られる症状だという記載が確かにあった。そして同時に、大きな肺炎がありながら、意外に咳や呼吸苦などを訴えない患者がいるという話も。

喉がからからに渇いていく中で、ゆっくりと首をめぐらせて、壁にかかっていた小さな鏡に目を向ける。

我ながら、ひどい顔色だと思った。

鼻まで覆って、きっちりとマスクをつけていたことだけは確認できた。


日進がその夜診察した男性は、江田紘一《えだこういち》という六十八歳の男性であった。

海外旅行帰りのその患者に対して、日進はただちに外来で完全防護服のもとPCR検体を採取し、疑似症病棟の個室への入院を指示した。

PCRの検体は通常、翌日の午後に病院から長野市の検査施設へ運び出され、さらに翌日に検査結果が返ってくるという流れだが、本症例に関しては、日進の当直が明けた日の早朝、検査科のスタッフが検査施設へ直接搬出してくれたおかげで、同日の夜までに結果が到着した。

結果は『陽性』。

信濃山病院で初めて確認された新型コロナウイルス患者ということである。

信濃山病院という小さな枠組みに区切る必要はない。クルーズ船の患者をのぞけば、長野県内において、陽性が確認された第一号であった。


「大丈夫ですか、日進先生」

ふいに聞こえた敷島の声に、日進は我に返った。

そこは内科外来の診察室のひとつである。

日進は診察台脇の折り畳み椅子に大きな体を押し込んだまま、意味もなく肩をすくめた。

時間は夜の八時で、すでに窓外は暗く、周りに看護師たちの姿もない。

待ちわびていたＰＣＲ検査結果が戻ってきたのは、一時間ほど前のことで、今後の方針を確認するために三笠、日進、敷島の三人が集まったのだ。

内科部長室に三人が座って話せるだけの広さはない。ソファのある医局は、他科の医師たちも出入りする場所であり、気軽に議論できるような内容ではないことなどが、集合場所として外来診察室を選んだ理由であった。

病棟や救急外来と異なり、内科外来は夜に来ることなど滅多《めった》にないから、辺りの静けさがかえって不気味なくらいである。

「当直明けでこの時間ですから、さすがに体力的にきついですね」

三笠が、パソコン端末から振り返りながら、気遣うように告げた。そのモニター画面には、例の真っ白な肺が映っている。

日進は、当直で泊まった夜は、よほどの急患さえなければ、翌日の午後四時くらいに切り上げて帰ることにしている。五十歳近い体はその時間にはとっくに限界に達しており、帰りの車の運転も眠気を振り払いながらなんとか自宅に帰りつくような状態なのである。しかしこの日に関しては、夜の八時になっても微塵も眠気はなかった。ただ、妙に世界が白く見えるようで、色彩の淡い視野の中に、三笠と敷島が座っている。

「まあ、帰ってよいと言われても、眠れる気がしませんからねぇ。どうぞお気遣いなく」

三笠はわずかにうなずいてから、卓上のレジ袋から缶コーヒーを三本取り出し、そのうちの二本を敷島と日進に手渡した。三笠がこういう気遣いを見せるのは珍しいことだ。本来は、診察室での飲食は、衛生上の観点から好ましくないという真っ当な感覚の持ち主なのである。

三笠は自分の分のコーヒーは蓋も開けず、卓上に置いてから口火を切った。

「昨夜日進先生が診断してくれたコロナ患者ですが、言うまでもなくクルーズ船の方とは状況が違います」

モニター上のCT画像は、広い範囲にわたって散在性の淡い影で染まっている。

「患者は、昨夜から酸素2Lを開始し、酸素濃度は維持できていますが、高熱が出現しており、今後の経過は予測できない状態です」

三笠は卓上の大きな書類の束を手に取りながら続ける。

「もともと県との間で討議していたことですが、当院の役割はあくまで新型コロナウイルスの軽症患者の受け入れです。たとえば呼吸状態が悪化して人工呼吸器が必要になりそうな重篤な患者などは、専門医のいる病院へ早期に転院させるという取り決めでした。当院の役割は、コロナ診療の最初の受け皿となることですが、呼吸器内科医のいない病院です。すべての患者に対応するのは不可能ということは、県も理解してくれています」

比較的まともな内容だ、と日進は思う。

ここ二週間、あまりにもまともでない事柄ばかり聞かされてきたため、そんな当たり前の内容さえ、立派な判断だと感じられる。

「ただしいくつかの問題があります」

三笠が書類をめくる音が響く。

「現時点では、新型コロナウイルス患者に関する臨床情報はほとんどありません。厚労省が簡単な重症度基準を作成していますが、あくまで暫定《ざんてい》的なもので、何か根拠があるものではありません」

「なるほど」

と日進が笑う。

「何が重症かも決まっていないのに、重症になったら転院させていいという話ですか。肝臓に負担をかけない食事をしなさいと言っておきながら、どんな食事をすればいいかはわからないと言っているようなものですねえ」

我ながら出来の悪い比喩《ひゆ》だと日進は思う。その出来の悪い比喩に、三笠は生真面目《きまじめ》

にうなずきながら、

「それでも行動する基準にはなります。現状では、CT上肺炎があれば中等症のⅠ、酸素投与が必要になれば中等症のⅡという取り決めです」

日進は思わず知らず、敷島と顔を見合わせた。

やがて敷島が控え目に問うた。

「つまり、すでに転院を依頼すべき状態だと？」

「その通りです。コロナは治療法もない疾患で、呼吸状態が悪化してくれば人工呼吸器装着しかありません。その前に管理ができる病院へ移動する必要があります。しかし、ここに二つ目の問題があります。現在この筑摩野《ちくまの》周辺でコロナ患者を受け入れている病院は、当院のほかに一か所もないということです。県内ではほかに唯一、北信にある北信濃総合医療センターのみ。すでにクルーズ船の患者も受け入れている病院です」

その病院なら日進も知っている。

もともと複数名の呼吸器内科医が常勤でいる県立の病院で、今は数も少なくなった結核病床も有している専門性の高い医療機関だ。日進たち専門外の医師から見れば、これ以上頼りになる施設はない。

「我々にとっては救世主のような病院ですねぇ」

久しぶりの朗報に日進が告げれば、敷島が少し身を乗り出して問う。

「そこが、この患者を受け入れてくれると？」

「そういう交渉を始めているところですが、向こうもマンパワーには限界がありますから、返答を待たねばなりません。何より最大の問題は、北信の病院までここから約八十キロの道のりを移動しなければならないということです」

安堵《あんど》しかけた気持ちに再び鋭い緊張が走る。

転院といえば話は早いが、そこに横たわる穏やかならざる問題がにわかに日進にも見えてきた。

呼吸状態の悪い患者を高度医療機関に転院させる。一般臨床でもしばしばありうることだが、八十キロの移動は例がない。移動は確実に一時間以上、おそらく一時間半はかかる。それだけの長い時間、狭い車内にコロナ感染者を入れて、密室に近い空間に同乗して延々と移動することになる。

「大学病院は受けてくれないのでしょうか？」

もっともな意見を敷島が出した。

信濃大学附属病院は、信濃山病院と同じ筑摩野にある。救急車で運べば二十分だ。

おまけにそこには複数の呼吸器内科医と、それを統括する呼吸器の教授がいる。

しかし三笠は静かに首を左右にした。

「今のところ不可能、という返事です」

落ち着いた語調であるのに、刃物のような鋭さを持っていた。

「相談には乗るが、受け入れはできないと」

パチンッと鋭い金属音が響いたのは、日進が握りしめていた缶コーヒーの蓋を開けたからだ。

「ふざけた返答ですねぇ」

ようやく出た言葉がそれであった。

もはや本音を、皮肉や諧謔《かいぎゃく》のオブラートで包む余裕はなくなっていた。

患者は未知の肺炎で、呼吸状態が悪化している。それを診ているのは腎臓内科と消化器内科と肝臓内科の三人である。わずか十キロも移動すれば巨大な医学の象牙《ぞうげ》の塔が屹立《きつりつ》し、肺炎の専門家が往来しているというのに、まるで他人事《ひとごと》のように門前払いである。

缶コーヒーに口をつける日進の脳裏に、昨夜の光景が戻ってくる。

画面に映る真っ白な肺。

鏡の中の青白い自分の顔。

あのあとすぐに、日進は患者の寝ている処置室のドアをすべて閉めるよう指示した。診察室前で待っていた患者にはいったん自家用車に戻るよう伝え、受付の事務員には、新規の患者には当番病院を紹介するよう告げた。

診察室に戻ると看護師ともども防護服を着用し、互いに三度その手順に間違いがないことを確認してから患者のもとに行けば、江田紘一は不思議なほど穏やかな様子で、「ちょっとトイレに行ってきていいですか？」などと答えたものだ。

なんとか疑似症病棟へ送り出したあとは、今度は使用した物品のほか、診察室、処置室などの消毒作業が待っていた。夜中の薄暗い救急外来で、防護服姿で黙々と消毒薬をまく看護師の姿が、パニック映画のワンシーンのように脳裏にこびりついている。

「本当に、やっかいな疾患ですね」

敷島の慨嘆が聞こえた。

「めでたく一例目の患者を拾い上げた身として率直に言いますがねぇ……」

日進は疲れ切ったように両目を軽く押さえた。

「この肺炎はやばいと思いますよ」

我ながら嫌な言い方だと日進は思う。けれども実感は実感だ。昨日の驚愕《きょうがく》と恐怖は今も胸の奥底にこびりついて離れない。

「我々の知っている肺炎は、咳と痰が出て、息苦しくなって病院に来るというものです。咳も痰も息苦しさもないのに、肺は真っ白になってる肺炎なんて聞いたこともない」

だから患者が死ぬのかもしれない……。

日進は胸の内で独語した。

中国武漢ではここ数日もかなりの死者が出ているという。正確な情報は伝わってこないが、インターネット上では、自ら感染した医師が、青い顔で酸素を吸いながら救援を求める姿も流れていた。

症状がわかりにくく、重症度が見分けにくい。呼吸器症状がない患者がおり、重症なのにあまり症状を訴えない患者がいる。そういった事柄が、診断の遅れ、治療の遅れにつながって想定外の感染拡大をきたしているのではないか。

「一般的な『肺炎』という概念にとらわれていたら足をすくわれるかもしれませんね」

口を開いたのは敷島だ。

「そういう意味では、過去のＳＡＲＳやＭＥＲＳの経験が、かえって足を引っ張っているのかもしれません」

そんな言葉に、日進と三笠が目を向ける。

「二十年前の中国のＳＡＲＳや、十年前の中東のＭＥＲＳといった新型感染症は、パンデミックの危機が訴えられながらも、幸い局地的な流行で収まりました。だからみんなどこかで、今回も同じように収まると楽観的に考えてしまっているんじゃないでしょうか」

「鋭い指摘かもしれません」

三笠がゆっくりとうなずいた。

「正直に言えば、二十年前に中国南部でＳＡＲＳが発生したときには政府からの通達は迅速で、資材の調達も急ピッチで行われました。今当院に、大量のタイベックの備蓄があるのはあの二十年前の準備が有効に働いているからです。しかし今回は、あのときに比べれば鈍重の感を否めない」

実際に陣頭指揮をとっているからこその実感であろうか。

告げる三笠の頬には疲労の色が濃い。

「まあどっちにしても、私たちは人柱ってやつですか……」

日進の吐き出した過激な単語に、返答はなかった。

敷島が黙って視線を落とす中、しばし黙考していた三笠が口を開いた。

「柱というのは、ただ立っているだけでは柱とは言いません。何かを支えているから柱と言うのです。誇りに思ってよいことです」

普段なら、ゆったりとした説得力を持っているはずの三笠の声が、心なしか頼りなく響いていた。まるで自分に言い聞かせるような調子さえ帯びていた。

篤実《とくじつ》の内科部長を見つめていた日進は、

「三笠先生」

と皮肉な苦笑を浮かべて告げた。

「世の中は、先生方みたいに立派な柱ばかりじゃありません。もともと根腐れを起こしている柱だってあることは知っておいてくださいよ」

薄暗い夜の内科外来に、答える言葉はなかった。

夜九時半に帰宅してみれば、珍しいことに居間に灯《あか》りがついていた。

この時間なら、真智子は夕食も終え、テレビの前でのごろ寝も終えて、先に寝室に入っている頃である。

昨日朝から波乱の当直を越えて丸二日働き詰めの日進にとって、自宅の灯りがついているというのは、何かほっとするような心地をもたらすものだ。しかも普通の当直明けではない。初めてのコロナ患者に対応した緊迫感に満ちた二日間であった。

玄関をくぐり、靴を脱いで上がれば、キッチンで真智子が洗い物をしている音が聞こえる。ダイニングに入ってきた日進に気づいた真智子が、水道を止めた。一瞬の静けさのあと、「お父さん」という声が響いた。

その一言で、日進は、妻が帰りの遅い夫を心配して待っていたわけではないということを直感した。控え目に言っても、穏やかな空気ではない。

顧みれば、手を拭いた妻が険のある目を向けている。

「なんだい？」

「座って」

「どうした、急に」

「いいから座ってよ」

言うなり真智子はダイニングの椅子に自ら座り、くたびれた顔で日進がゆっくりと腰を下ろすのも待ちきれない様子で口火を切った。

「信濃山病院にクルーズ船の患者がいるって噂《うわさ》を聞いたんだけど、本当なの⁉」

唐突な一撃であった。

予想外の詰問であったが、かろうじて外面上は大きな反応を見せずに済んだ。

思いのほか静かな夫に対して、真智子は苛立ったように声を上げる。

「今日、地域の卓球サークルで噂になってたのよ。長野県が受け入れたクルーズ船の患者さん、信濃山病院に入院になったんじゃないかって。お父さんの病院って感染症指定医療機関だったの？」

ご近所の噂というものの怖さである。今のところ信濃山病院はクルーズ船患者を受け入れていることを公表していない。

建前上は、数少ない患者のプライバシーを守るためということになっているが、本音を言えば、地域からの反発を避けるためだ。コロナ患者を受け入れているということが知れ渡れば、地域住民はもちろん、外来の患者の中にも恐怖感を訴える者が出てくることは容易に予想できる。

「たいした情報網だねぇ、新聞顔負けじゃないか」

「ごまかさないでよ、お父さん」

愛想笑いであいまいな返答をする日進に対して、真智子は遠慮がない。

「お父さんが信濃山病院の先生だってことは、ご近所さんみんな知ってることなのよ。たとえ直接診察しなくってもコロナ患者がいる病院に勤めてるってことになったら、周りの人たちみんな不安になって、ご近所さんに顔向けできなくなるわ」

『たとえ直接診察しなくっても』という発言を受けて、日進の愛想笑いに皮肉な笑みが加わった。

そうであろう。

真智子の目から見れば、目の前の夫は、どこにでもいる平凡な一内科医にすぎない。田舎の公立病院に勤めることになったのも、四十歳を過ぎてから大学の医局人事に従って赴任した先が、偶然そうだったというだけで、根っからの公務員でもなければ、医師不足の地域医療を支えたいというような特別な志があったわけでもない。しかも専門は肝臓である。コロナ診療に直接かかわる立場とは、最初から考えていないのだ。

「本当に、クルーズ船の患者さんが入院しているの？」

「先週、搬送されてきたばかりだよ」

観念して日進は応じた。

もともと勘の鋭い真智子に、中途半端な嘘《うそ》は通用しない。

真智子は丸い頬を軽く引きつらせた。

「どうして断らないのよ」

「断るも何も、私が受け入れの判断をしているわけじゃないからねぇ」

「でもお父さんはお医者さんでしょ。医学的に無理だって言って断れるはずよ。だってあの病院には呼吸器内科の先生もいないんでしょ。設備だって古いし、お医者さんだって年配の人が多いし、誰も見たことのないウイルスの治療なんてできるわけないじゃない」

さすがに元看護師だけあって、指摘は的確である。

日進としても、基本的な考えは妻と変わるところはない。

相手は正体不明の感染症である。一年もたてば、もう少し実態も見えてきて、対応できることも増えているかもしれないが、現時点ではわからないということ以外、何もわかっていない。だからこそ日進自身が緊急会議で右手を挙げて受け入れ反対の意見を述べたのだ。

しかし現実は、日進の思いなど素知らぬ顔で、あらぬ方向に流れていく。

日進の目には、音もなくゆっくりと渦を巻く真っ暗な潮の流れが見えるようであった。

黒い渦は、信濃山病院を飲み込み、日進を巻き込み、家族までも引きずり込もうとしていた。つまりは日進の平凡な日常が、コロナという不条理な潮流によって失われつつあった。

「母さんの心配はもっともだし、私も反対意見を表明したんだよ。でも世の中の状況は、温厚な肝臓内科医の気持ちを汲《く》んではくれないみたいなんだ」

「世の中の状況って何よ。おかしなことはおかしいって、ちゃんと言ってないだけでしょう」

「言ったんだよ。会議で手を挙げて、私なりに反論したんだよ」

「じゃあ、なんで普通に生活している私が、突然、謎の肺炎ウイルスに怯《おび》えながら暮らさなきゃいけなくなるの。ほとんどの病院は、ちゃんとコロナを断っているって言うじゃない。なんでお父さんの病院に限って……」

「昨日の夜、外来でコロナの患者を初めて診察したよ」

日進の声が、真智子の言葉を遮っていた。

なぜそんな言葉を口にしたのか、日進自身にもわからない。大声ではなく、むしろいつもと変わらぬ気だるい口調であったが、その衝撃は確かであった。

意味を理解しかねた真智子が、口を半開きにしたまま日進を見つめている。

「明日にはニュースに出ると思うけど、長野県第一号の陽性患者だよ。驚いたことに、一番コロナを嫌がってる私が診断する羽目になった。ずいぶん性質《たち》の悪い冗談だよねぇ」

青ざめた妻は言葉もなく日進を見返している。

いびつな沈黙が夜のダイニングに沈滞している。

「患者さんを……」と、ようやく真智子がかすれる声で問うた。

「患者さんを診察したの？」

日進は敢えてゆっくりとうなずく。

「これからもコロナの患者さんを診ることになるの？」

「どうかねぇ、私としても勘弁してほしいんだけどね」

淡々と応じながら日進は自嘲的に笑った。

日進自身にも行き着く先はわからない。

何が正しいのか、何が間違っているのかもわからない。

妻の動揺も理解できるが、日進の方こそ、言いたいことは山ほどある。

――なんで、謎の肺炎ウイルスに怯えながら暮らさなきゃいけなくなるの。

そんな妻の詰問は、まさしく日進の思いでもある。それとも妻の不安と混乱を慮《おもんぱか》って、ひとまず謝罪の言葉でも並べてみるべきだろうか。

『黙ってコロナの患者さんを診察してしまいました。ごめんなさい』と。

嫌味としては性質《たち》が悪いし、冗談にしても笑えない。さりとてそれに代わる、ほどよい機知も働かない。

静まり返った時間の中で、やがて真智子は何も言わずに立ち上がり、日進に背を向けた。奥の廊下に去り、洗面所で何かごそごそしているかと思うと、しばらくして黙って戻ってきた。

その手に持っていたのは、白いボトルの除菌スプレーだ。

戸惑う日進の足元に、無遠慮にそれを撒《ま》き散らす。

「今日から二階で寝て」

震える声が響いた。

反論の余地も与えぬまま、真智子は奥の寝室に去っていき、扉を閉める硬い音が聞こえた。

残された日進は、しばし言葉もなく消毒用アルコールの撒かれた足元を眺めていた。


翌日の早朝六時、日進義信の姿は感染症病棟のサブステーションにあった。

サブステーションと言っても、そこは感染症病棟に隣接する四人部屋の病室に、急ごしらえでしつらえた空間である。倉庫も兼ねているから、パソコン数台と採血器具、点滴のほか、手あたり次第に資材が持ち込まれて、乱雑この上ない状態だ。

その片隅にある丸椅子に腰かけて、日進は目の前のモニターを見つめていた。

早朝から患者の容体《ようだい》を心配して、早めに出勤してきたわけではない。朝五時過ぎ、入院した江田紘一の酸素濃度が低下してきたと病棟から連絡が入り、慌てて駆けつけてきたところである。

江田が入院してまだ二日。入院した夜と翌日は落ち着いているように見えたのだが、三日目の明け方からゆっくりと酸素濃度の低下が見られていた。

「酸素３Ｌ投与でＳｐ$O_2$92％です」

ちょうど感染症病棟から出てきた看護師の赤坂《あかさか》が、緊張感のある声でそう告げた。

防護服を脱いだばかりの赤坂は、髪は汗で額に張り付き、鼻から頬にかけてはＮ95マスクの圧迫のおかげで真っ赤なあとがついている。目は充血し、頬は血の気がない。ひと目見ただけで、精神面でも身体面でも、過酷な条件にあることがわかる。ただでさえ過度の緊張が連続する業務を、主任以上の看護師という少ない人員だけで対応している。ひとりあたりの負担は尋常なものではないだろう。

日進は目だけで小さくうなずき、身じろぎもせずモニターに視線を戻した。

赤坂から報告を受けるまでもなく目の前のモニターには、一見して微妙な数値が並んでいる。血圧１６０の９５、脈拍１１２、呼吸数28。いずれもただちに命にかかわる数値ではないが、全身状態が悪化しつつあることを明確に示している。

「江田さん本人は相変わらず、そんなに苦しくないって言っていますが、呼吸回数も少しずつ増えています」

「大丈夫ですよ、寝てるわけじゃないんです。数字くらいは見えていますから」

そういう言い方が適切だとは思わないが、今は他人に配慮する余裕を日進は持っていない。

肺炎患者の呼吸状態が悪化している。通常なら再検査や、薬剤の切り替えなどを考慮すべきタイミングだ。しかし相手が新型コロナウイルス感染症では、ＣＴ検査も容易でなく、用いるべき治療薬もない。

「遅くなりました、日進先生」

そんな声とともにサブステーションに姿を見せたのは、敷島である。

江田の状態悪化の報告を受け、すでに院内には敷島だけでなく三笠も駆けつけてきている。今ごろ三笠は緊急で転院できないか、北信濃総合医療センターに連絡をとっているはずである。

「ゾフルーザの使用について、院長から許可が下りました。薬剤部も了解済みで、すぐ使えます」

敷島はそう告げてから赤坂に向けて、

「赤坂さん、オーダーは入力済みです。すぐ点滴の準備をしてください」

その指示に、赤坂はうなずくと、薬剤を取りに部屋を駆け出していった。

静かになったサブステーション内に残ったのは、敷島と日進だけだ。それを見計らったように、モニターの警告音が鳴る。S p O_2は90%。しばらくして92%程度まで戻ってくるが、あとがない数値だ。

「念のため確認しますがねぇ、敷島先生」

日進が椅子に座ったまま口を開いた。

「ゾフルーザがなんの薬かわかっていますよね？」

「インフルエンザの薬です」

敷島の冷静な声が応じる。

「三笠先生がカレトラやレベトールも手配してくれていますが、すぐには届きません。しかしゾフルーザなら院内にあります」

「先生の言うとおり、ゾフルーザはインフルエンザの薬、そしてカレトラはＨＩＶの薬、レベトールはＣ型肝炎ウイルスの薬です。我々の相手は新型コロナウイルスだったんじゃないですか？」

「どのウイルスもRNAウイルスという点では同じです。有効かどうかはわかりませんが、すでにいくつかの国で使用例は報告されています」

敷島の説明内容はもちろん日進も知っている。

知っていてわざわざ説明を求めているのは、常識を逸脱した処方について、敢えて確認しあっているのだと言ってもいい。

治療薬のない新型コロナウイルスに対して、今述べたような薬剤を投与した例がいくつかの医療施設から報告されている。使用根拠は、同じタイプのウイルスということだけだ。一般の医療では考えられない論理である。

「同じRNAウイルスだから同じ薬が効くだろうという話ですよねぇ。ほとんど正気の沙汰ではないですよ。その理屈でいくと、カブトムシもシマウマもトビウオもDNAを持っていますから、人間と同じ胃薬が効くんでしょうねえ」

敷島はじっとモニターを見つめたまま動かない。

嘲《あざけ》るような笑みを浮かべたまま、日進は窓の外に目を向けた。

北アルプスの麓《ふもと》に広がるゆるやかな傾斜地に、黎明《れいめい》の光が入り始めている。光の加減で、山肌の陰影が少しずつ移り変わり、まだ眠りからさめやらぬ集落のひとつひとつに朝を告げていく。いつもと変わらぬ美しい夜明けの景色が、日進の目には、何かひどく手の込んだ作り物のように映っていた。

「転院の承諾が得られましたよ」

ふいに聞こえた声は、三笠のものである。

白髪の内科部長が、サブステーションの入り口に姿を見せていた。

敷島がモニターを示して応じる。

「やはり呼吸状態は悪化しています。ゾフルーザの指示を出しましたが、時間稼ぎになるかどうかもわかりません。転院はできるだけ急いだほうがよさそうです」

「急ぎたいところですが、搬送車が手配できるのが昼前になります。それまではもたせるしかありません」

「搬送車？」

敷島が珍しく当惑を見せていた。

「救急車による緊急搬送ではないんですか？」

その声がいくらか裏返っていた。

三笠が手短に敷島に説明している声が聞こえてきた。いわく、保健所は厚労省の管轄だとか、救急関連は総務省の管轄だとか、指揮系統が違うおかげで、保健所が救急車を動かすことはできないとか……。

いちいち聞き慣れない言葉と、わかりにくい理屈が飛び出してくる。

「つまり救急車でサイレンを鳴らして移動することはできないということですか？」

「そうです。現状では、コロナ患者の移送に救急隊の助力は得られません」

恐るべき返答であった。

「移送はあくまで民間の搬送車を使います。保健所が佐久《さく》市の民間企業と交渉して了解をとってくれました。準備を整えて佐久を出た搬送車が当院に到着するのは昼前です。日進先生」

ふいの三笠の声に日進は緩慢に顔を上げる。

「出発予定の十一時までに北信濃総合医療センターへの紹介状や画像を用意しておいてください。患者の病棟からの搬出手順についてはこちらで看護師に指示します」

うなずき返したつもりが、日進の首は思うように動かなかった。

いつのまにか額だけでなく太い首回りにもじっとりと汗が浮かんでいた。

「日進先生？」と三笠が怪訝《けげん》そうに眉を寄せた。

敷島も、心配そうな目を向けている。

日進は椅子に腰かけたまま、二人の内科医を見上げた。

「だめかもしれません……」

ようやく出た言葉はそれであった。

日進は膝の上に置いていた右手をゆっくりと目の高さまで持ち上げた。その手が小刻みに震えている。

目に見えて、小さく震えている。

「驚いたことに、怖くてたまらないようです」

自嘲的な笑みとともに、弱々しい声が漏れた。

「ここから北信濃総合医療センターまで片道一時間半……いえ、救急車が使えないということはサイレンなしということですから、二時間以上かかるかもしれない。その間、ずっとコロナ患者と同じ車内に同乗することになります。目の前に患者さんを寝かせてその隣に腰かけて、二時間。しかも、特別な陰圧装置もない普通の搬送車両……。いやぁ……」

日進は大きく息を吐いた。

「さすがに無理ですよ、先生」

笑おうとして日進の頬が引きつっていた。

「私は、体はでかいですが、中身は小心者です。あんな肺が真っ白になるような肺炎を見た後で、二時間もコロナ患者の隣に同乗するなんて、とても無理ですよ」

日進としては、いまだに特別な覚悟も決意も持ったつもりはない。ただ流されるままに流されて、なんとかギリギリの心情で踏みとどまってきただけなのだ。

外来でコロナ患者のＰＣＲ検体を採取したときも、一昨夜の必死の対応も、ことごとく勢いのままに乗り越えただけである。少しでも気持ちのバランスが崩れれば、すぐにでも逃げ出しかねない思いで日々を過ごしている。その状態で、さらに危険な環境に自ら飛び込む勇気も胆力もない。

黙って見つめる三笠の前で、日進はポケットからハンカチを取り出して額を拭いた。

「当直でコロナ患者を拾ったあの夜以来、自分が感染してないか心底びくびくしているんです。正直に言いますがね。入院させた江田さんだって、一度も診に行っていません。ＳｐO_2が下がっているというのに、私はここで看護師からの報告を聞いてモニターを睨みつけているだけ……」

一瞬そこで言い淀《よど》み、それでもすぐに語を継いだ。

「私は、怖くて感染症病棟にも入れんのです」

ずいぶん情けない声が出るものだと日進は思った。

しかしまぎれもない本音であった。

コロナ診療はわからないことだらけである。

患者によって軽症から重症まで様々だが、どんな患者が重症化するのか不明である。感染形式は飛沫感染だけで、空気感染はないというが、十分な検証がされたわけではない。一昨夜、日進は患者とマスク越しで接触したが、どの程度の接触があれば感染のリスクが上がるのかもわからないし、ＰＣＲ検体の採取基準もない。よしんばＰＣＲ検体を取ろうと思っても、採取から結果が出るまで二日以上かかる。治療薬はなく、死亡率は明らかでなく、ワクチンもない……。

いずれ時間とともにわかることは増えてくるだろう。感染防御の方法論も確立されるだろうし、検査の必要な接触者の基準も定められ、治療薬も開発されるに違いない。そうなれば、いくらでも戦いようはある。けれども、現時点では何一つわかっていないのである。

そんな状態で、感染症病棟の中に入るなどとても日進にはできない。まして長時間狭い車内に同乗して移動するなど正気の沙汰とは思えない。

「こんな情けない小心者を、なぜコロナの最前線のチームに引き入れたんですか。まったく三笠先生も人を見る目がない」

日進の泣き言に、三笠は何も答えなかった。

息苦しい沈黙の中、江田のモニターだけが小さく点滅し、妙に低い酸素濃度と妙に高い脈拍とを知らせている。

しばらくして口を開いたのは敷島であった。

「私が行きます、日進先生」

落ち着いたその声に、しかし日進は呆れ顔をする。

「先生の冷静さと熱意には心底感心しますよ。けれどどんなに熱意を積み上げても、ウイルスが逃げ出してくれるわけじゃない。熱意も使命感も、一滴の消毒薬ほどの役にも立たないんです」

大きく首を左右に振りながら、

「だいたい運ぶ医者が私から先生に代わったからといって、リスクが下がるわけじゃない。別に私はプライドも何もない人間ですけどね、しかしこんな危険な仕事を、あなたに押し付けて、呑気《のんき》に行ってらっしゃいと手を振れるほど、図太くはないんですよ」

「それは違うと思います、日進先生」

どこまでも冷静な声が遮った。

顔を上げれば、敷島の静かな目が見返していた。

「先生は糖尿病や高血圧などの持病があります。肺炎になった場合の危険性は、明らかに私より高い。これは神経の太さやプライドの問題ではなく、リスクマネジメントの問題です。交代することには意味があると思います」

敷島の表情はいたって淡々としたものであった。

この恐ろしい緊張感の中で、そんな自然な態度がとれる後輩に、日進は告げる言葉を持たなかった。

「あなたって人は……」

次の言葉が容易に出てこない。

「試みに聞いておきますが、その勇気はどこから出てくるんですか？」

「勇気ではないと思います。多分私は、感染症の本当の怖さを理解していないんです。ただの怖いもの知らずで、そんな自分が危ういとも感じます。そういう意味では、先生がいつも警鐘を鳴らしてくれることを、とても心強く思っているんです」

敷島が、日進の存在を心強いと言ったのは二度目である。

本当に不思議なことばかり口にする後輩だと、日進は声も出ない。

「先生は診療情報提供書の作成をお願いします。患者さんには私から転院の説明をします」

そう告げる敷島に、日進はただゆっくりうなずいただけであった。

午前十一時十五分、江田紘一を乗せた搬送車が、信濃山病院を出発した。

敷島は、頭まですっぽりと防護服をかぶり目だけを出した状態で搬送車に乗り込みながら、見送りに来た日進に黙礼した。

見送りと言っても病院の正面ではない。コロナ患者を一般患者がいる正面玄関に連れてくることはできないため、病院裏口からの出発である。

もちろん、ストレッチャーで院外に出られる大きな裏口がいくつもあるわけではない。本来なら亡くなった患者を運び出し、霊柩車《れいきゅうしゃ》に乗せる裏口に、鮮やかなモスグリーンに塗装された民間の搬送車が乗りつけ、そこから送り出したのだ。防護服を着ていない日進が、敷島たちに近づくことはできないから、搬送車からかなり離れた場所に立って、大仰《おおぎょう》に右手を上げただけであった。

ゆっくりと動き出した搬送車の、後部座席の窓が大きく開く様子が日進には見えた。同乗した敷島が開けたのである。せめてもの換気のためであろう。冬二月のいまだ厳しい信州の寒気《かんき》が吹き付ける中、窓を開け放った搬送車が車道に出て行った。

見送る日進は、外面だけは超然と構えているものの、心中は波立つものがある。北信濃総合医療センターまで、ここから二時間。敷島は狭い車内で、コロナ患者と同席し続けることになる。

「情けない話ですねぇ……」

自嘲的につぶやきながら、搬送車の走り去った国道を見つめた。

国道の向こうには、安曇野《あずみの》の北に連なる雄大な山並みが見える。北アルプスの山麓《さんろく》にある信濃山病院からは近隣の山稜は見えないが、白馬《はくば》方面の鹿島槍《かしまやり》や爺《じい》ヶ岳《たけ》の起伏はかすかながら望むことができる。安曇野を見下ろす丘陵地を白く光りながら移動していくのは、農道を行く軽トラックであろうか。農閑期とはいえ、農家によってはそろそろ春に向けた準備を始める時期である。

まもなく雪が解け、草木が芽吹き、人が往来し、風景に色があふれてくる。毎年当たり前のように繰り返されてきた、信州の片田舎の何気ない日常だ。冗長《こほ》で、平凡で、なんの変哲もない見知った日常が、しかしいつのまにか手のひらから零れ落ちたような感覚が日進にはあった。いや、日常が零れ落ちたのではない。自分の方が、日常から零れ落ちてしまったと言った方が良いのかもしれない。

しばしじっと稜線を見つめていた日進は、ふいに白衣のポケットでスマートフォンが鳴ったのに気が付いた。

スマートフォンを取り出した日進は、メールの着信を確認して軽く眉を動かす。

差出人は日進義輝。

東京で薬学部に通っている日進の一人息子であった。


義輝は、二浪で私立大学の薬学部に合格し、東京で一人暮らしをしている。

日進は内科医であり、日進の父は脳外科医であったから、長男にも医学部を目指してほしかったが、受験の波にもまれて薬学部に入学した。皮肉屋の父よりも、厳格な祖父に似たのか、融通が利かないところはあるものの、人間としては自分よりはるかにバランスが取れていて頼りになると日進は思っている。

そんな息子は、大学で何か困ったことがあれば母親に連絡をとるのが常であったから、父の方にメールが来るのは珍しいことである。しかも平日の昼間という妙なタイミングであったから、怪訝に思いながら開封した日進は、思いのほかの長文を目にすることになった。

『父さんがコロナ患者を診てるって聞いたけど、本当ですか？』

義輝らしい几帳面な言葉で始まっていた。

誰から聞いたのか、と問うまでもない。真智子からであろう。

『コロナは普通の肺炎じゃありません。誰でも対応できる疾患だと思っていると大変なことになります』

そんな言葉に続けて、若い人でも重症の肺炎を発症する場合があること、治療薬がないため重症化すると手の施しようがないことなど、現時点でわかっていることが義輝らしい細かさでつづられている。医療人としての自覚が育っているのか、医師顔負けの細かい知識が丁寧に記されていた。

義輝のいる大学の附属病院にも患者の受け入れ要請があったらしい。教授会で議論の結果、『職員の安全を守るため、当面は患者を受け入れない』という結論を出したという。

『医学部の教授たちが議論して、受け入れ困難だと判断した疾患を、呼吸器内科医もいない信濃山病院が受け入れているのだとしたら、かなり無責任だと思います。いくら公立病院だからと言っても、職員の命を軽んじるような判断には、断固反対すべきです』

日進は思わず小さく苦笑していた。

最初の感情は、まったくその通りだという共感であった。続けて、息子も立派になったものだという感慨が生まれた。しかし最後に残ったのは、かすかな違和感であった。

「無責任……ねぇ」

つぶやきながら、日進は一度スマートフォンから顔を上げた。

視線をめぐらせて、搬送車の走り去った道路を眺めやる。

コロナ患者を受け入れることに、日進はまったく賛成しない。しかし、だからといって敷島や三笠の行動が『無責任』であるかと問われれば、安易に賛同する気にはなれない。確かに日進の目には、三笠たちの行動が単純に賞賛できるものではなく、ある種の危うさや無謀さを持っているように見える。けれども……、

……わずか百七十四人。

そう言った三笠の、かすかに震える声が思い出された。

二百人にも満たない患者が受け入れ場所もなく長野県まで運ばれてきた理由のひとつが、義輝の大学の附属病院のような対応が少なくなかったためだろう。

『家族を守るためにも、父さんは医師として、毅然《きぜん》とした行動をとってください』

メールの最後はそんな文面で締めくくられていた。

もともと生真面目な性格の義輝は、メールになるとひときわ硬い文面になる。これは今に始まったことではないが、今回に関しては、硬いだけでなく何か痛烈な批判が入り混じっているように思われた。

先ほどまでは冬の寒風など気にも留めていなかったのに、にわかに体の芯が冷えるような心地がして、日進は小さく身震いした。

あれほどコロナ患者の受け入れに明確に反対していた自分が、ほとんど同じ思いの息子のメールに違和感を覚えている。その事実が、日進を少なからず戸惑わせていた。

今もってコロナ診療にかかわりたいとは微塵も思っていない。けれども実際にコロナ患者を診察し、その恐ろしさを実感したことが、かえって本来の感覚を変えつつあるのかと、日進は自問する。

「新型コロナウイルスに感染する前に、熱意と使命感にあふれた『三笠ウイルス』にでも感染してしまいましたかねぇ……」

三笠だけではない。敷島もそうである。優秀すぎる上司と後輩に挟まれて、まったく割に合わないと、日進はそっとため息をもらしていた。

「コロナ以外にも、やっかいな新型ウイルスがいるのですか？」

ふいに降ってきた声に、日進は驚いて背後を振り返った。

いつのまにか、戸口に三笠の姿がある。

「看護師さんが心配して知らせてくれたのですよ。敷島先生を見送った日進先生が、裏口で立ち尽くしたまま、動かない、と」

穏やかな目を向ける三笠に、日進は頭を掻きながら応じた。

「突然現れるのはナシですよ、先生。こっそり上司の悪口を言ってるのがばれてしまうじゃありませんか。王様の耳はロバの耳ってねぇ」

日進の言葉に、三笠はかすかに微笑しつつ、国道の方に目を向けた。

「敷島先生は無事出発したようですね」

「立派なものです。私のように泣き言も言わず、足が震えることもなく、堂々と同乗していきました」

「業務とはいえ、苦しいものですね。向こうでの引き継ぎも入れれば、往復四時間はかかる。帰ってくるのは夕方になりますか」

そう言いながら、三笠は日進の隣に並んだ。

三笠はこの時間は腎臓外来のはずである。ここにいるということは、外来を止めてきたのだろう。「外来は大丈夫なのか」とは日進も問わない。三笠が自分を心配して足を運んできたことくらいはわかる。わかるから、日進は関係のない話題を口にする。

「敷島先生の不在の穴は大丈夫なんですか？　働き者の先生が半日不在というのは大事ですよ」

「敷島先生の午後の仕事は大腸カメラでしたが、外科の千歳《ちとせ》先生が引き受けてくれると言っていました。問題なさそうです」

「『帰国者・接触者外来』の方は私が対応します。患者が来たら連絡ください」

三笠がそっと視線を走らせる。

「大丈夫なんですか？」

「大丈夫じゃないと大声で叫びたいですが、疲れ切って声も出なくなりました。外来は黙って私が引き受けますよ」

日進の言葉に、直接は答えず三笠はゆっくりと頭上を見上げた。つられるように日進も振り仰ぐ。

晴れ渡った空には、ひとかけらの白い雲が見えるくらいで、どこまでも青く眩《まばゆ》い。

途切れた会話の向こうから、風のざわめきや、車の走り抜けていく音が届く。遠くからかすかに聞こえる甲高い音は踏切の音であろう。どれも皆、耳に馴染《なじ》んだ生活の音だ。

「日進先生」

ふいに三笠が口を開いた。

「なぜ私が、最初のコロナ診療メンバーに敷島先生とともに先生を選んだのだと思いますか？」

「一度説明は受けています」

日進は冬空を見上げたまま、

「老人と若者に負担をかけたくない中での消去法でしょう。こんな危険な現場に、六十歳を超えた富士先生やまだ二十代の音羽先生を送り込むわけにはいかないと先生もおっしゃっていた」

「それはもちろん理由のひとつですが、それだけではありません」

三笠は一度言葉を切ったが、すぐに続けた。

「この危険な診療に、日進先生の存在が必要だと考えたからです」

思わず日進は、苦笑とともに視線を三笠に転じた。

「この期に及んで下手な気遣いはみじめさを倍増させるだけですよ。私は、自他ともに認める院内一の小心者です」

「その小心者を必要とした、と言えば、怒りますか？」

意外な返答に、日進はさすがに口をつぐむ。

　三笠は空から日進へと視線を動かす。

「コロナ診療は、使命感だけで突き進むには危険すぎる現場です。そんなとき、確実にブレーキをかけてくれる先生のような存在が必要だと考えました。危険なものは危険だと、突き進むことだけが正しいわけではないということを、はっきり言えるのは先生だけだと思ったのです」

「それはまた……」

　日進はほとんど呆気に取られる思いだ。

「私はどうかすると突き進みすぎるところがありますし、敷島先生は冷静に見えますが、芯には私以上に熱いものを持っている。我々二人だけであれば、暴走することもありうるのです。その点、先生がいてくれれば心配ない。いつも確実にブレーキをかけてくれる」

「つまり臆病者の泣き言も、役に立つことがあると？」

　苦笑いを浮かべる日進に、三笠は目だけで笑い返した。

「なるほど」

　日進は頭をくしゃくしゃと掻き回してから、また空を見上げた。

　冬の空はどこまでも青く、信濃山病院の騒動などどこ吹く風と晴れやかだ。

「こんな私にも一応、役割というものがあるわけですか」

皮肉屋には珍しい、率直なつぶやきであった。

その声に重なるようにポケットのＰＨＳがけたたましい音を響かせた。そろそろ外来に戻ってほしいという連絡であろう。

それを承知で日進は、すぐには応じなかった。

白衣のポケットに両手を突っ込んだまま、まぶしげに晴れ渡った空を見上げていた。


その日、敷島が病院に戻ってきたのは夕方の四時前であった。

冷静沈着で知られたこの内科医も、さすがに疲労感を隠せぬ様子で、医局のソファに座り込んでいた。

その間の『帰国者・接触者外来』には、東南アジア旅行から帰ってきた若者と、そのガールフレンドが発熱で受診し、日進は黙々と防護服下でＰＣＲ検体を採取し、自宅待機を命じた。

外来対応の間に、日進は敷島の入院患者もすべて回診し、翌日の指示も出した上で帰宅した。過酷な役割を引き受けてくれた後輩に対する、わずかばかりの返礼であった。

ようやく帰路につき自宅に戻ったのは、夜八時過ぎだ。玄関をくぐり、灯りのついたリビングに入ると、すぐに「夕食は二階に上げておいたから」と妻の声が聞こえた。

昨日から、日進と真智子は動線ができるだけ交差しないような生活になっている。それを実行するために真智子が事細かな取り決めを紙に書いて夫に手渡していた。

日進は二階の息子の部屋で寝る。義輝は年に一、二回は帰省してくるものの、普段は誰が使うわけでもないから問題ない。

幸いトイレは一階と二階にそれぞれあるから、分けて使うことができる。風呂については日進が病院でシャワーを浴びてくれれば解決する。洗濯物は、二日たってから日進が一階におろしたものを真智子が洗う。理由は、ウイルスが衣服の上で十数時間、生き延びたというニュースがあったかららしい。

ひとつひとつの取り決めに、どれほどの意味があるのか、日進にはもはやわからない。わからなくとも、妻が納得できる行動を選択することが、日進なりの努力であった。

ちらりとリビングを覗けば、テレビを見ていた妻が、手早くマスクをつける様子が見えた。

そのまま階段をのぼって二階に上がる。

部屋に入ると、机の上にはラップをかけた麻婆《マーボー》ナスが置かれている。今は息子の勉強机が日進の食卓なのである。

日進は鞄を床に置くと、勉強机の前に座って、大きく息をついた。

昼のニュースでは、ここ数日、急速にヨーロッパで患者が増え始めているという話題が出ていた。とくにイタリアでの感染拡大に歯止めがかからず、死者も増え始めているという。医局のテレビの周りには、医師たちが集まってコロナ情勢を論じ合っていたが、皆、コロナ診療にかかわっていない他科の医師たちだ。日進は黙ってそこを通り過ぎた。

病棟は病棟で、不穏な空気が満ち始めていた。

今日の夕方のことである。日進がA病棟の前を通りかかると、看護師たちがざわついている様子を目にした。

「何かあったんですか」

歩き過ぎようとした看護師のひとりにそっと問えば、辺りを気にしながらも答えが返ってきた。

「今夜のコロナ病棟の夜勤担当者が急に体調崩して、来られなくなったらしいです」

看護師も人間であるから、体調を崩すことはある。まして尋常でない緊張感で働いているコロナ病棟の看護師ならなおさらだ。

問題は、代わりの看護師が見つからないということであるらしい。

今の感染症病棟は、主任以上の看護師上層部だけで対応している。もともとぎりぎりのマンパワーで回しているところに、ひとりの脱落はきわめて影響が大きい。

上層部のスタッフに対応できる者がおらず、万策尽きた看護部長が、その日一般病棟で夜勤予定だった若手看護師のひとりに相談を持ちかけた。ところが、突然の話にパニックになった看護師が、ステーション内で声を上げて泣き出してしまったという。

「無理ですよ、コロナ病棟なんて」

事情を話してくれた看護師は、押し殺した声でそう吐き出した。

「私たちだって人間です。死にたくないし、家族だっているんです」

そのまま足早に去っていった看護師の姿が、日進の脳裏に残っていた。

クルーズ船の患者を受け入れ、コロナ対応病院として動き始めて約二週間。

表面上は大きな混乱は起こっていないように見えるが、不安感は確実に院内に広がり、いびつな空気が漂い始めている。目に見えないひび割れがあちこちに入り始め、わずかなバランスの狂いが、突然の総崩れを起こしかねないような雰囲気がある。

——家族だっているんです。

その言葉が妙に頭にこびりついていた。

我が身を振り返れば、妻は家の中でもマスクをつけるようになり、義輝からは厳しいメールが届いている。

望むと望まざるとにかかわらず、事態は確実に息苦しいものになっている。

「哀《かな》しいねぇ……」

ただ黙然《もくねん》と眼前の机を眺めやった。

義輝の勉強机は、もう何年も使われていないから綺麗《きれい》に整頓されたままだ。夕食のお盆のほかは、数本の鉛筆が入ったペン立てと、小さな写真が一枚立てられているだけである。

写真は、二十年近く前に撮ったもので、肥満した日進の横に、まだ小学生の義輝が写っている。父親によく似た丸い体型で、満面の笑みでピースサインをしている姿は、妙に愛嬌《あいきょう》がある。そしてふたりの隣には、腰は曲がっていても、日進とよく似た顔つきの禿頭《とくとう》の老人が、気難しい顔をして立っている。

義輝の祖父、すなわち日進の父である。

十五年前に脳梗塞《のうこうそく》を起こし、今はもう寝たきりの生活をしている父が、まだ歩けていた頃の写真だ。

「家族だっているんですよねぇ……」

無意識のうちにそんな言葉をつぶやいていた。

日進はゆっくりと視線をめぐらせて、壁にかかったカレンダーに目を向けた。

ここのところ曜日感覚が欠落していたが、明日は木曜日である。

木曜日は、午前中の肝臓専門外来が終われば、午後は比較的ゆとりをもって動ける日だ。担当入院患者の状況によってはのんびりともしていられないが、コロナ患者を転院させた今は、重症者もいない。『帰国者・接触者外来』を敷島か三笠に頼むことができれば、午後は時間を空けられる。

日進はしばしじっとカレンダーを見つめていたが、やがて静かに箸を取って、夕食に手を付けた。


『セントラルパレス筑摩野』

筑摩野の郊外に、そんな名前の高齢者施設がある。

ＪＲ筑摩野駅から車で二十分ほどの、牧歌的な田園風景の広がる中に、静かに佇《たたず》む建物だ。

その日、午前の外来を終えた日進は、久しぶりにこの特養に足を運んでいた。

一階フロントの受付で声をかけ、面会者用のノートに記帳して、エレベーターに乗る。一連の動作がスムーズなのは、月に一度くらいはここに足を運んでいるからである。

三階でエレベーターを降り、日当たりのよい共用スペースを抜けて廊下を歩いていく。途中スタッフらしい青年が机を拭いていたが、にこやかに日進に挨拶《あいさつ》をした。会釈を返しながら歩いた先は、個室が並ぶフロアである。目的の部屋まで来ると、入り口の扉は開いたままになっているが、一応軽くノックして入室した。さして広くもない室内に、ベッドに横たわる小さな老人の姿が見えた。

日進の父、日進義五郎《よしごろう》である。

「お邪魔するよ、父さん」

そんな言葉とともに日進はベッドに歩み寄った。

ベッドの中の小柄な老人は、目を閉じたまま小さく咳をした。

日進義五郎は、もともと近隣の病院で脳外科医をしていた人物である。十五年前に脳梗塞で倒れ、左麻痺を起こしたため、定年を待たずに引退した。当初は、リハビリをしながら自宅で生活をしていたが、二度目の脳梗塞を起こしてからは、誤嚥性肺炎を繰り返すようになり、あっというまに動けない体になった。八年前に日進の母が胃がんで他界したのを契機に施設に入所したのである。

もともとは日進に劣らぬ巨体であったが、今は骨と皮だけの小さな皺《しわ》だらけの老人だ。厳格で愛想がなく、日進にとって間違いなく怖い父親であった。病院でも強面《こわもて》で知られ、もう少し愛想があり社交辞令が言えればさらに高い地位までのぼり詰めたかもしれないという話も聞いたことがある。ただ、患者からの信頼は厚かったと日進は聞いていた。

「様子を見に来たよ」

義五郎は、会うたびに痩せている印象だが、顔色は悪くない。

受付をしたときに奥にいたスタッフが声をかけてくれたが、最近は痰がらみが目立たず落ち着いているものの、食事量は少しずつ減ってきているのだと言う。

そばの椅子を引き寄せてベッドの横に腰を下ろすと、物音で義五郎がそっと目を開けた。少し辺りをさまよった視線はやがてベッドサイドの息子のところで留まった。

「義信か」

声はかすれているが、ゆっくりと目に力がみなぎってくる。

脳梗塞で動けない体とはいえ、頭の方は存外にしっかりしている。普通の会話が成立するわけではないが、調子がいいときは昔話くらいならできる。

不調のときは目を開けることもないから、受付スタッフが言っていたように、いくらか落ち着いているのかもしれない。

「元気そうだね」

「何時だ？」

唐突な質問に日進は慌てない。動けない義五郎の中には独特な時間が流れている。義五郎は長い時間を連続的に生きてはいない。不定期に眠りながら不連続な日々を生きている。そうなると曜日や月日より、一日の中での時間の方が重要になってくる。日進が一か月ぶりに来ていることも、どこまで理解しているかはわからない。わからなくて良い問題だと日進は思っている。

「昼の二時過ぎくらい」

「また逃げ出してきたのか？」

日進は笑った。

それは昔からの義五郎の口癖であったからだ。

日進にとって、父は圧倒的に大きく、そして怖い存在であった。他人にも自分にも厳格な父から、なぜ自分のように怠惰な人間が生まれてきたのか不思議に思うほど厳しい人物であった。

その父のもとを、日進が自ら訪ねていくときは、『父よりも怖いもの』に出会ったときに限られた。子どもの頃からずっとそうであった。だから父は、息子が寄ってくると、必ずこの台詞《せりふ》を口にしたのだ。

また逃げ出してきたのか、と。

あの頃からずいぶんな年月が流れ、互いの立場も変わり、今はただ、老いた親を見舞う息子として定期的に面会に来ているだけなのだが、それでも父の言葉は変わらない。

「……今度の相手は手ごわいのか?」

そんな風に父が質問を続けて投げかけてくるのは珍しいことだ。やはり今日は調子がいいのかもしれない。

日進はうなずきながら応じた。

「父さんなんか、目じゃないくらいにやばい相手だよ」

「そうか……」

小学生の頃、いじめっこに追いかけられて逃げ帰ったときと同じ問答である。

父の目がゆっくりと動いて窓の外に向いた。それを追って窓の外を見れば、冬の透明な光が差し込んでいる。

子どもの頃であれば、父はそこから色々な事情を聞きだし、どうやって戦えばいいかということを滔々《とうとう》と説明し、やがて怒りだし、結局幼い日進を泣かせたものである。だが、今はもうそれもない。

差し込む日を受けて、父の横顔に濃い陰影が刻まれる。皺が深いだけに、どこか中世ヨーロッパの宗教画のような趣《おもむき》さえ見せる横顔を、日進は黙って見つめ続ける。

父の目が、ふいに窓外からまた息子へと動いた。

「……作戦はあるのか?」

最初から戦うことを前提にしている、父らしい質問であった。

日進は小さく笑いながら首を左右に振った。懐かしい空気があった。懐かしいだけでなく、奇妙な温かさがそこにはあった。

笑いながら、また窓外に目を向ける。

雪に染まった北アルプスの山並みが見えた。周りに遮るものの少ない施設の窓からは、優美な常念岳《じょうねんだけ》の稜線が見える。筑摩野を見下ろす名峰は、白雪に包まれて午後の光に輝いている。山麓にあるがゆえに、かえって信濃山病院からは、それらを直接望むことはできないし、自宅にいれば、わざわざ山を眺める趣向を日進は持たない。そういう意味では、久しぶりに目にする堂々たる常念岳の雄姿であった。

辺りは静かであった。

足下に広がる田園地帯に車の往来は多くない。施設の中も午睡の時間に重なっているためか物音ひとつ聞こえない。

静けさの中に光が差し込み、ゆったりと風が流れるように時が過ぎていく。

その静寂の中で、おもむろに日進は口を開いた。

「しばらく会えなくなるかもしれない」

そんな言葉がこぼれ出ていた。

なぜそう言ったのか、日進自身にもはっきりとはわからなかった。

けれどもそれが日進の結論であった。

家族を犠牲にして良いとは思わない。言うまでもなく、家族を守ることも日進の務めである。けれども、コロナは診ないと声を上げることが、今の日進はどうしても難しい場所にいる。

地位、年齢、環境、そして三笠や敷島の存在。ひとつひとつを挙げれば、小さな問題かもしれない。けれども、ひとつひとつを合わせたものが、日進の人生というものである。

それらをすべて投げ出して、家族は守ったぞと胸を張っている姿は、どう考えても自分とは思えない。倒れるまで脳外科医として働き続けた父が、そうでない姿を想像できないように。

人生というものは断片だけを取り上げて、あれこれ論じることのできないものだと日進は思っている。山があり、谷があり、幸と不幸が順々にめぐってくる。山を削り谷を埋めて、真っ直ぐな道を敷き詰めたところで、そこを歩く人生が愉快かと問われれば、怠惰な日進でさえ、否と笑って首を振る。人が生きるということは、そういうことではないだろう。

時計を見れば、いつのまにか三十分近くも部屋にいた。いつもは五分ばかり顔を見たらすぐに帰っていくから、長居は久しぶりであった。心なしか午後の日差しも、夕刻の柔らかな光に変わりつつあった。

目を閉じてしまった父の顔を見つめ、それから短く別れの言葉を告げて、日進は大きな体を持ち上げた。

これでしばらくは父に会うことはない。

「行ってこい……」

ふいに父の声が聞こえた。

振り返った日進が戸惑ったのは、いつのまにか目を開けた父が、真っ直ぐに自分を見つめていたからだ。

「負けるな、義信……」

しわがれた声に、力があった。

気のせいかもしれないが、いつもと少しだけ違う何かが、言葉にこめられているようであった。

相変わらず、表情らしい表情は見えない。ゆえに父がどこまで、何を理解しているのかわからない。けれどもゆっくりと胸の中が温かくなるのを感じて、日進はうなずいていた。

布団《ふとん》の中に手を伸ばし、父の痩せた手をとって軽く握った。いつもはほとんど力の入らない手が、そっと息子の手を握り返したようであった。

その日の夜、二階で夕食を終えた日進は、お盆を持ってキッチンに下りた。リビングでは真智子がまた座椅子に腰かけてテレビを見ている。

キッチンに盆を置いたあとは、すみやかに二階に戻る決まりだが、日進はそのままダイニングに足を進めた。

「真智子、少しいいか?」

声をかければ、テレビから振り返った妻が、露骨に眉を寄せる。

「病院が落ち着くまでは、二階で生活って言ったわよね」

「わかっている。しばらくはそれでいいんだが、今は少し大事な話がある。机で話そう」

「義輝にも言っておいたけど、連絡来た?」

「メールが来たよ、手厳しいことが書いてあった」

ゆっくりとダイニングテーブルの前に腰かける日進に対して、しかし真智子は険しい顔のままで動かない。

「だったらわかったでしょ。コロナ患者さんはちゃんと断るようにして」

「その話をするから座りなさい」

「話なんてないわ。今週もクルーズ船の患者さんがひとり亡くなったってニュースやってるのよ。私なんて、あなたが病院から帰ってくるたびに、どんなに怖い思いしているか」

「わかっているつもりだよ。私も同じだからねぇ。だけど今はここに来て座りなさい」

「わかっているならもう少し……」

「いいから、ここへ来て座りなさい」

日進の常にないほど低く太い声が響いた。

決して大声ではなかったが、重く厚い声であった。

さすがに驚いた真智子は、口をつぐんだ。わずかに迷ってから畳の上に投げ出していたマスクをつけて、しぶしぶといった様子で立ち上がる。

日進は、妻が椅子に座るのを待ってから、おもむろに右手に持っていた茶色い封筒を机の上に置いた。Ａ４が入るサイズの大きな茶封筒である。

「これを母さんに渡しておこうと思う」

真智子は気味悪そうな顔をするばかりだが、日進はかまわず、受け取りなさいと告げた。

「何よ、これ」

「大事なことを書いてある」

「大事なこと？」

日進は一度目を閉じてから、ゆっくりと言葉を選ぶように答えた。

「銀行の預金通帳の場所、郵便貯金の通帳の場所、それぞれの暗証番号。それから実印とかこの家の土地の権利書なんかの大事な書類をまとめて入れてある引き出しの場所も、記載しておいた」

淡々と告げていくうちに、最初はしかめっ面をしていた真智子の顔がだんだんと青ざめてくる。

「私の個人的な貯金もあるからここに通帳を入れてある。たいした金額ではないが、ないよりは安心だろう。それから、母さんには面倒をかけるかもしれないが、父がいるセントラルパレス筑摩野関係の書類もある。すまないが、私に何かあったときは……」

「どういう意味?」

真智子の声が震えていた。

日進は視線を上げず、封筒を見つめていた。

「どういう意味なの、お父さん。これじゃまるで遺書みたいじゃない」

「そんな立派なものじゃない。いざというときのための連絡事項といったところかね」

「変よ。そんなの普通じゃないでしょ」

「普通じゃない、その通りだ」

日進はゆっくりと息を吐いた。

「すまないねぇ、母さん」

その口元に苦笑が浮かんでいた。

夫のいつになく穏やかなその態度が物語っている事柄を、真智子はほとんど直感的に理解していた。お世辞にも仲睦《むつ》まじい夫婦とは言えないものの、連れ添ってきた二十数年という月日は、煩雑な説明を省略するのに十分な役割を果たしていた。

「なんで……？」

やっと出た言葉がそれである。

「なんでかねぇ」

頭を軽く掻きながら、日進は首を傾《かし》げる。

「どうも立派なお医者さんが周りに多くてね。どうにもならない」

答えになっていないことを、日進自身が理解している。

日進には、三笠や敷島のような使命感はない。けれど医療というものは、使命感だけで成立するものではないと思っている。車が安全に走るためにはアクセルだけでなくブレーキが必要であるように、花火を楽しむときには必ず水をたっぷり入れたバケツを用意しておくように。

今もって、コロナ診療にかかわりたいとは微塵も思わない。けれども、自分がそこにいることで、おそらくこの医療は少しだけ良いものになる。そんな直感があると言えば、傲慢《ごうまん》すぎるであろうか。

「大丈夫なの?」

普段は的確な指摘をあれこれと加えてくる妻が、まったくの愚問を口にしていた。

クルーズ船の乗客はすでに四人亡くなっている。それも、医療の届かない途上国の話ではない。この医療大国と言われる日本国内で、病院で手を尽くして亡くなっているのである。大丈夫な理屈など、どこにも立てようがない。

だからこそ、日進は笑って応じるのである。

「大丈夫だよ」

太い手で卓上の封筒を少しだけ押し出した。

「私は院内一の臆病者だからねぇ」

真智子は、封筒に手を伸ばさなかった。

ただじっとそれを見つめたまま、丸い肩を震わせていた。

まず手袋をつける。

それから使い捨てキャップをかぶり、N95マスクを装着する。

続けて足首から頭の先まですっぽり覆うつなぎのような白いタイベックを着用する。チャックを閉め、シールで留めるのを忘れないこと。

そして二重になるよう、もうひとつ今度は肘まである長手袋をつける。

フェイスシールドをかぶり、最後に鏡の前で一連の手順にミスがないかを確認する。

二週間前は、靴下も靴も替えた上でシューズカバーまでつけていたが、今は足周りの手順は、かえって感染リスクが高まるとの判断で、省略されることになった。

もっとも安全だとされている様々な感染予防対策が日毎《ひごと》に変更されている。改善されることは良いが、では改善される前の基準は「もっとも安全」ではなかったということになる。日進は相変わらずそんな皮肉な発想を持って事態の成り行きを眺めている。

「問題ないと思います、日進先生」

傍らで確認してくれていた、看護師の赤坂が告げた。

ちらりと横目で見れば、赤坂が何かおかしそうに小さく笑っている。

「変ですか?」

日進の問いに、赤坂が慌てて首を左右に振っている。

気持ちはわからなくもない。鏡を見れば、そこにはゴムまりのように丸く膨れた白い塊が立っている。こんな状況でなければ、一発芸か何かだと勘違いされるのが関の山だろう。

「まあ、苦しいことばかりの現場に笑顔が広がるなら、こんな服に着替える価値もあるというものですよ」

「すみません、先生」

軽く頭を下げる赤坂の頰のまわりには真っ赤なマスクのあとがついている。体調を崩す看護師や、泣き出す看護師もいる中で、赤坂は休まずたゆまず、今日もコロナ診療の最前線に立ち続けている。三笠や敷島のような人物は特殊だと日進は思っていたが、いくらか考えを改める必要があるのではないかと、思うときもある。

「でもいいんですか、日進先生。今度の患者さん、敷島先生が主治医をするって言っていたのに」

「いつまでも敷島先生ばかり使うわけにはいかないでしょう。新しい患者さんが来るわけですから」

真智子に遺書を渡した翌日、出勤してみれば、新しい患者が入院していたのだ。北信濃総合医療センターに転院させた江田紘一の妻である。

数日前から微熱が続き、昨日の夕方病院を受診。CTではわずかに肺炎像があったが、夫ほどの重症感はない。PCR検査を施行して入院になった。まだPCRの結果が出ていないため、疑似症病棟の個室に入っているものの、さすがに陽性であろう。

敷島が主治医になると言っていたが、日進が自ら交代を申し出たのだ。これからその患者の診察なのである。

「まったく回診ひとつで、これだけ大変とは思いませんでした」

「昨日の会議の話ですが、近日中に感染症病棟内にiPadを設置して、オンライン診療ができるようなシステムをつくるって院長が言っていました。もう何日かすると、軽症患者さんについては中に入らなくてもよくなるかもしれません」

「そういうことは早く言ってほしいですねぇ。知っていれば、それまで主治医を断っていたでしょうに」

大げさに肩をすくめてぼやきながら、もう一度鏡の前で防護服を確認する。

オーケーです、という赤坂の声を聞きながら、日進は足を踏み出した。

サブステーションから廊下に出れば、衝立の張り紙に『イエローゾーン』の文字が見える。ご丁寧に黄色で書かれている。それを越えてすぐ次の衝立に見えるのは、ひときわ大きな赤い文字だ。

日進の足がかすかに震えた。

キャップの下にじわりと汗がにじみ出た。

今にも逃げ出そうとする両足に向かって、言い聞かせるようにつぶやいた。

「まったく冗談きついですねぇ……」

日進は、ゆっくりとレッドゾーンに足を踏み入れた。

第二話――パンデミック

令和二年三月一日は、日曜日であった。

日曜日の昼間から、千歳一郎《いちろう》は手術室でメスを握っていた。

休日であろうと深夜であろうと、子どもの入学式であろうと、親の三回忌であろうと、急患は医師の都合を斟酌《しんしゃく》しない。そういう臨床現場に身を置いて、まもなく三十年になろうとする千歳にとっては、その日の緊急手術も、普段と変わらぬ日常の一風景であった。

「ペアン」

千歳の声が響くと、すかさず道具出しの看護師の須山《すやま》が、「ペアン！」と復唱しつつ、銀色の小さな鉗子《かんし》を手渡す。鉗子は、開かれた腹腔《ふっくう》内に吸い込まれ、出血の続く小さな血管を正確に把持《はじ》する。

「もうひとつペアン」

千歳の目は、赤く染まってオリエンテーションのつきにくい手術野の中でも、出血源となっている小さな血管を確実に捉えている。それでも昔に比べれば視力が落ち、ピントがぴたりとは合わなくなったものだという淡い感慨が胸をよぎったのは、千歳の余裕というものであろうか。

「3ゼロナイロン！」

千歳の向かい側で、大きな声を上げたのは龍田《たつた》竜二《りゅうじ》である。

龍田は、七年目の外科医で、千歳とはちょうど二十年の開きがある。

常に冷静で淡々と処置を進めていくベテランの千歳と、陽気でしばしばそそっかしい動きを見せる龍田は、性格的には正反対だが、ともに長身である点では一致している。千歳は五十代とはいえ、よく鍛えられた贅肉《ぜいにく》のない体型をしており、もとラグビー部の龍田は、千歳よりもさらに大柄で肩幅も大きい。おかげで二人の脇に立つ須山は、特別小柄でもないのに少女のように小さく見える。須山は足の下に踏み台を二段重ねにして、ようやく長身の外科医たちの処置にくわわれる状態だ。

「もうひとつ、3ゼロナイロン！」

また龍田の大声が響き、その太い指が、見た目よりはるかに器用に、千歳が把持した血管を結紮《けっさつ》していく。

「クーパー」

千歳が須山から受け取ったハサミで結紮糸を切離《せつり》したところで、龍田の口からかすかに焦りを含んだつぶやきが漏れた。

「結構、出血しますね」

「思いのほかに腸管がねじれているからな」

千歳の声は、対照的に淡々としたものだ。

「鬱血《うっけつ》の影響もあるだろう。想定内だ」

患者は腸閉塞《ちょうへいそく》で緊急手術になった六十二歳、男性の竹平明彦《たけひらあきひこ》である。

竹平はその日の朝、突然の腹痛と嘔吐《おうと》で救急外来を受診した。日直医である消化器内科の敷島が診察し、「絞扼性《こうやくせい》イレウスの疑い」で外科チームに連絡を入れてきた。

〝明日の朝まで待たない方がよさそうです〟

電話向こうの敷島の声に、千歳はすぐに自宅のソファから立ち上がったのである。

昼前に病院に到着した千歳は、患者のＣＴを一目見て緊急手術が必要と判断し、外科の龍田と麻酔科の高千穂《たかちほ》をコールして、一時間後には手術室に立っていた。

「緊急で入って正解だったな。月曜日まで待っていたら、腸が腐っていただろう」

「なんとか間に合ったって感じですね。開腹したときはやばいかと思いましたけど、絞扼していたバンドも切離できましたし、腸の色も悪くはないです」

「つまり、腸切除なしでゴールだな」

簡潔なその結論に、龍田は大きくうなずき返した。

五十二歳の千歳に対して、三十二歳の龍田は、まだまだ若手である。手術記録上は、龍田が『執刀医』で、これを補佐する『前立ち』が千歳だが、実際は熟練の千歳の誘導に従って龍田が動いていく。ベテランと若手が組んだ外科手術とはそういうものである。

「腸切除なしで閉腹します」

龍田が大声で告げると、患者の頭側に座っていた麻酔科医の高千穂が、小さくうなずいてひょろりとした体を持ち上げた。手術の終了に合わせて、患者を全身麻酔から離脱させるのが、麻酔科の腕の見せ所である。

患者の足側では、須山がほっと安堵《あんど》のため息をもらしている。腸切除があるかどうかで、手術時間が大きく変わる。癒着を解除して閉腹するだけで済めば、患者の体にかかる侵襲《しんしゅう》は少なくて済むし、医療者側も短時間で手術を終えることができる。

龍田が腹腔内を生理食塩水で洗浄しながら、口を開いた。

「そういえば、聞きましたか、千歳先生」

手術の山場を越したからであろう。その声にはいくらか緊張を解いた様子がある。

「昨日、感染症病棟で日進先生がぶち切れた話です」

「日進先生が？」

千歳が軽く眉を上げた。

日進は信濃山病院の肝臓専門医であるとともに、三人の内科医で結成された、コロナ診療チームのひとりだ。百キロ近い肥満体の持ち主で、始終皮肉を振りまいているから皮肉屋日進などと呼ばれている人物である。

クルーズ船の患者の受け入れ前から、一貫してコロナ患者の受け入れに反対の立場をとってきたが、内科の年長者という立場上、コロナ診療の最前線に立たざるを得なくなっている。皮肉屋に相応《ふさわ》しい皮肉な展開と言って言えなくもない。

「三日前に田川《たがわ》第一病院の整形外科から、発熱患者が転院してきたんです」

「その話なら聞いている。腰痛で入院している患者を、熱が出たから院内には置いておけないといって、強引に転院させてきた件だろう」

患者は発熱があるというだけで、肺炎があったわけではない。ただ、一週間前に東京への移動歴があり、コロナ感染症ではないと断言はできない、というのが転院依頼の理由であった。

「せめてPCRだけでもやってほしいと依頼したのに、あっさり断られたと三笠先生が嘆いていた」

「ひどいもんですよね」

吸引チューブで食塩水を吸引しながら、龍田が応じる。

PCR検査は、新型コロナウイルス感染症を診断するための検査で、抗原検査や抗体検査がまだ実用化されていない現在、現場で施行可能な唯一の検査といってよい。特別な技術は必要なく、鼻に棒を入れるだけの、インフルエンザの簡易検査と同じ手順だ。しかし検査時にくしゃみや咳《せき》が出やすく、患者がコロナに感染していた場合、スタッフ側の飛沫《ひまつ》感染リスクが非常に高くなるという報告があるため、多くの医療機関が、検査を行うことそのものを拒否しているという実態がある。

信濃山病院でも、看護部はPCRの検体採取を拒否しており、現状では、外来、病棟を問わず、三人の内科医が交代で検査を行っている。おそらく田川第一病院では、医師も検体採取を拒否したということであろう。

「なんとも辛《つら》い話だな」

千歳は、腹腔内にガーゼが残っていないかを確認しながら続ける。

「しかし、その手の話なら、今さら日進先生を怒らせるようなものでもないだろう。熱があるというだけで投げ込まれてきた事例は、この一週間だけで何件もあると聞いている」

「それがですね」と龍田が追加の生理食塩水を手に取りながら、

「転院してきた患者のPCRは結局陰性だったんですが、あんまり腰を痛がるもんで、昨日腰椎《ようつい》のMRIをとったら、化膿性脊椎炎《かのうせいせきついえん》だったって話で」

「なるほど……」

千歳はさすがに手を止めて顔を上げた。

日進が激怒する様子が、容易に想像できた。

化膿性脊椎炎は整形外科の専門領域であり、転院を依頼してきたのも整形外科である。もちろん新型コロナウイルスとはなんのかかわりもない疾患だ。

先方の病院の医師が、『東京帰り』と『発熱』という二つのキーワードを聞いただけで、すべてを放り出すように送り込んできたことがわかる経過であろう。

「コロナを怖がる気持ちはわからんでもないが……」

「私たちは便利屋じゃないんだ、なんとかしてくれと、病棟で三笠先生に大声を上げていたようですよ」

「怒鳴られる三笠先生の方も気の毒だな」

苦笑まじりに応じる千歳が、龍田ほど明瞭な怒りや苛立《いらだ》ちを発しないのは、特別寛容な性格だからではない。自分がその整形外科医の立場であればどう対応したか、冷静に分析すると、意外に判断が難しいということがわかるからだ。新型コロナウイルスは、今のところ治療法のない未知の感染症であり、万が一院内で広がれば大変な事態になることは事実なのである。

いずれにしても、

「コロナ診療チームの苦労が思いやられるな」

それが千歳の率直な感慨であった。

コロナのＰＣＲ検査を施行した場合、結果が出るのには、早くても二、三日、検査数が多くて混雑していると四、五日かかる場合もある。その間、紹介患者を疑似症病棟に収容し、完全防護服で、すべて個室で個別に対応しなければいけない。

結果として、コロナ患者は二名しか入院していないのに、次々と紹介されてくる「コロナ感染が否定できない患者」のおかげで、感染症病棟の業務は、膨大なものになっているらしい。

「我々はまだ気楽な方なのかもしれないな」

龍田の腹膜の縫合を補助しながら、千歳は口を開いた。

「感染症指定医療機関だとはいっても、我々外科医の仕事が何か変わったわけではない。緊急手術といってもいつものことだ。知れている」

「そうですね。外科医は手術さえしていれば文句も言われず、コロナを押し付けられるわけでもありません。三笠先生たちの大変さとは比較になりませんよね」

「あとはこの状況がどれくらい続くかだが……」

「僕は長期戦にはならないと思います」

そんな返答に、ちらりと千歳が一瞥《いちべつ》を投げれば、龍田は存外真面目《まじめ》な顔をしている。

「楽観的だな。根拠はあるのか?」

「SARSやMERSの経験があります。香港のSARSの時なんて、たしかに亡くなった人も多くて大変な騒ぎになりましたけど、感染そのものは結構すぐに収束しました。MERSだって、いまだにときどき感染者は出ていますけど、あくまで局地的な流行だけです。今回に限ってパンデミックになるってもんじゃないと思うんです」

千歳はゆっくりとうなずいた。

妥当な意見であろう。

龍田は龍田なりに感染症について文献を調べ、十分に考察を広げた上での発言に違いない。

海外では感染者の急増が報告されている国があるものの、今のところそうでない国の方が圧倒的に多い。龍田の意見は、軽薄な楽観主義によるものではなく、この国の臨床医の空気を代表したものであるだろう。

「コロナの話もいいですけど、閉腹が遅くなっていませんか、龍田先生」

ふいにそんな声が降ってきたのは、道具出しの須山が口を開いたからだ。三十代なかばでオペ室の中枢を担う有能な看護師が、鋭く睨《にら》みを利かせている。

「今心配するのは、コロナじゃなくて目の前の患者さんです」

須山の的確な指摘に、慌てて「了解です」と応じた龍田は、針糸と鑷子《せっし》を手に取りながら、少し声を落として千歳にささやいた。

「気を付けてくださいよ、千歳先生。最近須山さん、機嫌が悪いんです」

「ん?」

「先週、ディズニーランドがコロナ対策でいきなり休園になったじゃないですか。来週デートで彼氏とディズニーに行く予定だったらしくって……」

「龍田先生!」

鋭い須山の声に、「はいはい」と素早く応じて龍田が閉腹を開始する。

苦笑した千歳も、思考を切り替えて、筋鉤《きんこう》と鑷子を手に取った。

横浜にクルーズ船が入港した二月三日から、約一か月が経過していた。

二月下旬には、日本国内で一日あたり十名から二十名を超える感染者が報告されるようになり、三月一日の時点で、クルーズ船をのぞく感染者の数は二百五十六名を数えている。

感染者の増加が目立つ北海道では二月二十八日に、独自の緊急事態宣言が出され、テレビや新聞紙面は、これを大々的に報道したが、全国的に深刻な危機感が広がりつつあったかといえば、そうとは言えない。都市部を離れれば、いまだに感染者ゼロの県もあり、長野県においても、この一か月間での感染者は、信濃山病院が受け入れた二名だけであった。イタリアや韓国で、毎日数百人単位で感染者が報告されている状況に比べれば、むしろ平穏であったと言って言い過ぎではないだろう。七百人を超える感染者を出し、社会を震撼《しんかん》させたクルーズ船の状況も、閉鎖空間における特殊な事態として理解され、国内の感染状況とは区別して扱われている。そのクルーズ船の経過さえ、複数名の死者を数えつつも、ピークを越えつつある。

局地的な静寂と、局地的な混乱。

千歳の目に映る世界は、この奇妙なモザイクで彩られ、先行きを予測することは困難であった。

「いやな世の中ですね、先生」

HCU（高度治療室）の天井にそんな患者の声が響いて、千歳は温度板を確認していた顔を上げた。

明るい朝日の差し込むベッド上で不安そうに告げたのは、昨日緊急手術でイレウスを解除したばかりの竹平明彦である。六十二歳で体力もあり、開腹手術とはいえ腸切除にはならなかったことも功を奏して、一夜が明けた今日は、ベッドを少し起こしてテレビを見るくらいの余力が出てきている。

「もうすぐ東京オリンピックだってのに、いったいどうなるんですかねぇ」

ベッドサイドには、モニター心電図や点滴ポンプなど多くの機材に交じって、患者用のテレビも設置されている。

おりしも午後の報道番組が始まったばかりで、トップニュースは、WHOが感染状況に『深刻な懸念』を表明している国として、韓国、イタリア、イランにくわえて、初めて日本の名を挙げたという内容だ。

「そんなに日本って危ない状況なんですかね。イタリアみたいにどんどん感染者が広がっているってわけでもないと思うんですが……」

ドレーンからの排液も問題がないことを確認してから、千歳は竹平に答えた。

「手術の翌日に、自分の体ではなくコロナ情勢を心配できるようなら大丈夫そうですね」

敢《あ》えて穏やかに微笑しながらテレビに目を向けると、イタリアの感染者が二千人を突破、韓国に至っては四千人という異様な数値が示されている。二週間前のイタリアでは、わずか七人の感染者が確認されただけだったと、コメンテーターが興奮した口調で語っている。

竹平でなくても不気味に思うニュースであることは確かだ。

「日本も海外から見ると、こういう状態ってことですか？」

「日本の場合、感染者が千人近くになっていますが、そのうちの七百人はクルーズ船の乗客です。毎日何百人も患者が出ている国とは違うと思いますよ」

「そうですよね」

「傷は痛みますか？」

「いえ、痛いことは痛いですが、なんとかなります。昨日みたいな激痛はないですし、吐き気もなくなりました」

千歳は笑顔のままうなずきながら、歩み寄ってきた看護師から竹平の経過の報告を受けた。体温、血圧、脈拍、尿量、ドレーンの排液量、創部の状態。朝の血液検査の結果と合わせて、問題はない。

「経過は良好です。今日の午後にはHCUを出て、一般病棟に動きましょう」

「もうここを出るんですか?」

「明日にはリハビリも開始します。傷は痛むかもしれませんが、がんばってください」

「そりゃ厳しいですね。もうちょっとゆっくりでもいいような気が……」

「最近の医療は、昔とちがってスパルタ式なんですよ」

穏やかに笑った千歳が首をめぐらせたのは、手術室につながる扉が開いてストレッチャーが出てきたからだ。手術が終わった患者が、これからHCUに収容されるところである。

「お疲れさん、千歳先生」

どこか呑気《のんき》な響きのある声は、ストレッチャーに付き添ってきた整形外科の吾妻《あずま》のものである。吾妻は、外科科長の千歳より、さらに一つ年配の熟練医師だ。整形外科科長であるとともに診療部長の肩書きも持っている。でっぷりした腹は、内科の日進には及ばないものの、なかなかの貫禄《かんろく》で、手術室から出てきたばかりだというのに、汗の一滴も見えない涼しい顔をしている。

竹平のもとを離れて歩み寄りながら、千歳が口を開いた。

「今日も高齢者の手術ですか？」

吾妻が肩をほぐしながらうなずく。

「八十八歳の大腿部頸部《だいたいぶけいぶ》骨折だよ。まったく、何歳まで歩けるようにしてあげれば満足してもらえるのかねぇ」

ひねくれた言い回しをしているが、手術の判断をしているのは吾妻自身である。どんな高齢者でも、歩ける可能性があると思った患者に対しては、リスクを承知の上で手術をするのが吾妻という医師だ。ただそういう熱意を口には出さず、わかりにくい斜に構えた発言で周りを煙に巻く。

皮肉屋の日進や、つかみどころのない吾妻を見れば、看護師たちが「医者には変人が多い」というのもわかることだと、千歳は奇妙なことに感心する。

「来週は九十一歳の手術が入っているらしいですね」

「相変わらず手術室のことは全部把握しているんだね、千歳先生は」

「高千穂先生がぼやいていました。あんな年寄りに麻酔をかけたら、二度と目覚めなくなるんじゃないかって」

「たまにはそういうことがあっても、いいんじゃないかなぁ」

ろくでもないことをさらりとつぶやいた吾妻は、ふと気づいたように、

「どうだい、千歳先生、今夜飲みに行かない？　先生のところの腸閉塞も、経過がいいみたいだし」

「かまいませんよ。駅前に新しい居酒屋がオープンしたと龍田が言っていましたから、場所を聞いておきましょう」

「いいねえ。明日も相変わらず高齢者の手術が入っているからね。たっぷり飲んで酔っ払っておかないと、怖くて素面《しらふ》でなんか手術できないよ」

なかなか性質《たち》の悪いジョークだが、どれほど軽薄な言葉を口にしても、吾妻の手術が常に一流のクオリティを維持していることを千歳は知っている。

とりあえず笑って聞き流すしかない。

「十分後は無理ですよ！」

ふいにそんな鋭い声が聞こえて、千歳と吾妻は驚いて首をめぐらせた。ＨＣＵに隣

接するスタッフステーション前の廊下を足早に歩き過ぎていく人影が見えた。PHSに向かって鋭い声を上げているのは、消化器内科の敷島だ。

「せめて一時間後になりませんか。いくら熱があるからって、急変するものではないでしょう。こちらは午後の内視鏡検査だってあるんです……」

元来は寡黙な内科医が、険しい表情のままステーション前の階段に消えていった。ステーション内の看護師たちが不安そうな視線を交わしあっている。

「また発熱患者の紹介かな」

吾妻のつぶやきに、千歳はうなずくしかない。

吾妻は階段に目を向けたまま続ける。

「先週は日進君が激怒していたけど、今週は敷島君がやばいかなぁ」

「院長から聞きましたが、ここ二週間で『帰国者・接触者外来』への紹介患者は二十人を超えているらしいですね。コロナの陽性者はゼロだそうですが」

「幸い、と言うべきだろうが、防護服を着て命がけで働いている側からすれば、気休めにもならないだろうねぇ」

その通りだろう。

結果的にPCRが陰性だったとしても、その結果が出るまでは、敷島たちが白い防護服に身を固め、苛烈な緊張感と戦いながら診療していることは事実なのである。

「まったくもって立派なもんだよ、内科の先生たちは」

そう言って肩をすくめた吾妻は、術後の患者のもとに歩み寄ってゆく。

その背を見送る千歳の耳に、テレビのニュースの声が聞こえてきた。

『今年の大相撲、無観客開催を決定』

竹平の見ているテレビから、そんな声が届いてくる。先週はディズニーランドが休園を発表したばかりで、今度は大相撲が無観客になるらしい。プロ野球の開幕延期も議論されているという。だがそんなニュースのすぐあとには『東京２０２０！』と明るい声が飛び込んできて、半年後に迫ったオリンピックの話題を取り上げている。

新型コロナは、深刻な事態になりつつあるのか。

それとも深刻に捉え過ぎてはいけない事態なのか。

ニュースを見ているだけではまったく推測することはできないし、おそらくニュースを流している側も、理解できていないに違いない。

千歳は気持ちを切り替えるように軽く額を揉《も》むと、午後の外科外来に足を向けた。

三月四日の夕刻に開かれた病院幹部会議は、冒頭から不穏な空気が漂っていた。

「手指消毒薬が不足しています」

感染担当看護師の四藤が、厳しい口調でそんな言葉を投げ込んだからだ。

幹部会議は月二回、科長以上の役職にある各科の医師十数名のほか、事務長、看護部長などが集まる会議で、外科科長の千歳も出席者のひとりである。

病院の現状や経営方針、業績など重要事項が論じられるが、むろんこの一か月はコロナに関する議題が大半を占めている。

「各科外来や病棟廊下に設置されている手指消毒薬の供給が追いつかなくなっています」

書類を片手にした、小柄な四藤の歯切れの良い声が会議室に響く。

「現状のまま使い続ければ、約二か月で枯渇すると、薬剤部からほとんど悲鳴みたいな注意喚起がきています。設置場所の限定、使用量の制限などを考慮してほしいとのことです」

「消毒薬の使用を控えるということですか？」

ひょろりとした手を挙げて発言したのは、麻酔科科長の高千穂である。普段はあまり発言しない人物だが、さすがに四藤の提案には驚いたらしい。

「それは賛成できませんよ。コロナの影響で、オペ室なんかは、以前にも増して、こまめに消毒するよう指示しているくらいです」

「使用量が増えているのはオペ室に限りません。すべての部署で、職員の消毒薬使用量が急増しています。また、外来にくる患者さんたちも大量に消費するようになってきていることも原因です」

「感染対策という面から見れば、結構なことだと褒めてもよい変化じゃないか」

飄々《ひょうひょう》とした口調で応じたのは、高千穂の横に座っていた整形外科科長の吾妻だ。

「それなのに、いきなり一転して使用量を制限なんて、無茶ってものじゃないかい」

「無茶でもなんでも、ないものはないんです」

四藤は、四十代なかばのベテランである。小柄で陽気な性格だが、逆境における冷静さと忍耐強さに定評がある。なによりも医師が相手でも物怖《ものお》じしない性格だ。

「現時点ではとりあえず、外来患者用の消毒薬だけでも回収して、病棟やオペ室用に回すという方向で検討しています」

「購入量を増やすことについては、十分に検討しているのですか？」

落ち着いた口調で告げたのは、正面に座っていた内科部長の三笠だ。白い髪を軽く押さえながら穏やかな目を四藤に向ける。

「今後も使用量は増加してくるでしょう。制限をかけるより、需要に合わせて調達するのが本来の対応と思いますが……」

「それが難しい状態だそうです。業者に確認しましたが、市場全体で、消毒薬が不足していて、十分量を確保するのは難しいという話です」

「市場全体？」

「消毒薬の使用量が増えているのは当院だけの話ではありません。全国的に需要が急増していて生産が間に合っていないと言っていました。医療機関が大量に消費するようになったことに加えて、一般人の間でも買い占めが出始めていて、一般の医薬品店でさえ不足しているようです」

会議室にざわめきが広がっていった。

最近のニュースではマスクの買い占めが報じられていたが、いきなり医療の根幹を支える消毒薬が不足してくるという話は、誰にとっても予想外であった。コロナ診療とはかかわりのない産婦人科や泌尿器科の医師たちにとっても、消毒薬となると普段の処置の根幹にかかわってくる。さすがに戸惑いを隠せない。

なによりも、現時点で国内で感染爆発は起こっていないとはいえ、診療体制の強化が必要であるときに、物資の不足で足場が弱体化するというのは看過できる事態ではない。

「これは病院機能にとって、非常事態と言ってよいですね」

全体の空気を代弁するように、千歳は口を開いた。

吾妻や日進のように癖の強い医師たちが多い中で、千歳は明らかに良識派に分類されている。こういう浮ついた空気を落ち着かせるのは、千歳の役目である。

「しかしこれは、我々現場の努力で解決できる問題ではないように思います。事務局は何か対策を立ててくれているのですか？」

「一応、打てる手は打ち始めていますよ」

千歳に答えるように声を上げたのは、医療情報部の千早《ちはや》である。背の高い涼しい目をした男性で、自席から立ち上がって答えた。

「製造元に増産を要請するとともに、県と厚労省にも状況を報告しました。近隣の卸業者の中には、感染症指定医療機関である当院に、できるだけ優先的に回すと言ってくれているところもありますが、これは限界があるようです。あと、薬剤部と検討中なんですが……」

千早が会議室の中を探すように視線をめぐらせると、隅の方に座っていた白衣の青年がすぐに立ち上がった。薬剤師の村雨《むらさめ》である。

「消毒薬については、在庫の高濃度アルコールに希釈水をくわえて、自家製の消毒薬を作る方法も考えています。そのまま使用するとかなり手が荒れると思われますが、グリセリンを追加すれば、十分に使用に堪えると思います」

書類も見ずに淀《よど》みなく報告する。まだ二十代の寡黙な青年だが、薬剤部の中でも優秀なスタッフのひとりだ。

「まるで戦時中だなぁ」

どこまでも緊張感のない吾妻のつぶやきに、四藤が険のある目を向けるが、かまわず千歳は続ける。

「村雨君、ほかの病院もそんな状況なのか?」

「どこも似たり寄ったりだと思います。ただ、コロナ診療を行っている分だけ、当院がひときわ厳しい状況に追い込まれていることは事実です。物資の消耗は圧倒的に早いですから」

村雨の声は落ち着いているが、その内容は落ち着いていられるものではない。

「ちなみに、足りないのは物資だけじゃありません」

再び四藤が口を開いた。

「今週三月二日から、文科省の要請を受けて、小学校、中学校、高校が休校になっています。感染対策とはいえ、いきなりの休校ですから、育児中の看護師たちの中に、出勤できないスタッフが出てきています。部署によっては、必要な人数が維持できなくなる事態が想定されます」

「そりゃまずいなぁ」とぼやく吾妻の声が響く。

内科部長の三笠が、表情を変えずにうなずいた。

「その件なら、私のところにも話が来ています。看護師だけでなく、医師の中にも臨時の休暇を希望している者がいますが、現実的に、希望をすべて通すことは難しい」

額に手を当てて三笠は大きくため息をついた。

物資不足に人員不足。

患者が急増しているというわけではないが、状況は確実に悪化しているということである。

「これはもうそろそろ限界ってことじゃないですかねぇ」

浮薄な口調でそう言ったのは、千歳の隣に座っていた肝臓内科の日進であった。

「これからコロナに備えないといけないってときに、モノも足りない、ヒトも足りない。気持ちもバラバラ。こんな状況で、コロナ診療を続けるなんて、無理な話なんじゃないですか」

普段なら日進のぼやき声は、吾妻のつぶやきと同様に聞き流されるたぐいのものである。しかし日進は三笠、敷島とともにコロナ診療を支える三本柱のひとりだ。内科部長の三笠は愚痴をこぼすような人物ではなく、科長の肩書きを持たない敷島は会議にいない。つまり、日進の発言の影響は小さなものではない。

日進は、静まり返った会議室を冷ややかに見渡しつつ、

「もともと専門家もいない小病院でコロナを受け入れること自体が無茶だったんですよ。コロナ診療からの撤退も考えていいと思うんですがねぇ」

「その件について検討の余地はない」

会議室の空気を引き締めるように遮《さえぎ》ったのは院長の南郷である。

「この地域一帯で、コロナ患者を受け入れているのは当院だけだ。そして、相手が未知の感染症である以上、患者を受け入れる病院を無闇《むやみ》に増やすことは得策ではない。ここをなんとかしのいで支えるのが、当院の役割だと考えている」

「そういう理想論が通用しない事態になってきているんじゃないかと言っているんですよ、私は」

院長の貫禄のある声に対して、応じる日進の声にも、常にない毒が含まれていた。

千歳は思わず隣席に目を向けたが、しかし日進は、表情の読めない薄笑いを浮かべた

ままで、本心は見えにくい。

「院長の理屈もわかりますがね、毎日防護服を着て、いろんな発熱患者に対応している身としては、今のままでの長期戦は不可能だということは明言しておきます」

「貴重な意見として受け止めておこう。私も、感染拡大に備えて、他の医療機関も受け入れ準備を進めていくべきタイミングだと考えている。すでに、地域の病院長が集まって議論する『コロナ対策連絡会』が何度か開かれているが、そこで、より強く協力を求めていくつもりだ」

「それは心強いことですが」

日進は皮肉な笑みを浮かべたまま、

「コロナを断っている病院には、せめて化膿性脊椎炎くらいは診《み》てくれるようお願いしておいてください」

会議室に、小さな笑いの波紋が広がった。

日進も、今さら病院の基本方針が変わるとは思っていないであろう。そのまま、にやにやと笑いながら肩をすくめただけである。

「いずれにしても」と千歳は口を開いた。

「コロナ診療チームの負担が大きくなっていることは確かです。発熱患者の紹介は、想定よりはるかに多く、疑似症病棟の稼働率も高いと聞いています。日進先生たちをもう少しサポートする体制を検討しても良いかもしれません」

「それなんだけどさ」と吾妻が飄々と口を挟む。

「整形外科の僕が口を挟むのも微妙かもしれないけど、他の内科の先生たちにも助力をあおいでいいんじゃないかい？」

信濃山病院の内科には、三笠、日進、敷島のほかにも、循環器内科の富士、神経内科の春日、糖尿病内科の音羽の三人がいる。ちなみに六十歳を超えた富士も、若手の二人も、幹部会議には出席していない。

「その点については、検討はしているのですが……」

三笠が言葉を選ぶように応じた。

「富士先生はすでに六十一歳、万が一感染した場合は死亡率が高いと言われる年齢になります。コロナ診療を依頼することには私自身が躊躇《ちゅうちょ》しています」

医師の死亡率などという異様な論点に、会議室の空気がふいに冷や水を浴びせられたように静まり返る。現場にいない医師たちは、ともすれば忘れがちになるが、そういう仕事を三笠たちは履行しているのである。

吾妻がいくらか表情を改めて口を開いた。

「春日先生と音羽先生の方はどうなんです？」

「ともに、若手の先生方で、しかも大学病院から数年間派遣されてきただけの立場です。この危険な仕事をお願いすることが正しいことなのか、判断に迷っています」

三笠らしい真摯《しんし》な返答であった。

春日は三十代、音羽に至っては二十代の若手で、いずれも専門は神経内科と糖尿病内科である。まだ勉強中の世代であるから、一、二年もすれば大学医局の人事に従って異動していくことになる。そういう二人に対して、危険な感染症業務を命じることが正しいのか、三笠でなくても迷いを覚えざるを得ないであろう。

千歳は南郷に目を向けた。

「なかなか難しい状況ですね」

「そういうことだ」

黒鬚《くろひげ》を撫《な》でながら南郷がうなずいた。

「幸いこの一か月間、国内の感染者が急増している様子はない。おおむね十人台の感染者で今週も今のところ二十人を超えた日はないし、長野県内も静かな状況だ。市のコロナ連絡会議では、このまま極端に感染者が増えなければ、現体制で乗り越えられるという意見も出ている。私としてもそうあってほしいと思っているのだがね」

「それは甘いと思うんですよねぇ……」

そんな日進の小さなつぶやきは、誰かに聞かせるためのものではなかったようで、わずかに隣席の千歳の耳に届いただけであった。

ちらりと視線を向ければ、日進の方がうすら笑いを浮かべながら小声で応じた。

「いやぁ、なんとなくですけどねぇ、収まらないんじゃないかと思うんですよ」

「それは現場の内科医としての洞察ですか？」

千歳が問えば、日進は小さく首を左右に振る。

「そんな立派なものじゃありません。ただのひねくれ者の直感ですよ」

日進は軽い口調で答えただけで、それ以上を述べなかった。その思いのほかにあっさりとした態度が、かえって特異な重みを持っているようで、千歳はしばしその横顔を見つめていたが、日進の方は薄い笑みを張り付かせたまま目を閉じ、押し黙ってしまった。

議題は、いつのまにか次へ移り、三笠が書類を片手に要点を述べている。

当初、海外渡航歴や、コロナ感染者と接触歴のある患者を受け入れる予定であった『帰国者・接触者外来』に、近隣から多くの発熱患者が紹介されてくるようになっているため、状況に合わせて、その呼称を『発熱外来』に変更するという話だ。それとともに同部署の安全性を少しでも高めるために、感染症病棟と同様のオンライン診療ができる・iPadを導入するという。

一方で、今週中にコロナウイルスのPCR検査が、保険適用になるが、一日に検査できる件数はまだまだ限られており、結果が出るまで二、三日かかる状況は今後も続くという。

コロナ診療をとりまく状況は少しずつ変化している。変化していること自体は評価すべきだろうが、全体的に綱渡りの感があることは否めない。そう感じてしまう自分の感覚が、大げさすぎるのかもしれないという思いも、千歳にはある。

ふと窓外に視線を動かせば、すっかり日の暮れた空に淡く霞《かす》んだ月が見えた。

日が落ちてから始まった会議ではあるが、月はまだ上っていなかったはずである。

星は見えず、曇天のもと、頼りない月明かりがにじむように夜空の一角を染めていた。

千歳は一人暮らしである。

より正確には一人暮らしに近い生活をしている。二人の子どもはすでに独立して家を出ており、妻との二人暮らしであるが、その妻は昨年から父親が体調を崩して実家の飯田《いいだ》に戻ることが多くなっている。最近では、平日は飯田で過ごし、週末だけ筑摩野の自宅に戻って来るから、普段はほとんど一人暮らしに近い状態だ。

〝お父さん、昨日も熱出しちゃって、やっぱりだいぶ調子が悪いのよ〟

そんな妻からの電話がかかってきたのは、通勤の電車から降りて筑摩野駅の改札口に向かって歩き始めたタイミングであった。運転を好まない千歳は、緊急時でない限りは電車で通勤している。

夜七時前のホームに降り立つのは、帰路を急ぐサラリーマンや学生らしき数名の集団だ。一旦、携帯を切った千歳は、人の波に乗って改札口をくぐり、広々としたコンコースの片隅で足を止めて電話をかけなおした。

「食事はとれているのか？」

〝ご飯は結構食べるんだけど、むせることが多くて……〟

妻の里子《さとこ》の心配そうな声が聞こえてくる。

里子の父親は一年前に心筋梗塞《しんきんこうそく》をわずらってから一気に活力が低下し、今は母親の介助のもと、自宅でデイサービスを使いながらなんとか生活している。最近は、飲み込む力が落ちてきて誤嚥《ごえん》を繰り返している様子だ。

普段から病院で、高齢者をたくさん看取《みと》っている千歳には手に取るようにわかる経過だが、年齢による変化であるだけにできることはほとんどない。

〝あんまり食べさせない方がいいの？〟

「いや、食べなければ弱るだけだからな。とろみをつけて、一口ずつしっかり飲み込んだことを確認しながら食べさせるってものかな」

〝そうよね〟と答える妻も、もとは薬剤師であって医療者のひとりである。およその状況は理解できているであろう。

「その様子だと、しばらく実家にいた方がいいか？」

〝一応、今週末、そっちに帰ろうかと思っていたんだけど……〟

「無理に往復することはない。今週末は病棟の回診当番もある。お義父《とう》さんと一緒にいてあげた方がいいよ」

〝そう言ってくれるなら、もうしばらくこっちにいるね〟

ほっとしたように告げた里子は、少し口調をかえて続けた。

〝それよりあなた、病院の方は大丈夫なの？〟

「大丈夫っていうのは、コロナの話か？」

自然、声音《こわね》を落としてしまうのは、コロナ診療というものが基本的に秘密扱いにされているからだ。信濃山病院は、クルーズ船の患者を含め、コロナ患者を受け入れていることを公表していない。信濃山に限らず、地方の小病院の場合、公表する方がリスクが大きいと判断している施設がほとんどだ。

〝もちろんコロナの話よ〟

「今のところ特に変わったことはない。というより、外科の私にできる仕事はほとんどないからね。内科の先生たちは大変そうだが」

〝だったらいいけど、今日も感染者が最多だって、夕方のニュースでやってたから〟

かすかに眉を寄せた千歳が問う。

「今日は何人だって？」

〝三十六人〟

衝撃的な数値であった。

この一か月間でも一日の感染者が二十人を超えたのは、二度ほどしかなかったはずだ。いきなり三十人を超えてくるというのは普通ではない。

――甘いと思うんですよねぇ……。

会議での、日進の台詞《せりふ》が耳の奥でこだました。

――収まらないんじゃないかと思うんですよ。

これが実際に命がけで働いている者とそうでない者との認識の差であろうか。かすかに背中を冷たいものが流れていくようであった。

〝何か困ったことがあったらすぐ連絡してね〟

そんな妻の言葉にうなずいてから千歳はスマートフォンを切った。

ふいに遠のいていた駅の雑踏が戻ってくる。

見回せば、何気ない日常の景色《けしき》が広がっている。

喫茶店の入り口付近にたむろしている若者の集団。大きな登山のリュックを背負った冬山帰りらしい男性登山客や、スーツケースを引いた旅行者らしき中年女性の集団も見える。

北アルプスの登山口としての役割がある筑摩野駅は、もちろん夏場の方が圧倒的に観光客が多いが、冬場であっても旅人の足は途絶えない。登山だけでなく名湯秘湯を目的とした旅行客も多い。時勢が時勢だけに、白いマスクをつけた人は多いものの、それでも六、七割といったところだろう。その和やかな景色から、未知の感染症に対する緊張感を読み取ることは難しい。

「……私の認識も甘いのか……」

誰にともなくつぶやいた千歳が、歩き出そうとしてすぐ足を止めたのは、ふいにかすかなピアノの旋律が聞こえてきたからだ。駅舎の放送ではない。駅のコンコースの片隅に置かれたストリートピアノを誰かが演奏しているのだ。

その曲が、ヨハン・シュトラウス2世の『美しく青きドナウ』だとわかるのは、千歳も昔ピアノを習っていたからである。小学生から高校生時代までピアノ教室に通い、大学受験が迫るころにはそれなりの技術を持っていた。今も自宅にアップライトピアノが一台あるが、弾かなくなって久しい。

千歳は、足を止めたまま旋律に耳を傾けた。

『美しく青きドナウ』は、ニューイヤーコンサートでもしばしば選ばれるクラシックの代表曲だ。ヨーロッパを東西に貫く大河を彷彿《ほうふつ》とさせる悠揚たるメロディが、駅舎の高い天井をゆったりと満たしていく。気が付けば、千歳のように足を止めてピアノに聞き入っているスーツ姿のサラリーマンの姿もある。

雑踏する駅のコンコース。

美しいピアノの旋律。

ときどき聞こえてくる通行人の笑い声や、改札口前で再会を喜びあう歓声。

ごく当たり前のその景色が、ふいに儚《はかな》く貴重なもののように感じられて、千歳は、しばらくその場から動かなかった。

千歳の外科外来は、患者が多い。

外科手術前の患者もいれば、抗がん剤治療中の患者もおり、術後の経過を追いかけているうちに高血圧などが見つかってそのまま通院している患者もいる。

とくに午後一時半から始まる火曜日の外来は、勤務時間内に終わらないこともあるが、千歳は淡々とこれをこなしていく。

「千歳先生、この病院にコロナ患者がいるって聞いたんだけど、本当ですかい？」

そんな言葉を口にしたのは、その日の外来最後の患者である秋野《あきの》周《しゅう》五郎《ごろう》であった。

診察を終え、立ち去り際に扉前で振り返ってふいにそんな言葉を投げかけてきたのだ。

秋野は今年七十八歳。三年前に胃がんによる胃全摘術を行い、再発なく過ごしている。

千歳は端末から手を離し、敢えてゆっくりと椅子をめぐらせて秋野に体を向けた。

「どこから聞いた話ですか、秋野さん」

「いやぁ、近所に住んでる息子がそういう噂《うわさ》を聞いたらしくって……」

胃全摘のおかげで痩せた秋野が、困ったような顔で頭を掻《か》いている。

直接聞こうかどうかさんざん迷ったあげく、立ち去り際になってようやく口にしたといった様子だ。

「病院の一番奥に誰も入れない扉があって、そこにコロナの患者がどんどん運び込まれているとか……、朝六時くらいの誰もいないはずの外来に、コロナ患者がこっそり出入りしているとかって……」

ずいぶんホラーめいた話になっているが、必ずしも根も葉もない内容ではない。

一般病棟の一番奥に、六床の感染症病棟が位置していることは事実であり、その手前の疑似症病棟が、入退院で多忙を極めていることも事実である。

早朝の外来の話は、三笠たち三人の内科医がときどき集まってカンファレンスを開いている件かもしれない。コロナ診療はその内容上、どうしても秘匿性を帯びている。そのため三笠たちは外来業務が始まる前の外来診察室を選んで、治療方針などを話し合っているのである。

千歳が苦笑を浮かべると、それを秋野はどう解釈したのか、少し照れたように笑って、

「すみませんねぇ、先生、変なことを言って。もちろん、こんな田舎《いなか》の病院にわざわざコロナ患者が来るなんてことはないと思うんです。でも、もしいたら、とても怖く

て先生の外来にも来れなくなります」

「病院に来れなくなるのは困りますね」

千歳はあくまで穏やかに応じる。

「きっちり通院して、引き続き血液検査やＣＴで様子を見ていかないといけません。コロナの心配より、自分の体を心配してください」

「そうですよね」といくらか緊張を解いて笑った秋野は、診察室の扉を開けながら、

「先生は外科の先生だから、コロナの患者さんなんて診ないと思いますが、こんなご時世だし、気を付けてください」

そんな言葉とともに、ぺこりと頭を下げて、診察室を出て行った。

扉が閉まり、静かになったところで、背後についていた看護師が口を開いた。

「なんだか、いろんな噂が流れ始めていますね」

千歳は小さく吐息した。

「難しいものだな。『発熱外来』の受診者も増えてきている中で、いつまでも隠せるものでもない」

「そうですよね、ほかの先生の外来でも似たような質問を耳にすることが増えてきました。普通に、コロナ患者さんが入院していることを知っている人もいましたよ」

当然といえば当然だろう。

信濃山病院は、田舎の小さな病院である。

医師や看護師、その他の医療職以外にも事務、警備員、清掃業者など地域に住む様々な人が出入りしている。完全に秘密を維持することなど不可能と言ってよい。

そんな状況でも病院が表向きは沈黙を維持しているのは、コロナ診療にかかわっている医療機関や医療者の自宅に対して嫌がらせの投書や張り紙があったという報道があるからだ。病院に対する投書はまだしも、医療者の自宅やその家族に対する圧力は、病院機能そのものに直結する問題である。病院としては職員を守るために、有名無実とわかった上でも箝口令《かんこうれい》を続けるしかないという状況だ。

「本当に、やっかいな感染症だ……」

千歳は、眉を寄せて壁のカレンダーに目を向けた。

日付は三月十日である。

先週の三月四日、三十六人を数えた感染者は、一日おいて三月六日、五十六人という驚くべき数値を示していた。一週間前の二倍を超えるペースであり、長野県内でも佐久地方で三人目の陽性者が確認されている。死者の報告数もゆっくりと増加し始め、危険な兆候が表れていたが、海外から流れ込んでくるはるかに悲惨な情報が、その重みを見えにくくしていた。

　韓国の感染者が五千人を突破、イタリアでは連日千人単位の感染者が発表され、三月八日には百三十三人の死者が発表された。累計ではない。一日の死者である。スペインやフランス、イランでも感染者が急増し、イギリスでもまだ数十人単位ではあるが感染者の報告が始まっている。

　事態は確実に、新たなステージに進行し、穏やかに感染が収束するという楽観視が成立しない状況に移行しつつあるように思えるが、一介の外科医にすぎない千歳が明確なビジョンなど持てようはずもなかった。

　静かになった診察室で、そっとため息をついたところで、ふいに千歳のＰＨＳがけたたましい音を響かせた。

　珍しいことに、『発熱外来』からの呼び出しであった。


『発熱外来』はもともと『帰国者・接触者外来』の名称で、病院の正面玄関脇に設置されていた部署である。

　本来の目的は、保健所からの連絡を受けて、コロナ患者の接触者や、流行国からの帰国者で、発熱がある者を診療することであり、当初は一週間に一人か二人の受診者であった。しかし二月末ころから、接触歴や渡航歴がなくても発熱があるだけで診療を断られた患者が徐々に増加し、受診者が増えてきた。一般患者との動線をわけるために通用口である病院裏口を改築して、そこに診察ブースが移設されている。

もとは倉庫や資材庫のあった場所であるから、機械業者や物資の搬入業者が出入りするほかは、コロナ診療チームが行き来するだけだ。一般患者どころか、病院のスタッフも普段は足を運ぶ空間ではなく、むろん千歳も行ったことがない。

〝ちょっと厄介な状況になっていて、先生のお力をお借りしたいんです〟

PHSの向こうから早口で告げたのは感染担当看護師の四藤であった。冷静さに定評のある四藤にしては珍しく慌てた様子であり、ただならぬ気配を感じた千歳は、すぐに外科外来を出たのである。

機材や物資が無造作に積み上げられた薄暗い廊下を抜けた先に、電子カルテや診察台が運び込まれた応急の外来ブースがある。

『発熱外来』の張り紙がされた扉の前に立っていた四藤は、千歳の姿を見てほっとしたような顔をしてから頭を下げた。

「突然呼んじゃってすみません、先生」

どうしたのか、と千歳が問うより先に、奥の診察室から険しい声が廊下に響いた。

「だから、それは無茶だと言っているでしょう、敷島先生!」

日進の声であったが、ただならぬ雰囲気である。

いつもの皮肉まみれの浮薄な余裕は微塵《みじん》もない。

換気のために少し開けた扉の隙間から診察室を覗《のぞ》き込めば、さして広くもない室内で、敷島と日進が、正面から睨みあうように立っていた。電子カルテ端末が置かれた奥の壁際には、若手の看護師がひとり、困り果てた顔で立ち尽くしている。

「いいですか、何度でも繰り返しますが、私だって患者を放置しろと言っているわけではないんです」

日進が丸い腕をなかば振り回すようにして力説している。

「とにかくPCR結果が出るまで疑似症病棟で経過観察です。感染している可能性があるのに、これから胃カメラをやるなんて危険すぎると言っているんです」

「PCR結果が出るのは、どんなに早くても明日の夜、場合によっては明後日《あさって》です」

応じる敷島の口調は、なんとか冷静さを保っているように見えるが、ぎりぎりの切迫感が伝わってくる。

「患者は、黒色便が出ていて、貧血も進行しています。明日や明後日まで待っている状況ではありません。普通に考えれば上部消化管出血で緊急内視鏡の適応です」

「もちろん普通ならそうでしょう。しかし今は普通じゃない。患者は韓国旅行帰りの若者ですよ。五千人以上の感染者が出ていて、ＷＨＯから『感染流行地域』と指定されている国から戻ってきた患者なんです」

緊迫感にあふれたやりとりから、千歳にもおよその状況が飲み込めてきた。

ちらりと傍らに目を向ければ、緊張で青白い顔をした四藤が小声で応じた。

「今日の昼過ぎに、保健所経由で紹介になった患者です。二十二歳の男性。黒色便、ふらつき、微熱が主訴で、今は外の陰圧テントで寝ています」

「韓国帰りというのは本当か？」

「先週までの一週間、ソウルほか複数の都市を旅行してきたそうです」

千歳は軽くめまいを感じて、こめかみに手を当てた。

この時期にたいした度胸だ、と冗談を口にする気にもなれない。

「三笠先生は、地域の病院連絡会で不在です。いきなり院長をお呼びするわけにもいかず……」

困り果てた四藤は、外科科長の千歳を頼ってきたということだ。

千歳が頭の中で情報を整理している間にも、日進の声が響く。

「繰り返しますが、私は胃カメラには反対です。ほかの検査や処置ならいざ知らず、胃カメラというのは大量の飛沫の飛び散る検査です。いくら防護服を着ているからといって、どれほど感染リスクが高まるかわからない」

「リスクは承知しています。だからこそ十分に感染対策をして……」

「あなたはそれで良くても、スタッフまで巻き込むつもりですか？」

鋭い日進の声に、敷島は口をつぐむ。

「こんな言い方はしたくありませんけどねぇ、先生。胃カメラはひとりでできる検査ではないでしょう。飛沫が飛び散る空間に、内視鏡の看護師たちも立つことになるんですよ。そんなリスクを背負わせるくらいなら、とにかく輸血と安静で今は待つべきです」

「待って急変したらどうするんですか。患者は一般病棟ではなく隔離病棟に収容されます。何かあってもすぐに看護師が駆けつけられる環境ではありません」

「そのときはやむを得ません」

日進の声がふいに冷ややかな響きを帯びた。

「運が悪かったんです」

敷島が唇をかむように表情を硬くした。

廊下にいる千歳でさえ、圧倒されるような張りつめた空気が満ちている。

肥満体の肝臓内科医は、額に汗を浮かべ、赤く充血した目をらんらんと輝かせて、相手を見据えている。

向き合う敷島は敷島で、血の気を失った真っ白い顔で、拳《こぶし》を握りしめて立ち尽くしている。

「運が悪かった、で片付けてしまうんですか？」

しぼりだすような敷島の声が響いた。

「患者は二十代の若者なんですよ」

四藤が小さく身をすくめた。奥にいる看護師は泣き出しそうな顔になっている。

日進は大げさに首を振りながら、

「仕方がありませんねぇ。こんな時期に韓国旅行なんて行く方が非常識だと、先生だって思いませんか？」

「そうかもしれません。けれども、それだけを理由に最善を尽くさないということには納得できません」

「納得というなら、患者の非常識に付き合って、我々が命をかけなきゃいけないことの方が納得できんでしょう。我々だって人間です。家族だっているんです。ばかばかしいにもほどがある」

「ばかばかしいとはなんですか」

「先生が立派な人だってことは重々承知していますよ。しかし私は先生と違って使命感のかけらもない小心者でしてねぇ、誰もが先生みたいに……」

「患者の血圧は大丈夫なのか？」

唐突に、千歳の低い声が割って入っていた。

大きな声ではなかったが、ある種の迫力をもって、室内を圧していた。さすがに日進も敷島も驚いて振り返ったが、千歳はかまわず、少しだけ口調をやわらげて続けた。

「血圧は大丈夫なのかと聞いている」

言葉を向けた相手は二人の内科医ではなく、奥に立っていた看護師だ。呆気《あっけ》に取られていた看護師は、それでもすぐに傍らのモニターに目を向けて答えた。

「血圧は106の62。脈拍は118です」

「いいとは言えないな。吐き気や腹痛は？」

千歳はゆっくりと歩を進め、日進と敷島の間を通って、奥の電子カルテ端末を覗き込んだ。

「来院時は自覚症状はありませんでした。軽くめまいがするくらいだと……」

「ヘモグロビンは9・6でBUNも上昇しているのか」

画面上のデータを一瞥してから、千歳は敷島を振り返った。

「診断は、上部消化管出血で良さそうですね」

「CTでは胃角部付近に浮腫があるように見えます。おそらく出血性胃潰瘍《いかいよう》だと思います」

突然の外科科長の登場に、それでも敷島は冷静に付け加えた。

「通常なら、緊急内視鏡を迷う要素はありません」

向かい合って立っていた日進は大きく息を吐き出した。それからもう言いたいことは全部言ったという様子で肩をすくめると、くるりと背を向けて、診察室から出て行った。

静寂が戻り、四藤たちはほっとしたように息をついたが、もちろんなにも解決していない。

千歳は電子カルテに視線を戻して問う。

「実際、患者はコロナ感染の可能性があると思いますか？」

「なんとも言えません。患者は発熱していますが、CTでは肺炎はありませんでした」

敷島が、まだ血の気のない顔のまま、胸部CT画像をモニター上に呼び出した。一見して確かに大きな異常はない。

「しかしコロナに感染しても肺炎像のない患者は複数報告されています。肺炎がないからといって安全とはいえません。患者は、韓国旅行中に人混みに出入りし、毎日外食していたとのことです」

「なるほど……」

日進が苛立つ気持ちもわからなくはない。

「しかし検査のPCRには時間がかかるというわけか……」

つぶやいた千歳は戸口の四藤を顧みる。

「PCRはどんなに急いでも今日中に出ることはないのか?」

「無理ですね。現状、県内でPCRができるのは二施設だけです。それも一日二十件が上限ですから、それを超えれば東京都内まで検体を搬送しないといけません。場合によっては四、五日かかります」

「厄介なものだ」

「それをなんとかするために、院内でPCRができる設備を準備中ですが、まだ一か月以上先の話です」

さすが四藤は最初期から前線に立っているだけあって、情報に落ちがない。

「つまり、感染の有無を判定する方法はない、というわけだ」

千歳はCT画像から顔を上げて、患者のバイタルモニターに目を向けた。

微妙な血圧、血液検査の貧血、そして黒色便……。

敷島の言うとおり、通常なら緊急内視鏡を迷う理由はない。

だが今は通常ではない。

なお黙考し、いくつもの予想されるパターンのシミュレーションを頭の中で繰り返し、さらに最悪の状況まで想定した上で、千歳は大きく息を吐き出した。

「今晩は待ちましょう、先生」

千歳はゆっくりとモニターから敷島へ顔を動かす。

「輸血、点滴、制酸剤に止血剤。それでモニター管理で見守ってよいと思います」

外科科長の穏やかな言葉に、敷島はわずかに眉を寄せた。すかさず千歳は語を継いだ。

「日進先生の肩を持つわけではないが、万が一、先生やスタッフに感染者が出れば、病院機能が停止する。そうなれば、地域全体の医療崩壊につながりかねない。こういう言い方は失礼になるかもしれないが、先生が命をかければ片が付く話ではない」

「患者は……」

わずかに言い淀んだ敷島は、祈るような語調で続けた。

「大丈夫だと思いますか？」

「嘔気《おうき》もないということは、今は出血が止まっているのでしょう。こういう若者の出血性胃潰瘍は、血圧が下がればだいたい止まるものです」

「それは一般論ですか。それとも先生の臨床診断ですか？」

なお踏み込むような敷島の問いに、千歳はわずかに間を置いてから応じた。

「外科医としての私の診断です」

揺るぎなく応じる千歳に、敷島はさらに沈思してからうなずいた。

「了解しました」

「大丈夫ですよ、敷島先生」

千歳は念を押すように続けた。

「出血なんてものは、たとえ止まらなくても出た分だけ入れればいいんです。いざとなれば、外科が胃ごと切って片付けてしまいますよ」

千歳の柄にもないジョークに、敷島はようやく小さな苦笑をこぼした。

ぎりぎりのその笑みに笑い返しながら、しかし千歳は胸の内では笑っていなかった。

──コロナ診療チームは、こんなことを毎日続けているのか……。

そこには単純な驚きがあり、同時に、現実を知らなかった自分自身に対する当惑も含まれていた。

今この時間も、病院の表玄関は、いつもと変わらぬ日常の医療を続けている。腹痛の若者やめまいの高齢者がやってくる。交通事故が起これば救急車が患者を運び込み、外来の医師や看護師は駆け回る。

たしかに大変であろうが、大変の程度は、『発熱外来』に比べれば、微々たるものだと言ってよい。正面玄関では「多忙な日常」が続いているが、裏口ではいわば「命がけの非日常」が続いているのである。

──こんなことが長く続けられるはずがない……。

信濃山病院がクルーズ船の患者を受け入れてからおよそ一か月。現場はよく耐えていると言うしかない。しかしこれがさらなる長期戦になったり、受診患者が増えてくるようなことになれば、一部の限られた医療者だけに危険な現場を押し付ける今の体制は、いずれ崩壊するだろう。そのことだけは明らかでありながら、しかし、ではどうすれば良いのかと自問しても、千歳には答えが見えなかった。

答えの見えぬまま日付が変わった三月十一日、WHOが世界に向けて、史上最初の宣言を発出した。

　パンデミック宣言である。


「ペアン」

　千歳の静かな声に、看護師の須山がすかさず復唱しつつ銀色の鉗子を差し出した。

　腹壁を縫合した糸を、千歳はすみやかにペアンで把持する。その間にも、龍田は手際よく縫合を重ねていく。元ラグビー部の大きな腕は、存外に精密で小回りがきく。

　午後二時から始まった幽門《ゆうもん》側胃切除術も、開始から二時間が経過し、閉腹に入っている段階だ。

「ハサミ！」と龍田が叫んで、腹壁の縫合糸の余りを切離した。腹壁を閉じれば、あとは表層の皮膚を縫合して手術は終了になる。

「出ましたね、パンデミック宣言」

　龍田がステープラーで最後の処置をしながら、小さく告げた。千歳は鑷子で閉創を補助しながらうなずいた。

　昨日、あらゆるメディアで報道されたそのニュースは、むろん信濃山病院でも話題の中心になっている。

「パンデミックなんて、SF小説の世界ですよ。いまだに実感がわきません。たしかに今週に入ってから連日五十人以上の感染者が出ていますが、長野県はまだ三人のままですし……」

龍田の言葉は、多くの医師たちの実感である。一部海外での惨状や、国内の感染者が増えていることなどは理解しているが、WHOの事務局長が口にした『パンデミック』という異様な響きとはなかなか一致しない。少なくとも一般の臨床医の日常は、格別の変化を見せていないのである。

しかし、二日前の日進と敷島のやりとりを見た千歳は、そういう龍田たちの見解と微妙に距離を置いている。感染者が三人しかいなくても、『発熱外来』はずっとぎりぎりの精神戦を続けている。その意味では、コロナ診療チームはすでに一か月前から全貌の見えない『パンデミック』と戦っているのである。

「国内はまだ静かですが、海外の感染者の増え方は異常ですよね。イタリアなんかロックダウンとかって都市封鎖までやっているのに、全然収まってきません」

「すでに医療崩壊が始まっているんじゃないかというニュースをやっていたな」

「病院のスタッフにも死者が出ているとか……」

恐ろしいことだと、千歳は改めて痛感する。

信濃山病院に置き換えれば、それは日進や四藤のような立場の人間が死ぬということである。

『ばかばかしいにもほどがある』

そう言っていた日進の気持ちが、千歳にも理解できる。

「日本の感染者も、このままじわじわ増えてくるんでしょうか」

「感染者も重要だが、問題は死者の数だな。二月の一か月間での死者は五人だけだったが、今週の四日間ですでに九人が死亡している。明らかに増えている」

千歳の静かな指摘に、看護師の須山がぞっとしたように首をすくめた。龍田もさすがに深刻な顔になる。

「イタリアでは毎日百人単位で患者が死んでいるそうです」

「日本がすぐにそういう状況になるとは思わないが、このまま穏やかに収束するというシナリオは、空想以外のなにものでもないだろう」

淡々と応じる千歳は、指先も淡々と動かして、龍田の縫合を補佐しながら続けた。

「こうしていつもと変わらず手術ができるのは、患者にとってはもちろん、我々にとっても幸運なことかもしれん」

「怖いこと言わないでくださいよ、先生」

龍田が困惑顔で苦笑したが、千歳は笑わなかった。笑わなくなっている自分に、淡い戸惑いさえ覚えながら、千歳は黙々と指先を動かしていた。

ふいにオペ室にけたたましい音が響いたのは、壁際に置いていたＰＨＳが鳴ったからだ。素早く応じた外回りの看護師が振り返った。

「千歳先生、話してもいいですか？」

「どうぞ」と応じる千歳に、看護師がよく通る声を響かせた。

「南郷院長からの呼び出しです。手術が終わったら、院長室に来てほしいと」

一瞬手を止めた千歳に、龍田が不思議そうな目を向けた。

「珍しいですね、南郷先生がオペ室まで電話してくるなんて」

「昇進や昇給の話、というわけにはいかんだろうな」

敢えて軽口を交えたのは、ただならぬ空気を感じたからだ。

千歳はすぐに「了解した」と短く応じた。

信濃山病院の医師たちが集まる総合医局の一角に、南郷の院長室がある。

信濃山は総合病院とはいえ大きな病院ではないから、専門科ごとに部屋があるわけではない。内科も外科も関係なく、三、四人ごとに部屋が割り振られて、それぞれに机が設置されているのだが、さすがに院長には応接用のソファを備えた院長室がある。

オペを終えた千歳が、ようやく院長室まで足を運んだのは、夕方の五時を過ぎたころで、ちょうど扉が開いて、中から神経内科の春日が出てくるところであった。

三十代の春日は、大きな黒縁眼鏡《めがね》をかけた痩せた医師である。黙礼とともに立ち去る春日と入れ違いに、千歳は院長室の扉をノックして入室した。

「すまないね、できれば多忙な君を呼び出したくはなかったんだが」

そんな言葉とともに、机の向こうに座っていた南郷が千歳を迎えた。

「手術は無事終わったかね？」

「問題ありません。龍田もだいぶ手技が安定してきました」

そうか、とうなずいた南郷は椅子から立ち上がりながら、机の前にあるソファを千歳に勧めた。

「後輩が育つのは心強いことだ」

「先生もたまには手術室に戻りたくなることがあるんじゃないですか？」

壁際のポットでコーヒーを淹《い》れ始めた南郷は、千歳の言葉に小さく肩をすくめた。

「たまに、ではないな。毎日だよ」

そう言った南郷の頰に、苦い笑みが浮かんでいた。

いつも病院長として睨みを利かしている強面《こわもて》の姿とは、若干異なる柔らかな笑みであった。

「だいぶお疲れですね」

「わかるか？」

「わかりますよ。昔先生と十二時間超えの門脈合併切除をやったときでも、ここまで疲れてはおられませんでした」

南郷は、今度は肩を揺らして愉快そうに笑った。

今は院長の業務に注力している南郷も、もとは外科医である。数年前までは、十年以上に亘《わた》って千歳と二人で手術をしていたから、互いの間にはただの上司と部下という以上の特別なつながりがある。互いに年齢を重ね、ともに五十代となり、立場も変わり、今は院長と外科科長だが、向き合えば、かつての外科チームの空気が戻って来る。

その屈託のない空気の中で、二つのコーヒーカップを持ってきた南郷は、千歳の向かい側にゆっくりと腰を下ろした。

千歳が軽く眉を寄せたのは、南郷の頰が思いのほかに痩せていることに気が付いたからだ。もともと精悍《せいかん》な顔つきの南郷には、余分な肉がついていないのだが、それにしても血色が悪い。

千歳は表情を改めて問うた。

「なにか問題が起きているのですか？」

「問題は山積みだがね。その中でも厄介ごとが増えている」

カップの片方を手に取って口をつけた南郷は、続けて渋い声を響かせた。

「外科手術をいったん制限しなければいけなくなる」

聞き慣れない言葉が響いた。

南郷は千歳の反応を待たずに、語を継いだ。

「コロナ診療の影響だよ。コロナ患者自体は増えていないが、疑似症病棟は多くの発熱患者の入退院が続いている。発熱外来も受診者が増え、看護師の人的負担が大きくなっている。くわえて三月二日から始まった突然の小学校、中学校、高校の休校だ。出勤できない看護師も増えて、シフトが成立しなくなっている。一般診療を制限し、人員の再配置をせざるを得ない」

「そのために外科手術を制限すると？」

「念のため言っておくが、外科だけを制限するわけではない。整形外科や泌尿器科の手術枠も減らし、夜間の救急車の受け入れも一旦制限する」

宣言するような重い響きに、千歳はわずかに眉を寄せただけだ。

外科医にとって、手術の制限は存在意義そのものにかかわる。しかし南郷が、その乱暴な決定を、無思慮に行うような人物でないことも、千歳は知っている。

「外科医に手術をやめろというのは酷な話ですね」

「やめろとは言わん。制限だ」

厳然たる南郷の声に、しかし微妙な揺れが含まれていた。言うまでもなく南郷自身が外科医である。手術を制限されるということの苦しさは十分に理解しているはずだ。

重苦しい沈黙の中、卓上のふたつのコーヒーカップから、心地《ここち》よい香りだけがたちのぼっている。

「それほどコロナ診療の負担が大きくなってきているということですか？」

「君にはどう見える？」

意外な問い返しに、千歳の方が戸惑った。

「パンデミック宣言が出ているとはいえ、国内の感染者が急増しているわけではない。長野県内も三名の陽性者がいるだけだ。先週、地域の七つの病院の院長が集まる『コロナ対策連絡会議』が市の主導で開かれた。その会議の席上では『わずかな患者が出ているだけで、なにを大騒ぎしているのか』と笑う院長もいたくらいだ。君もそう思うかね？」

怜悧《れいり》な眼光を向ける南郷に、千歳はゆっくりと首を左右にした。

その脳裏には、先日の『発熱外来』の緊迫した景色がある。

「詳しい状況を知っているわけではありませんが、コロナ診療チームは明らかに疲弊してきているように見えます。感染者の数はたしかにわずかですが、それに付随する業務が想定をはるかに超えて膨大になっているのでしょう。見さかいなく紹介されてくる発熱患者の対応や、疑似症病棟の管理で、チームは果てのない消耗戦に追い込まれているように見えます」

「そういうことだ」

南郷は深々と息を吐いた。

「コロナ診療には、当初想定していたよりはるかに膨大な人手と資材が必要だ。人員を増やさなければ、早晩コロナ診療は崩壊する。それを避けるために一般診療の制限が必要だ」

「『コロナ診療の方を制限する』という選択肢はないのですか？」

千歳は一歩踏み込むように問う。

「コロナ患者はもちろん大変でしょうが、一般患者も同じ患者です。コロナだけに注力して、その他の患者を軽視して良いわけではありません。コロナ診療については、他の医療機関にも協力を要請するというのは？」

「それが正論だと、私も思うのだがね」

南郷は、軽く首を左右に振った。

「市や周辺医療機関の動きはおそろしく鈍重《どんじゅう》だ。今の感染状況なら、むしろコロナ診療は信濃山病院一か所に任せてしまえば問題ないと考えている者も少なくない。逆に言えば、他の医療機関では、コロナ患者を受け入れる準備すら進んでいない。危機感をもって、動き出してくれているのは、厳島《いつくしま》院長のいる筑摩野中央医療センターくらいだ」

厳島は、南郷と同じく、もと外科医であることもあって、千歳も学会などで面識がある。ひょろりと背の高い痩せた体型で、つかみどころのない不思議な空気感を持っているが、ながらく筑摩野中央医療センターの院長職を担っている辣腕《らつわん》の持ち主だ。

南郷とも知己であるから、いち早く状況を察して、手を打ち始めてくれているのであろうが、そうだとすれば、コロナ診療の現場は、公的なシステムではなく、個人的な人脈を介してかろうじて成立している状態ということになる。

「先ほど春日先生を呼び出していたのは、コロナ診療をなんとか支え続けるため、ということですね」

千歳の脳裏をよぎっていたのは、先刻院長室を出て行った内科の春日の姿である。

南郷はゆっくりとうなずいた。

「そういうことだ。できればコロナ診療チームにくわわってほしいと要請した。日進先生も敷島先生も限界に近づきつつあるからな。だが、残念ながら返答は芳しくない」

「芳しくない？」

「極力コロナ診療にはかかわりたくない、というのが春日先生の率直な返答だった」

南郷はゆっくりとカップを傾けてから、また息を吐いた。

「彼の自宅には幼児が二人いる。危険な感染症と渡り合う自信がないというわけだ。三十代で子育て真っ最中のドクターだと考えれば当然の反応だろう。彼を非常識だと責める気持ちにはなれん」

会議で言っていた三笠の懸念が、現実のものとなっているということだ。

春日は、二年前に大学の医局人事で信濃山に派遣されてきたばかりの医師だ。おそらく数年のうちにまた医局人事で異動になるだろう。春日にしてみれば、一時的に赴任した先が偶然公立病院であり、偶然そのタイミングでコロナが来たということになる。そこで命をかけた医療を背負えというのは、確かに酷というものだ。

「不安感は、医師だけにあるのではない。看護部からも不満や反発が出始めている。いや、問題は、人的資源だけではない。物資も不足しつつある」

新たな南郷の言葉に、千歳は眉を寄せる。

「消毒薬の件なら聞いていますが、それだけではないのですか？」

「いずれ公になることだから言っておくが、防護服もフェイスシールドも不足しつつある。このまま使い続ければ数か月で枯渇するだろう。マスクにいたっては、次の入荷の目途《めど》がたたないまま在庫が尽きつつある。無茶は承知の上で、来週には配給制に切り替えることを検討中だ」

「ハイキュウセイ」という戦時中のような言葉に、さすがに冷静な千歳も目を見張った。

千歳が改めて見返せば、南郷はうなずきながら続けた。

「一週間に三枚のマスクを配り、それで持ちこたえてもらう。どうにもならんときは、追加で支給するが、極力使い回しだ」

「そんなことが……」

「そんなことが、医療大国と言われるこの国で起こっている」

南郷は、持っていたカップを一気に傾けてコーヒーを飲み干した。

「私としても信じられん気持ちだ」

淡々とした口調で、恐るべき事柄が語られていた。

消毒薬の不足は知っていたし、コロナ診療チームの疲弊も直接目にしていた。昨日発出されたパンデミック宣言についても、多くの医師たちが実感を持ててはいないもの、千歳は、一段深い所で事態の危うさを受け止めているつもりであった。

だが、状況はその予想を上回って深刻であった。

「驚きました」

しばしの沈黙ののち、それがようやく千歳が口にした言葉であった。

「これほど事態が逼迫《ひっぱく》しているとは、思っていませんでした」

「そうだろうな。君が相手でなければ、私もここまで率直に話すことはなかっただろうが、まあこれが現実だ」

コトリと南郷はカップを卓上に戻し、低く付け加えた。

「予想外の事態だよ……」

なにげないつぶやきを装ってはいたが、それは弱音といってよい響きを帯びていた。つねに南郷の前に立って補助をしてきたからこそ千歳が気づくことができた声であった。

わずかではあるが、千歳の前に立ち込めていた霧が淡くなり、その向こうにある得体の知れない感染症の実態が垣間見《かいまみ》え始めていた。

マスメディアからは膨大な情報が発信され、その重要度も、優先度もはっきりしないまま、ひたすら過激な情報だけが奔流となってあふれ出してくる。パンデミック宣言、医療崩壊、都市封鎖……。どれも異常な事態であることは確かだが、まだまだ海外の出来事であって、身近なことだとは理解しにくい。対岸の猛火が凄《すさ》まじいだけに、すでに足下にまで火が回り始めていることに、多くの人が気づいていないのではなかろうか。

しばし言葉もなく、身じろぎもしなかった千歳は、ゆっくりと視線を動かして窓外に目を向けた。

すでに日は落ちて暗い。遠くの農道を小さな光が行き過ぎていく。地元の軽自動車のヘッドライトであろう。

木々に遮られて光は明滅し、やがて道を曲がったのか、ふいに光は見えなくなった。

「先生は、後悔していますか、コロナ診療を引き受けたことを」

千歳の声が静かに響いた。

大きく踏み込んだ問いであったが、語調だけはどこまでも静謐《せいひつ》であった。千歳自身が以前から心の奥底に控えていた問いであったからかもしれない。

南郷は身じろぎもせず、沈黙したままだ。

やがてゆっくりと黒鬚を撫でてから、南郷は口を開いた。

「後悔はしていない」

力のある声であった。

「公立病院としての責務だけではない。医師としての個人的な信念もある。スタッフの不安や不満も十分に考慮した上で、それでも必要だと判断した結果だ。予想外のことは山のようにあるが、それでももう一度選択肢を与えられれば、同じ結論を出すだろう」

顔を上げて、南郷が苦笑を浮かべた。

「私は存外にロマンチストなのかもしれん」

「知っていますよ。それくらい」

千歳も笑って応じると、さらに声に力を込めた。

「しかし安心しました」

「安心？」

「コロナ患者の受け入れが判断ミスだったと考えているのであれば、厄介なことになりますが、そうでないなら問題ありません。予想外の事態なら、これまでもたくさん経験してきました。泣きたくなるような出血も止めてきましたし、手も足も出ないような癒着もはがしてきました。あまりの修羅場に私の集中力が切れそうになったときでも、先生は悠々とメスをふるって手術を完遂したものです」

熟慮の上に告げた内容ではなかった。

わかりやすい言葉でもなかった。

しかしそれが千歳なりの励ましであった。

具体策はなにもなく、名案のひとつも提出できなかったが、この息の詰まるような状況で、同じ外科医としてできる最大限の助力であった。

「そうだったな、千歳」

応じたときにはすでに、南郷の目には怜悧な光が戻っていた。表情は読み取れなかったが、どこかでゆったりと笑っているような空気が感じられる。

難度の高い手術で、問題点にぶつかったとき、南郷はいつもこういう表情をしたものだ。そして、たじろぐ千歳にかまわず、悠然とメスを動かしてきたのが南郷という男であった。

「すまんな、手術の制限を指示されるだけでもストレスだろうに、愚痴まで聞かせてしまった」

「かまいませんよ」

千歳は軽く首を振ってから、空になったカップを目で示して問うた。

「淹れましょうか、もう一杯」

南郷はゆったりとうなずいた。


三月十四日は土曜日であった。

救急外来の当番などがあれば、早朝からの出勤だが、その日の千歳の仕事は、病棟回診だけであったから、病院に来たのは昼前である。

医局の部屋で白衣に着替え、病棟回診をひととおり終えた千歳は、外来棟の片隅にある外科外来に足を運んだ。休日であるから当然人の姿はなく、鍵も閉まっている。その静かな診察室のひとつを使って、診断書などのたまった書類仕事を片付けようと思ったのだ。

ゆえに静まり返った外来前で人の声が聞こえたときは、千歳もさすがに戸惑いを覚えた。

「勘弁してくださいよ、三笠先生」

そんな聞き覚えのある肝臓内科医の声は、外科外来の隣にある内科外来から漏れてきたものであった。

「今日は土曜日ですよ」

半開きになった内科外来前の扉の奥に、日進と三笠の姿が見えた。日進が、診察台に腰を下ろし、壁に身を預けて天井を仰いでいる。

「私は先生や敷島先生とちがって、倫理観や使命感とは縁がないんです。平日の発熱外来だけでもお腹《なか》一杯なのに、休日まで働かされちゃ、さすがのデブも痩せこけてしまいますよ」

そこまでぼやいた日進が軽く眉を上げたのは、廊下に立っていた千歳に気づいたからだ。

診察台に座ったまま日進が丸い手を上げて、陽気に振って見せた。

「千歳先生、いい所で会いました。ちょっと寄っていきませんか、修羅場のコロナ最前線に」

奇妙な陽気さと、異様な緊張をはらんだ声が、静かな廊下に響いた。


「コロナ患者ですか?」

内科の診察室の椅子に腰を下ろしながら、千歳が問えば、端末前の椅子に座っていた三笠がゆっくりとうなずいた。

「患者の到着は二時間後です」

「疑似症の発熱患者ではないのですね」

「確定患者です」

三笠の声はどこまでも冷静だ。

「当院の四例目ですよ。忘れたころにやってくる。まるっきり天災ですねぇ」

診察台に腰かけていた日進が肩をすくめながら、

「しかも笑える話なんですよ、千歳先生」

「笑える話?」

「患者は三十二歳の女性、スペイン旅行から帰ってきたばかりだそうです」

さすがに千歳も眉を寄せた。

先日は韓国帰りの患者がいた。その患者は結局ＰＣＲが陰性であったが、不要不急の旅行が、どれほどコロナ診療の現場の負担になるか、目の当たりにしたばかりである。

「四日前に帰国したときはなんともなかったらしいんですけどねぇ。長野の自宅に帰ってきたら発熱して、二日前に女鳥羽川《めとばがわ》総合病院を受診したんです。保健所が介入してＰＣＲ検査をしたら、今日陽性が判明したということでした。性質《たち》の悪い冗談だとは思いませんか」

日進が丸い顎を撫でながら続ける。

「ＷＨＯ様がパンデミック宣言を出してくれているというのに、わざわざスペインからこんな田舎町までウイルスを運んでくることはないじゃないですか。どいつもこいつも、危ないとわかっていて、なんで移動するんですかね」

丸い肩をすくめてけらけらと笑っているが、よく見れば、その目が淡く充血している。充血しているだけでなく、目元には濃いクマがある。

「だいぶ体調が悪いように見えますが、大丈夫ですか、日進先生」

千歳の気遣いに、日進は自分の頬を二度ほど叩《たた》いてから、

「昨日は金曜日だったもので、少し眠剤を飲み過ぎたようでしてねぇ。おかげで頭の中はまだ夢うつつ。新しい感染患者が来ているというのに、気持ちはとてもリラックスしていますよ」

日進のまとった異様な雰囲気は、内服薬の影響もあるに違いない。本人は眠剤と簡単に言っているが、抗不安薬や安定剤のたぐいも相当量入っている可能性がある。

思わず千歳は三笠に視線を転じた。

「敷島先生は?」

「当直明けです」

しかし、と三笠は小さくため息をつきながら、

「敷島先生を呼んだ方がいいかもしれませんね」

「御冗談でしょう」

日進がぱたぱたと手を振って遮った。

「敷島先生は当直明けで帰ったばかりですよ。徹夜明けの四十代を、これから呼び出して働かせるつもりですか?」

「しかし、私もこれから院長とともに保健所での会議に出かけなければいけません」

「つまり、あとにはこのふてくされたデブしかいないわけです。ほかに選択肢はない

じゃないですか」

笑いながらそう言う日進は、本気でこれからコロナ患者を診るつもりでいるのだろうが、控え目に言っても、バランスの取れた精神状態には見えない。疲労と緊張の続く日々に、睡眠薬が入り、独特の興奮状態に陥っているように見える。

ひとしきり沈思した千歳は、気遣うように日進を顧みた。

「日進先生、あなたは少し休んだ方がいい」

「ありがたいお気遣いですが、患者はどうするんですか。いくら三笠先生が立派なドクターでも、会議に出ながらコロナ患者を診察するのは無理ですよ」

「私が対応しましょう」

千歳自身、熟慮して言ったものではなく、自然にこぼれたものであった。

すなわちそれは、以前から心の片隅になんとなく揺蕩《たゆた》っていた言葉であった。この異常なパンデミックの世界で自分に何ができるのか。そんなことを漠然と考え続けてきた結果、ゆっくりと胸の内で頭をもたげ始めていた言葉が、機会を得てふわりと舞い降りて来たような、不思議な穏やかさがあった。

だからこそ、

「私がコロナ患者の対応をやりましょう」

そんなふうに千歳は繰り返したのである。

思わぬ外科医の申し出に、さすがの三笠も当惑を見せた。その隣で、日進が充血した目を軽く見開いてから、すぐに面白そうに笑う。

「千歳先生も物好きですねぇ。私なんてコロナ診療には一ミリも近づきたくないと思っているんですよ。必死で患者を受け入れても給料が上がるわけでもなし。家に帰れば妻に避けられ、息子にはメールで怒られるんです。それなのに、先生は自ら飛び込みますか？　しかも外科の先生が肺炎を？」

「無茶だと思いますか？」

まっすぐな問いに、日進もさすがに毒気を抜かれたような顔をした。そんな反応がむしろ新鮮で、千歳は微笑とともに問う。

「無茶かもしれませんが、今のコロナ診療チームの状態で新しい患者に対応する方が無茶というものではありませんか？」

日進はいつのまにか薄ら笑いを抑え、充血した目をそのまま三笠に向けた。

三笠はすぐには応じない。

答えを探すように視線を落として沈思している。

いつのまにか日差しの向きが変わったのか、柔らかな光が診察室内に差し込み始めていた。

しばらくして、

「お任せしてもよろしいですか？」

三笠が静かな目を千歳に向けた。

その横で日進は束の間《つかま》戸惑い顔を見せていたが、やがて観念したように頭を掻きながら千歳に頭を下げた。

千歳は大きくうなずき返した。

コロナ患者を受け入れる手順は、複雑である。

複雑であることを千歳はある程度理解しているつもりだったが、現実は想定を超えたものであった。

まず病院一階裏口の『発熱外来』に、コロナ患者を乗せた搬送車が到着する。防護服を着た看護師が、搬送車から裏口脇の臨時テントに患者を案内し、そこで呼吸状態や血圧などのバイタルサインを確認し、血液検査とCT検査を行う。

簡単にCTと言っても、CT検査装置そのものは、一般患者も往来する外来の一角にある。そこまでコロナ患者を連れていくためには、患者の移動経路に人員を配置して、すべての人の通行を封鎖しなければいけない。一般患者の通行のみならず、防護服を着ていない病院職員も、すべて通行止めである。

階段、廊下、エレベーターなど各所に簡易の衝立《ついたて》を設置し、人を配置し、人通りが止まったところを確認して、防護服を着た看護師が患者をCT室に案内する。CTが終われば、すぐに院外のテントまで戻ってもらって、検査結果がそろうまで待機となる。

幸いなことに、千歳が呼ばれたのは、検査結果すべてがそろったあとであった。

「病棟と同じで、発熱外来にもゾーンわけがあります」

四藤の歯切れの良い声が、薄暗い『発熱外来』前の廊下に響く。ほんの数日前に一度来たことのある場所だが、壁一枚向こうのテント内に、コロナ患者が実際にいるとなると、緊張感がまったく違う。

「グリーン、イエロー、レッドにわかれていますが、先生はグリーンゾーン以外には一切足を踏み入れないでください」

「患者の診察は?」

「今はオンラインで可能になっています。どうしても直接診察が必要であれば、防護服でレッドに入ってもらいますが、極力避けてください。不慣れな先生が万一感染すれば、院内感染に直結して、たくさんの死者につながります。入院の案内や手続きはすべて看護師がやります。その方が安全ですから」

矢継ぎ早に遠慮のない声が降って来る。

さすがに一か月の経験値のなせる業《わざ》だろう。

「iPadはつながるようになっていますので、こちらでオンライン診療をお願いします」

発熱外来の奥には、卓上にタブレット型端末が置かれていた。

患者は木島彩華《きじまあやか》、三十二歳の女性である。

四藤に言われた通りに操作したiPad端末の画面には、すぐに若い女性が映し出された。

言うまでもなく、コロナウイルスは肺炎のウイルスであって、外面上になにか変化が出るわけではない。それでもコロナというだけでなんとなく身構えてしまうのは、厳戒態勢の医療現場では仕方がないことであろう。

木島彩華は、ごく普通の年相応の女性であった。いくらか丸顔で同じくらい丸い眼鏡が鼻の上に載っている。ショートカットで前髪も短く切りそろえ、笑顔になれば愛《あい》嬌《きょう》があるかもしれないが、今は表情らしい表情もなく、むしろ陰気な印象である。顔色は青白く、視線はどこを見ているのかはっきりしないが、それはオンライン診療という特殊な環境のせいなのかどうか、千歳には判断できない。

千歳は先ほど目を通したバイタルサインの用紙をもう一度確認した。少なくとも高熱はないし、呼吸状態や血圧も悪くない。実際、CT画像上も明らかな肺炎はない。つまり、現時点では軽症なのだが、患者の顔色は良くない。

「体調はどうですか？」

画面越しに千歳はつとめて穏やかに話しかけた。

木島はほとんど表情を変えず、淡々と〝大丈夫です〟と応じた。

このパンデミックのさなかに海外旅行に出かけるような人物だという事実に、千歳は日進ほどの苛立ちは覚えない。それは千歳が寛容だからというよりは、実際に命をかけて働いている者とそうでない者の違いであるかもしれない。ただ、もう少し自己主張の強いキャラクターを想定していただけに、かえって様子が摑《つか》みづらい。

「苦しい感じはありますか？」

千歳の問いに、画面の向こうの木島は〝いいえ〟と短く答えただけだ。

「痛みは?」

〝喉が少しだけです〟

「食欲は?」

〝ありません〟

そんな切れ切れの問答が続く。切れ切れであるだけに歯がゆい。

その歯がゆさを抑えて、千歳は検査の結果を告げた。

血液検査はほぼ正常であること、CTではわずかな肺炎像があるが、幸い重篤《じゆうとく》な所見はないこと。入院で経過を見るが、治療薬があるわけではないため、様子を見守っていくしかないこと。それらを千歳はできるだけ丁寧に説明した。

〝私、入院ですか?〟

ぽつりと、独り言のような声が応じた。

千歳はゆっくりとうなずく。

「もちろんです。重症でなくても、コロナに感染している以上、隔離の上、入院です」

〝なにも症状がないんですけど……〟

「コロナについては症状がなくても入院です。隔離解除になるには二回連続ＰＣＲの陰性を確認しないといけませんから、少なくとも二週間程度は病院から出られません」

無症状の元気な若年者にとって、二週間を超える隔離生活というのは言葉で言う以上に辛い可能性がある。なにより隔離場所は、娯楽のひとつもなく、売店もなく、自販機もない狭い隔離病棟の中なのである。

しかしこの措置は、患者のためであるとともに、社会を守るためという意味合いが強い。個人の気持ちや体調で変更のきくものではない。

「今は体調が良くてもあとで肺炎が悪化する患者もいます。たとえご本人が元気でも周りに感染を広げれば大変なことに……」

千歳が説明を途切れさせたのは、予想しなかった事態が生じたからだ。

画面の向こうで、木島がぽろぽろと涙をこぼし始めたからである。

うつむき加減のまま、目元から見間違いようもなく涙があふれて頬を伝わっていた。

呆気《あっけ》に取られている千歳の前で、木島が震える声で続けた。

〝私、入院させてもらえるんですか……？〟

言葉のニュアンスが少しだけ変わっていた。

「そのつもりですが……」

慌てて千歳は続ける。

「なにか問題が？」

木島は大きく首を左右に振って答えた。

〝帰国したとき空港で、こんな時期に海外から帰って来るなんて非常識だって言っている人がいたんです……〟

こぼれる涙をぬぐいもせずに木島が涙目を向けた。

〝家に帰って来て、熱が出て診療所に電話したら、うちには絶対に近づくなって言われました。やっと検査してもらってコロナ陽性がわかったら、保健所からは、タクシーとかバスとかに絶対に乗っちゃいけない、人が死にますって。友達に伝えたら、こんなときに旅行したあんたが悪いって……どこに行っても、私の居場所なんてないと思っていました……〟

あふれる涙より多くの言葉がこぼれ落ちてくる。

〝私、入院させてもらえるんですね……〟

千歳は戸惑いを押し隠して、ゆっくりとうなずいた。

木島は、わずかに肩を震わせてから、両手で顔をおおった。

画面の横から白い防護服の手がのびてきたのは、そばについていた看護師のものであろう。慌てて背中をさする看護師の手の中で、木島は涙声で告げた。

〝ごめんなさい……〟

意外な言葉が聞こえた。

〝ごめんなさい……本当に……ごめんなさい……。こんなときに海外旅行なんて、行っちゃだめだったんです。一年も前から計画をたてて、ようやく実現できたから、ちょっとくらい大丈夫だって思って旅行に行って、病気になって帰ってきて……いろんな人に迷惑かけて……〟

ごめんなさいの言葉がまた数回繰り返された。

千歳はしばし言葉もなく、ｉＰａｄの画面を見つめていた。

――スペインからこんな田舎町までウイルスを運んできて……。

日進がうそぶいていた、そんな言葉が思い出された。

コロナ診療を支える者たちは、日々、心身をすり減らしている。日進の言葉は、たとえ直接患者に向かって発せられるものではなくても、コロナ診療現場の多くの人々の気持ちを代弁している部分がある。木島はここに来るまでに、そんな有形無形の様々な人の負の感情を受け止めてきたにちがいない。

一方で、この時期に海外旅行に行ってきた木島が、責められても仕方のない身勝手な人間かといえば、そういうものではないだろう。パンデミック宣言が出されているとはいえ、旅行者は今も世界各地にいる。木島の境遇は格別の不運であったというしかない。

——知らないことが多すぎる……。

それが千歳の率直な感慨であった。

コロナについては日々、多様なニュースが飛び込んでくるが、どれほど多くの情報をかき集めても、日進の夜も眠れぬ緊張感や、木島の孤独な哀《かな》しみの万分の一も伝えてくれるものではない。南郷の肉の落ちた頬を見るまでは、信濃山病院の危機的な現実に気づかなかったように、安全な場所に立ってデータだけを眺めていても、現実になにが起きているかを理解することはできない。できないはずなのに、理解していると思い込んでいる人のなんと多いことであろうか。千歳自身、幾度も思い知らされる己の認識の甘さをかみしめて、忸怩《じくじ》たる思いがするのである。

しばらく沈黙していた千歳は、やがて穏やかに口を開いた。

「心配はいりません」

木島が泣きはらした目を向けた。

「入院したら、ゆっくり休んでください」

千歳は淡々と続ける。

コロナウイルス感染症は、確かに恐ろしい疾患だが、若い人の多くは自然に改善する可能性が高いということ。症状が改善しても、ＰＣＲで陰性が確認されなければ病院から出ることができないため、かなりの入院期間になるということ……。

先刻、三笠から聞いた内容をそのまま繰り返しているだけだが、それでもできるだけ千歳は、丁寧に言葉を重ね、最後にそっと付け加えた。

「よく、ここまでたどり着きましたね」

そんな言葉に、木島の両目からひときわ大粒の涙があふれ出してきた。

再び両手で顔をおおって泣き出した木島が、震える声でこぼした言葉は、〝ごめんなさい〟ではなかった。

〝本当に……、ありがとうございます……〟

小さな、かすかな声が、ｉＰａｄから聞こえた。


ショパンの『英雄ポロネーズ』は、千歳の得意とする楽曲であった。

得意といっても、まともに演奏していたのは高校生から大学生時代にかけてである。医師になって三十年近くになるが、その間はときに自宅のピアノを弾くことはあっても、練習という行為とは無縁であった。たまに気持ちを改めて弾いてみても、途中で運指《うんし》を忘れてしまって、中断してしまうことも少なくない。ゆえにうまく弾けるのか自信はなかったが、指先は不思議なほどに音楽を覚えていた。

筑摩野駅のコンコースに置かれたグランドピアノから、ショパンの名曲がゆっくりと立ち上がっていく。

夜七時前、行きかう人々の多くはそのまま通り過ぎていくが、中には千歳の演奏に足を止める者もある。

マスク姿の老夫婦や、ベビーカーを押した若い母親が足を止めている。それを視界の片隅で感じながら、千歳の思いは旋律とともに駅舎の屋根へ上っていく。

盤上の指はポロネーズの難度の高い伴奏をなんとか進めていく。ときどきのミスタッチはご愛嬌というもので、千歳も格別気にしない。

――よくこれだけ記憶に残っているものだ。

苦笑とともに指を踊らせながら、千歳の思考は浮遊していく。

先ほど電車の中でスマートフォンのニュースを確認したところ、本日の感染者は六十三人であった。新たに一名の死亡も伝えられて、わずか一週間で十六名の死者を数えたことになる。

もはや、このまま自然に感染が縮小するかもしれないなどという淡い期待を千歳は持っていない。近日中に百人単位の感染者が報告され、死者も急増してくる可能性が高い。

一方ニュースでは、多くの病院がコロナ患者の受け入れを拒否しており、受け入れ体制がなかなか拡充できないことが様々な理屈で補強されていた。

『肺の専門家がいないから』

『院内の設備が不十分だから』

『一般診療を守らなければいけないから』

『医療者にも危険な診療を拒否する権利があるから』

どれもこれももっともな理屈であろう。

間違っているわけではないし、千歳自身、その通りだと思う。

『外科医は手術をしていれば文句を言われない』

そんなふうに龍田と軽口を交わしあっていたのはわずか二週間前のことなのである。

しかしこれらの議論には、一番大切な論点が抜け落ちている。

新型コロナウイルス感染症はもちろん恐るべき疾患であろう。けれどもそれ以上に重要なことは、すでにコロナの診療現場は困窮をきわめ、崩壊の危機に瀕《ひん》しているということである。

受け入れを拒まれた患者たちは不必要に傷つけられ、患者を受け入れる一握りの医療者たちはすでに限界が近づきつつある。このままでは、感染爆発でなくても、コロナウイルスのささやかな波が来ただけで、最前線の堤防は決壊するかもしれない。

そういった事実に気づいた以上、千歳がとるべき行動はひとつしかなかった。むしろその結論に達するまで、ずいぶん時間がかかったものだと自分でも不思議なくらいであった。

――私もまた、ロマンチストかもしれないな。

己の下した結論を振り返って、そんな思いがないでもない。

すでに電車を降りたときに、ホームから実家にいる妻に電話し、自らの選択を伝えた。そしてしばらくは家に戻って来ないように告げた。妻は、夫の選択に驚きはしたが、反対はしなかった。ただ、無理をしないようにと遠慮がちに告げただけだ。

そのあと改札口を抜けた千歳は、なぜとなくこのグランドピアノに歩み寄っていたのである。

ピアノの旋律の向こうでは、雑踏が波打つように遠のいては近づいてくる。

明るい声ではしゃぐ女子高生の集団がある。改札口に夫を迎えに来た妻とその娘らしき姿が見える。大きなリュックを背負って黙々と歩き過ぎていく壮年の男性があり、テイクアウトのコーヒーカップを片手に時刻表を眺めている若い女性も見える。

この、日常の平穏な景色は、おそらくこれから大きく変化していくことになる。多くの当たり前が崩れ、多くの人々が傷つくことになる。その中で、自分が自己犠牲の精神を発揮し命を削って闘おうと思っているわけではない。そういったヒロイズムとは無縁であり、無縁であると知っているからこそ、妻もいたずらに動揺しなかったのであろう。

『英雄ポロネーズ』はアクロバティックな旋律を終え、やがて、いくらかの拙《つたな》さを伴ってフィナーレを迎えた。残響が完全に途切れるより早く、ぱらぱらと周りから拍手が聞こえてきた。振り返れば、思いのほかに多くの通行人が足を止めて手を叩いている。

千歳は立ち上がり、小さく会釈した。

こんな場所で、再びピアノを弾く機会は当分ないだろう。よしんばあったとしても、それは世の中が穏やかになってからにちがいない。コロナ診療にくわわるのであれば電車通勤もしばらく中止にしなければいけないから、再びこの広々とした駅のコンコースを歩ける日は、ずいぶん先のことになるはずだ。

いずれにしても千歳にとってその会釈は、見慣れた日常に対するささやかな決別の儀式でもあった。

翌日、朝七時前、千歳が足を運んだ先は病棟ではなく、まだ人気《ひとけ》のない内科外来の診察室であった。

まるで当たり前のような態度で診察室に入ってきた千歳の姿に、敷島は不思議そうな顔をし、日進は驚いたように目を瞬《しばた》いていた。三笠だけは、まるで何かを察していたかのように表情を変えなかった。

「土曜日に、患者を入院させたばかりですからね」

そんな千歳の言葉に、日進はまだ理解が追いつかず瞬《まばた》きを繰り返している。

「コロナ診療については、右も左もわかりません。色々教えていただきたい」

そう告げて腰を下ろした千歳に、三笠がそっと問いかけた。

「大丈夫なのですか？」

「大丈夫かどうかはわかりませんが……」

少し考えてから微笑した。

「相手は未知のウイルスです。誰も診たことのない疾患なら、普段は頭を使わない外科医でも、なんとかなるでしょう」

そんな千歳のユーモアに、少し遅れてから日進がおかしそうに笑い声を上げた。いつもの皮肉な声ではなく、邪気のない愉快そうな声であった。

「いやはや、この病院にはまったく物好きが多いですねぇ」

「物好きというのは、私も含まれるのですか、日進先生？」

敷島の問いに、日進はむしろ呆《あき》れ顔で、

「あなたと三笠先生は、当院の物好きツートップですよ。良識と常識にあふれた私がどれだけ迷惑していることか」

そう言って、なお楽しげに笑えば、敷島も柔らかな微笑を浮かべる。

ふわりと室内が明るくなったのは、いつのまにか窓から三月の澄んだ朝日が差し込み始めたからだ。

肩を揺らして笑う日進の隣で、敷島が千歳に向かって丁寧に頭を下げた。

窓が開いているのであろう。

カーテンがゆったりと揺れ、初春の清らかな風が流れていく。窓外の大樹が風を受け、木漏れ日がきらきらと瞬きながら診察室に降って来る。

三笠がそっと微笑《ほほえ》んでうなずいた。

千歳もまた大きくうなずき返した。

そうして何事もなかったように、朝のカンファレンスが始まった。

第三話 ―― ロックダウン

三月半ばの早朝、敷島寛治は、病院の窓から朝日の差し込む安曇野を眺めていた。この時期、寒気《かんき》の中に凍りついていた信州は、ふいに目を覚ましたかのように新しい季節へ動き始める。

白く凍《い》てついていた山々は、いつのまにか柔らかな霞《かすみ》をまとい、裾野の雪は解け、ところどころに緑が顔を出し始める。稜線《りょうせん》はいまだ冬の領分だが、これを見上げる安曇野一帯は、一足先に衣替えを始めたようで、心なしか農道を往来する軽トラックも目立つようだ。

もう五年以上、信濃山病院に勤めている敷島にとって、その眺望は見慣れたものであるはずだが、今は別世界のように遠く感じられる。ほかでもない。彼が一般病棟の一番奥を区切って設置された感染症病棟に立っているからだ。

ほんの二か月前までは、ときどき受け持ち患者とも気楽な立ち話をしたその廊下は、今は入念な消毒を行い、真っ白な防護服に身を包み、複数の衝立《ついたて》の間を通って来なければ、たどり着くことのできない特別な区域になっている。『レッドゾーン』と呼ばれるその場所に、敷島は、頭まですっぽりとタイベックという名の防護服に身を包み、その上からフェイスシールドをかぶって立っている。廊下には、威圧的なバイオハザードのマークが描かれた複数のゴミ箱が並び、かすかに低い機械音が聞こえてくるのは、病室の陰圧装置が作動しているためであろう。

すべてが、二か月前にはなかった景色《けしき》だ。

「準備できましたよ、敷島先生」

そんな声は、敷島のあとからレッドゾーンに入ってきた看護師の赤坂のものだ。病棟主任の赤坂は、冷静で胆力もあり、不安と緊張の続く感染症病棟を支える中核的なスタッフのひとりだ。むろん敷島と同じく頭からすっぽりとタイベックを着て、右手にはＰＣＲ検体採取用の小さな箱を持っている。

「左の３４２号が江田さんで、右の３４３号が木島さんです。どっちから回りますか？」

「江田さんがＰＣＲの予定だったね。そちらから行こう」

うなずいた赤坂が先に立って、３４２号室の扉を開ける。陰圧装置のおかげで、わずかに風が流れていく。

敷島はもう一度ちらりと窓外に目を向けた。

三月早朝の澄んだ朝日が、遠くやわらかく安曇野を照らしていた。


敷島寛治は、今年四十一歳の消化器内科医である。

二十年近く前に信濃大学医学部を卒業し、大学医局の人事下で、長野県内のいくつかの病院をめぐったのち、五年ほど前に信濃山病院に赴任してきた。なんの変哲もない一般的なキャリアであったから、突然自分が新型感染症診療の最前線に立つことになるなど、完全な想定外であった。想定外の事態を、黙々と受け入れてきたのは、格別の覚悟や哲学があったからではない。もともと何事も深く考え込むことの多い敷島は、結論を出すのにも人一倍時間がかかる。コロナ診療についても、覚悟を決めて臨んだというより、模索の逡巡《しゅんじゅん》のただ中にあるうちに、状況の方が勝手に先へ先へ進んでしまった、といった印象だ。

そんな茫洋《ぼうよう》たる心持ちで、すでに一か月、令和二年三月十九日の時点で、敷島が接した新型コロナ患者は四名に達していた。

四名のうち、第一例目のクルーズ船から搬送されてきた患者は、三月初旬に無事退院。これに続く長野県一例目の患者である江田紘一は、急速に重症化したため、北信濃総合医療センターに搬送となった。ゆえに現在入院しているのは、江田紘一の妻である江田富江《とみえ》と、数日前スペイン旅行から帰ってきて感染が判明した木島彩華の二名である。

信濃山病院の感染症病床は計六床。三人ずつの大部屋に一人ずつが入院している状態で、少なくとも今のところは満床を危惧《きぐ》する事態は生じていなかった。

「体調はどうですか、富江さん」

敷島の声に、ベッドサイドに立って窓から外を眺めていた江田富江が振り返って丁寧に頭を下げた。

「おはようございます、敷島先生」

富江は、背筋もまっすぐ伸びた女性で、七十歳という年齢を感じさせない。この特別な環境の中で、疲れがないとは言えないが、堅実に毎日を重ねている。

「早朝からすみませんが、いつもの検査です」

「またＰＣＲ検査ですね」

少し困ったような顔で富江は笑った。

江田富江が入院となったのは、夫である江田紘一に遅れること三日、二月二十七日のことである。

夫の紘一が急速に悪化したのに対して、富江の方は一貫して軽い症状のみであり、敷島たちが拍子抜けするほど経過が良好であった。入院初期に、インフルエンザ治療薬のゾフルーザを投与した以外には何もしないまま回復し、今は熱もなく穏やかに過ごしている。

「相変わらずなんともないんです。ほんとに自分が主人と同じコロナになったなんて信じられないくらい」

「コロナについてはわからないことばかりですが、とにかくここまで元気になれば安心です。ただ、厚労省の退院基準を満たさないことには退院の許可は出せません」

「そうですよね」

富江は落ち着いた態度でうなずいた。

もう何度も交わしてきた会話である。

新型コロナウイルス感染症は、二類感染症という特別な警戒が必要な指定感染症に準じる対応が要求されている。隔離管理が厳重であることはもちろん、隔離を解除するのも簡単にはいかない。

『症状が完全に消失したのち、二回連続でPCRが陰性になること』

それが、現在厚労省が指定しているコロナ患者の退院基準であった。

このため、入院数日で症状が消失した富江は、三月初旬から退院基準を満たすためのPCR検査を二日ごとに繰り返している。そして、三月十八日の時点ですでに七回のPCR検査を施行しているが、今のところすべて陽性であった。

「じゃ、富江さん、検査始めますね」

赤坂の声に、富江がうなずいて、ベッドサイドに腰を下ろした。

敷島は赤坂からPCR検査用の綿棒を受け取り、富江の鼻腔《びくう》にゆっくりと挿入する。

このとき、患者の真正面に立ってはいけない。患者がくしゃみや咳《せき》をしたときに、まともに飛沫《ひまつ》を浴びることになるからだ。患者の真横に立ち、赤坂が動かないように富江の頭を軽く支えたのを確認してから、ゆっくりと検査棒を鼻道から奥へ、しっかり五センチほど挿入する。そこで、十秒を数えてからまたゆっくりと引き抜く。

引き抜いたところで、二度ほど富江がくしゃみをした。

敷島にとっては、すでに何度も目にしている光景だが、ひやりと背筋に冷たいものを感じざるを得ない。飛沫、感染、肺炎、死……。そんなキーワードが閃光《せんこう》のように脳裏を駆け抜けていく。

この恐怖があるゆえに、看護師は患者のPCR検体採取を拒否しており、今のところ敷島たち医師が、外来も病棟も直接足を運んで検査をせざるを得ない状態が続いている。いつかインフルエンザと同じように、手軽に検査ができる時代が来るはずだと、なかば祈るような思いで、敷島は綿棒をスピッツに投入する。

「また今回も陽性でしょうか?」

富江の心配そうな声に、敷島は敢《あ》えて柔らかな苦笑を浮かべて応じた。

「陰性であってほしいと、私も思いますが、これればかりはなんとも……」

不明なことばかりの新興感染症である。回復患者のPCRがどの程度の日数で陰性化するかなど、世界中の文献を調べてもデータはない。だいたい、PCRの陰性を確認することが、本当に必要なのかさえわからない。

「またこれから二日間、気を長くして待つんですね。なんだか時間が止まっているんじゃないかって思うくらい長く感じます」

「PCR結果がもっと早く出るようになればいいんですが、どうしても二日はかかります。それでも一か月前は、三日から、ときには五日くらいかかりましたから、だいぶ早くなった方なんですが……」

「でも必ずどこかで陰性になりますよ」

明るい声で告げたのは、赤坂だ。

「前にも話したように、ちゃんと陰性になって退院した患者さんもいるんですから」

「そうですよね。その方も二週間くらいＰＣＲを繰り返したって言っていましたね」

「そうです。そしてちゃんと陰性になって帰りました。先週の話ですよ」

赤坂が話しているのはクルーズ船の患者である。実際、クルーズ船の患者も七回目と八回目のＰＣＲでようやく陰性になり、三月初旬に退院にこぎつけた。ＰＣＲのためだけに、実に二週間以上、隔離病棟に閉じ込められていた計算である。

「それに、転院した富江さんのご主人も、回復してきているのでしょう？」

「そうなんです、看護師さん」

富江の表情がぱっと明るくなった。

「一時期は、ホントにもうダメかもしれないって、向こうの病院の先生から電話が来て、でも私はここを出られないから、もう会えないままお別れも覚悟したんですが、今は元気になってきて、直接主人が電話をくれるようになっています」

「じゃあ、奥さんが気落ちしていたらダメじゃないですか。元気出さないと」

赤坂の張りのある声に刺激されて、富江の声にも活気が戻って来る。こういうさりげない会話は、日々患者に寄り添っている赤坂ならではであろう。生真面目《きまじめ》で応用の利かない敷島より、はるかに頼りになる。

富江の夫の紘一については、敷島も鮮烈な記憶が残っている。急激に状態が悪化して、北信の高次医療機関まで二時間かけて搬送したのが、敷島自身であったからだ。率直に言って、敷島は助かるとは思っていなかったが、先方の病院から富江のもとに入った連絡によると、山場を越えて回復傾向だという。

「必ずご主人とともに、元気に帰れる日が来ますよ」

半分以上は祈るような心境ではあったが、そんな敷島の言葉に、富江は深々と頭を下げた。

ＰＣＲ検査を終えて、赤坂とともに病室を出れば、次は、向かい側の病室の木島彩華の回診である。

木島彩華は、比較的目立つ肺炎像があり、現在はステロイドの吸入薬で治療を開始している。吸入薬オルベスコは本来気管支喘息《ぜんそく》の治療薬だが、欧州からの最新の論文で、「コロナに有効な可能性」という報告が出たため投与開始となった。

なにかしら治療手段があるというのは有難いことだと感じる反面、一連の経緯《けいい》を振り返れば、暗い気持ちを抑えられない。

一人目の江田紘一は治療する暇もなく転院し、二人目の江田富江はインフルエンザの薬を使用し、三人目の木島は気管支喘息の治療薬を使っている。

端的に言って、

――闇雲《やみくも》に薬を投与しているだけではないか……。

そんな自己嫌悪にも似た疑念が、敷島の胸を往来する。

救いがあるとすれば、木島がこの状況下でも淡々と日常を過ごしていることであろう。紆余《うよ》曲折《きよくせつ》を経て信濃山病院にたどり着いた木島は、来院時、発熱外来で泣き出したという話を伝え聞いている。その後の精神状態が心配されたが、入院してからは、少なくとも大きく取り乱すことはない。

「体調は大丈夫ですか？」

訪室した敷島の問いに、ベッドに座っていた木島は、「変わりありません」と短く返事をしただけだ。

愛想も会釈もないのは、本来そういう性格なのか、不安と緊張を押し隠しているためか敷島にもわからない。そこまで気を配っている余裕もない。二言三言、一般的な症状を聞き、酸素状態も良いことを確認すれば診察は終了である。

回診を終えて隔離病棟から出てくると時間は八時半になっていた。病棟に入ったのは八時前であるから、わずか二人の診察に三十分以上かかった計算だ。

イエローゾーンの前まで戻ってくると、ただでさえ密閉されている防護服の中は、緊張と疲労で汗まみれになっている。フェイスシールドをはずし、防護服を脱いで、バイオハザードマークのついたゴミ箱に放り込もうとすると、後ろにいた赤坂が素早く声を投げかけた。

「敷島先生、防護服は脱いだら足元に置いておいてください」

手元で丸めた防護服を片手に、思わず敷島は振り返る。

「感染性のある破棄物ですよ。このままゴミ箱ではないんですか？」

「昨日から方針が変わったんです。防護服は廃棄せずに、いったんビニール袋に入れて保管します」

「保管？」

「防護服が足りなくなってきているんです。袋に入れて、一週間放置したあと、滅菌消毒にかけて再利用することを検討中だって師長から連絡が来ました」

さすがに敷島は驚いた。

消毒薬やマスクが足りなくなってきているという話は聞いていたが、使い捨てであるはずの防護服を再利用するというのは普通の発想ではない。

困惑している敷島に、赤坂は防護服のまま肩をすくめて見せた。

「外来はまだしも病棟のタイベックは危険じゃないかって話も出ていて、まだ決定ではありません。ただ、ないものはないんだって、四藤さんも言っていました。袋に詰めるのは私がやっときますから、そのまま置いておいてください」

赤坂の声に重なって「敷島先生！」と今度は別の看護師の声が飛び込んでくる。

グリーンゾーンの廊下から、一般病棟の看護師が衝立越しにイエローゾーンを覗《のぞ》き込んでいる。

「千歳先生が探していましたよ」

「千歳先生が？」

「なんか相談したい症例があるって言っていました」

敷島は、とりあえず言われたとおりに防護服を足元に置いたあと、キャップ、N95マスク、手袋と順にゴミ箱に放り込む。

「敷島先生はコロナ病棟に入ってますって言ったら、出てきたら一報ほしいって言っていました。発熱外来にいるそうです」

「了解した」

応じながらグリーンゾーンに出た敷島は、衝立横の丸椅子に放り出してあった白衣と院内PHSを手に取った。九時からは、午前の上部消化管内視鏡検査が始まるから、のんびりともしていられない。

「すみません、赤坂さん、あとはお願いします」

イエローゾーンを振り返って告げれば、赤坂は防護服姿のまま指で丸を作った。

敷島は白衣を羽織って、足早に歩き出した。


コロナ診療チームを構成する医師は、当初は三笠、日進、敷島の三人の内科医だけであった。そこに千歳が加わったのは、ほんの数日前のことである。

信濃山病院はコロナ患者を受け入れているとはいえ、職員が一致団結して行動しているわけではない。日進のように明確に反発する者がいるように、他の部署にも拒否感を示し、恐怖を露《あら》わにし、絶対に感染症病棟に近づかないようにしている者も少なくない。

そんな緊張感に満ちた空気を、しかし千歳は悠々と乗り越えて、自らコロナ診療に志願した。

――誰も診《み》たことのない疾患なら、普段は頭を使わない外科医でも、なんとかなるでしょう。

千歳のその台詞《せりふ》は、日進が面白おかしく語り継いで、今では院内中に広がっている。千歳の方はといえば、そんな周囲の戸惑いなど我関せずといった様子で、不慣れな発熱外来もＰＣＲ検体の採取も、まるでいつもの外科手術のごとく泰然たる態度でこなしている。気負う様子もなく、張りつめた空気も漂わせない姿は、さすがに熟練の外科医の風格といったものであろうか。

「判断の難しい肺炎の患者が来ていましてね」

発熱外来に足を運んだ敷島を、千歳はそんな言葉で出迎えた。

発熱外来の診察室は、もともと倉庫であった場所を応急的に転用しただけであるから、狭いし、薄暗いし、天井にはパイプやちょっとした配線がむき出しになっている。新型感染症の診療最前線というには、なかなか異様な空間だ。

「両側の肺に、比較的範囲の広い陰影があります。三十五歳の男性です」

「若いですね」

「若いせいだとは言いませんが、今度は香港帰りです。日進先生にはできるだけ黙っておきたい情報ですね」

「香港ですか……」

スペイン帰りの患者の次は香港帰りである。

敷島としては、無理にでも苦笑するしかない。

「患者は二週間前まで香港出張で、そのあと東京で一週間働いてから長野県の実家に戻ってきました。三日前から咳と熱があって、明日保健所経由で受診する予定でしたが、呼吸苦が強くなったため今朝受診したという経緯です。どう思いますか？」

千歳は手早く電子カルテを操作して、肺のＣＴ画像をモニター上に呼び出した。

覗き込んだ敷島は、画像を確認しながら応じる。

「画像としては、コロナというより何らかの非定型肺炎のようにも見えます。あくまで感覚ですが……。マイコプラズマやレジオネラはどうですか？」

「いずれも確認しましたが陰性です。ちなみにインフルエンザも陰性です」

つまり、コロナだとも、コロナでないとも言えない状況ということだ。

千歳が腕を組みながら続けた。

「普通の市中肺炎と考えて一般病棟に入院させるべきか、コロナの可能性を考慮して、いったん疑似症病棟で管理すべきか、判断に迷っているところです」

「香港、東京と移動歴がある肺炎患者なら、まずは疑似症病棟が妥当だと思います」

「その疑似症病棟があと一室しかありません」

千歳の返答に、敷島は眉を寄せた。

「三室ある疑似症病棟のうち二つがすでに埋まっています。この患者を入れると、疑似症病棟が満床になって、以後の患者は一般病棟に入れざるを得なくなります」

「疑似が満床ですか……」

敷島もさすがに表情を険しくした。

コロナのＰＣＲ検査は、結果が出るまでどうしても数日かかる。結果が出るまでの間、一般患者からもコロナ患者からも隔離して治療を行うための疑似症病棟は、他の入院患者はもちろん、病院のスタッフを守るためにも必須の病棟だ。それが満床になるのは、極力避けたい事態である。

敷島は一考してから千歳に目を向けた。

「それでもこの患者を一般病棟に入院させるのは危険すぎます。最後の一床を使いましょう。三笠先生には私から、病棟が逼迫《ひっぱく》していることを伝えます」

「やはりそれしかありませんね」

千歳もうなずいてから、背後に立っていた看護師に疑似症病棟への入院を告げた。

「それにしても」と千歳が右のこめかみに指を添えて、軽くため息をついた。

「なかなか厳しくなってきました。コロナの確定患者を受け入れるのはまだ良いとしても、コロナの可能性が否定できない患者まですべてを受け入れるのは、限界かもしれません」

その通りだと、敷島も思う。

相手が未知の感染症である以上、それを受け入れる医療機関はできるだけ少なくした方がよい、というのが、院長の南郷の基本的な考え方だ。敷島も理屈としては十分に理解できるし、公衆衛生学の原則としても正しい。だが、そういう理想論をいつまで維持できるものなのか。

「日進先生も言っていることですが」と千歳がため息交じりに続ける。

「早い段階で、コロナ患者の受け入れ病院を増やす方向に動くべきだと思うのですがね」

「私もそう思いますが、なかなか危機感が伝わらないと三笠先生も言っていました。実際、当院のコロナ患者は二名だけですし、長野県全体で見ても、感染者四名が入院しているだけです。病院の外に出れば、驚くほど楽観的な空気を感じますから、自分の方がおかしいのではないかと思う時もあります」

「相変わらず冷静ですな、敷島先生は」

気が付けば、千歳が苦笑している。

「三笠先生もそうだが、あなたもこれだけ危険な状況に身をさらしながら、良識をもって黙々と働いている。その原動力はなんなのか、不思議に思うくらいですよ」

「私は考えるばかりで、結局何も行動できないだけです。それを言うなら、千歳先生だってここにいますし、日進先生も口は悪いですが、現場を離れようとはしません」

「なるほど、確かに」

そんな千歳の声を遮《さえぎ》るように敷島のＰＨＳが鳴り響いた。

応じれば、内視鏡室からの連絡だ。内視鏡の予約患者が待っているという。

「大変ですな、先生も」

「お互い様です。千歳先生も手術をやりながらこちらも支えているのですから」

「幸か不幸か、手術はだいぶ制限されていますからね」

「内視鏡も制限する話が出ています。何が何でもコロナ診療は支えるというのが、南郷院長の方針のようで」

「お互い、専門分野は廃業ですか」

淡い苦笑を交わしあってから、敷島は発熱外来を出た。

ちらりと廊下の奥に目を走らせれば、黄色いテープで区切られた空間で、看護師が防護服を身に着けているのが見えた。新しく発熱外来に配属された若手の看護師のようで、手順がまだまだぎこちない。

薄暗い廊下の蛍光灯が二度ほど不機嫌そうに瞬いて、白い防護服が古いコマ送りの映画のように切れ切れに明滅していた。


コロナ診療が始まってから、敷島の帰宅は夜九時を回るのが当たり前になっていた。夜半に疲れ切って帰ってくる日も多いのだが、車を駐車場に止めたあとも、家の食卓につくまでにはいくつもの複雑な手順が待っている。

まずコートやマフラーなどは車の助手席に置いて、自宅に持ち込まない。車内に据え置いた消毒薬で十分に手指を消毒し、車を出てから玄関の扉を入ると、靴箱の上のスプレー式の消毒薬を手に取り、自分の全身にそれを吹きかける。

靴を脱いで、玄関からリビングに足を運ぶと、そこでは車の音を聞きつけて準備をしていた妻の美希《みき》が待っている。もう一度、今度は美希が敷島の頭から背中まで、入念に消毒薬を吹きかけるのだ。この間、夫婦の間に会話はない。消毒が終わると、そのまま奥のバスルームに直行して、シャワーを浴びる。病院で一度浴びてくるから、これは二度目になる。パジャマに着替えて出てくると、ようやく二人の間で会話が始まることになる。

「大丈夫、寛治?」

それが、一通りの手順を終えたあとの美希の第一声だ。

声には気遣いと同じくらいの不安と緊張が含まれている。なにが大丈夫なのか、つかみどころのない問いに、しかし敷島は精一杯に穏やかな声で「大丈夫だ」と笑い返すのだ。

この一連の流れが、敷島が妻と話し合って決めた「家族を守るための感染対策」であった。

一か月前、コロナ患者を診ることになったと、敷島が初めて告げたときの、美希の反応を、敷島は今もはっきりと覚えている。美希は呆然《ぼうぜん》としたまま、その顔からは血の気が引いて文字通り真っ白になった。

しばらくして美希は、震える声で問うたものだ。

――消化器内科医の敷島がなぜコロナ患者を診るのか。

――感染対策は大丈夫なのか。

――命にかかわるような事態にはならないのか。

——子どもたちの生活はどうなるのか。

むろん敷島に明確な答えなどあるはずもなかった。わかっていることはただ、中国では連日多くの感染者が死亡しており、死者の中には医師やその家族も含まれているという事実だけであった。

敷島自身、考えの定まらぬ中、それでもコロナ診療は医師としての務めであることを諄々《じゅんじゅん》と説き、先に述べた厳重きわまりない感染対策の手順を決めて、なんとか妻の動揺を鎮めたのである。

「桐子《きりこ》と空汰《そらた》は？」

「元気よ。最近お父ちゃんの帰りが遅いって、二人とも怒ってる」

桐子は小学校に上がったばかりで、一歳下の空汰はまだ幼稚園児だ。二人とも、美希の教育が行き届いているのか、多忙な敷島によくなついている。しかし、その子どもたちとの接触も極力減らすことを美希は希望した。敷島の帰宅が夜九時を回るようになったのは、忙しさだけが理由ではない。子どもたちが寝付くまで帰ってこないでほしいという美希の希望を受け入れたためだ。

「ごめんね、寛治」

キッチンに立って夕食の準備をしながら、美希が控え目に告げた。

「子どもたちも寛治と遊びたがってるんだけど」

「仕方ないよ。それより美希だって大変だろう。いきなりの臨時休校で、桐子も空汰も落ち着かないだろうし」

「本当に。こんな状態、いつまで続くのか不安ばかり」

敷島がコロナ診療で帰宅が遅くなったことに追い打ちをかけるように、三月二日、文部科学省の要請を受けて全国の小、中学校、高校が臨時休校に入った。休校はそのまま春休みに連続するようで、二人の子どもはどこにも行けず、ずっと家にいる状態となり、美希は在宅で仕事をしながら見守っている。

「早くもとの生活に戻ってほしいね……」

美希のつぶやきに、敷島はゆっくりとうなずき返した。

〝子どもとできるだけ接触しないでほしい〟

その美希の言葉が与えた衝撃は、敷島にとって小さなものではなかった。

怒りや憤りと言うには大げさだが、心中に泡立つものが確かに生まれた。と同時に、心の奥底が抜け落ちるような虚無感を覚えたものである。ともすれば、ふいに大声を上げたくなるような苛立《いらだ》ちの中で、しかし敷島は持ちうる限りの冷静さを動員して状況を見守っている。

コロナの恐ろしさは単純に命の危険だけではない。

長野県の話ではないが、コロナに感染した一家が近隣の住民から嫌がらせを受けたり、ひどいときにはコロナにかかったことを実名入りでネット上に公開されたりして、生活が崩壊した家族の話なども聞こえてくる。

感染者に対する誹謗《ひぼう》や中傷は、コロナに対する恐怖が裏返ったものにすぎない。ゆえにその矛先は、感染者だけでなく、コロナ診療を行っている医療者やその家族にも向けられ始めている。

美希の不安と恐怖感は根も葉もないものではないのである。

「今日は餃子《ギョーザ》？」

敷島の穏やかな声に、フライパンを動かしていた美希が答える。

「そう、気力負けしないようにニンニク多め」

「明日は朝から外来なんだけど……」

「患者さんだってマスクしてるから大丈夫よ」

夜のリビングに小さな笑い声が往来する。そんな他愛《たわい》もない会話にさえ、かすかな緊張感とぎこちなさが伴うのが、今の敷島家の空気である。

餃子の焼ける心地《ここち》よい音を聞きながら、敷島はテレビのリモコンを手に取って電源を入れた。ニュース番組を選び出すと、トップニュースはもちろんコロナ関連だ。すぐにキャスターの張りつめた声が飛び込んでくる。

『イタリアの一日の死者が四百人超』

異様な数値に続けて、死者の総数がイタリアでは三千四百人に達したことが報道されている。一日の感染者数も五千人を超え、総感染者数は四万人を超えたという。イタリアで初めて二名の死者が確認されたのがわずか二週間前のことだと思えば、凄《すさ》まじい感染拡大のスピードだ。

テレビは、現地の看護師が、なかば悲鳴のように助けを求めている様子を映し出している。目は血走り、頬から鼻にかけてはN95マスクのあとがくっきりと残っている。

『イタリアはすでに医療水準を維持できていない』

そんなWHOの見解が、大きなテロップで示されていた。

現実とは思えない情景を見つめつつ、しかし敷島は数値の分析に意識を集中する。

四万人の感染者が出て、三千四百人が死亡している。

「単純計算で、死亡率は十パーセント弱……」

ぞっとするような数値だ。

実際、いくつか緊急でまとめられた海外のレポートには、それを裏付けるような数値が確認されている。イタリアだけではない。スペインや、最近ではイギリスでも死者の急増が指摘されている。

「十パーセントか……」

もう一度小さくつぶやいてから、いや、と敷島はリモコンを持つ手に力を込めた。

パンデミックのただ中で、世界中が混乱の坩堝《るつぼ》にある。伝えられてくるデータがどこまで正確なものかもわからない時期に、悲観的な数値に振り回されることは正しい態度ではないだろう。実際、日本国内では、そこまで死亡率は高くない。単に嵐の前の静けさであるのかもしれないが、行き過ぎた悲観論はたちまち恐怖に転じ、恐怖はパニックと化して他者への攻撃性に転じてしまう可能性すらある。

「辛《つら》い話ばかりだけど、一緒に辛くなっていても仕方がない」

不安を隠せない様子で夕食を運んできた美希に、敷島は気持ちを切り替えるように告げた。

「『天気が悪い日には、笑顔でいるものだよ』」

美希が不思議そうに瞬《まばた》きをした。

「なにそれ?」

「アランの『幸福論』の一節」

お盆を受け取りながら敷島が告げれば、美希が呆《あき》れ顔で言う。

「いつも思うけど、寛治って、よく本の一文なんて覚えていられるね」

「自分でも不思議に思うよ。新しい薬や疾患の名前はなかなか覚えられないのにね」

美希は小さく笑いながら、

「ちょうどいいかもしれない。桐子も空汰もしばらくどこにも出かけられないから、なにか読み聞かせにいい本を教えて。寛治のお薦め」

「お薦めならたくさんあるよ。夏目漱石の『坊っちゃん』に小川未明の童話集、桐子には『ナルニア国物語』や、エンデの短編もいいかもしれない」

「全部家にあるの？」

「あるよ、書斎の本棚に」

平然と応じる敷島に、美希は今度は声を上げて笑った。

「しかし」と敷島は箸を手に取りながら首を傾《かし》げた。

「あの走り回ることが大好きな空汰が、じっと座って聞いてくれるかな」

「私も、そこが最大の問題だと思う」

妻の返答に、敷島もまた肩を揺らして笑い返した。

たとえぎこちなくても、懸命に二人で笑うことに意味があるのだと敷島は思う。

笑ったからといって問題が解決するわけではない。しかし人生には無理に笑ってでも乗り越えていくしかない問題というものがある。

アランは言う。

『もし喜びをさがしに行くなら、まず十分に喜ぶことである』

存外大切なことではないかと、敷島は思うのである。


『配給制』。

医師になって、そんな言葉を聞くことになるとは、敷島も思いもしなかった。

米や塩の配給というのであれば、歴史の教科書で目にしたことがある。しかし敷島が直面することになったのは『不織布マスクの配給制』であった。

ほとんど冗談のように聞こえるその言葉が提示されたのは、三月二十日の夕方のコロナ対策会議のことだ。

院内のマスク不足が深刻化しており、現状のまま使い続ければ二か月以内に枯渇する。これを回避するために、院長の南郷がマスクを配給制にすることを説明したのである。説明したとたん、会議室の空気は騒然たるものとなった。

「さすがに無茶苦茶じゃないですか、院長」

恰幅《かっぷく》のいい腹の上で両腕を組んだまま、整形外科の吾妻が告げた。もともと飄然《ひょうぜん》たる性格であまり険しい言葉は口にしない人物だが、今回は声音《こわね》に抑えきれない感情がうずまいている。

「これからコロナが増えてくると言われている中で、マスクも自由に使えないんじゃ、まともに診療もできませんよ」

「指摘はそのとおりだが、状況が普通でない以上、対策も普通でなくなるのはやむを得ないことだ」

　南郷はあくまでゆるぎない口調で告げる。

「医師、看護師の区別なく、ひとりあたり毎週三枚を配布する。使用後のマスクはビニール袋に入れて保管し、三日ごとに再使用する形とすれば、ウイルスが残存することもなく、感染源になることもない」

声にいつも以上の威圧感があるのは、それだけの威圧感がなければ納得させられない内容であることを、南郷自身も自覚しているからであろう。

　会議室には医師たちのざわめきが広がっていく。

　産婦人科の医師が、安心安全なお産を維持していくためにマスクの確保は必須だと言う声が響いた。麻酔科の高千穂が、いっそ手術室を一旦閉鎖してしまえばいいと投げやりな声で告げるのが聞こえた。そのほかにも、あまり建設的でない私語があちこちで交わされている。

「結構やばいことになってきたよなぁ」

そんなつぶやきをもらしたのは、敷島のすぐ後ろに座っていた外科の龍田だ。隣に座っていた糖尿病内科の音羽に首をめぐらせながら、

「こんな薄っぺらい紙のマスクを何度も使うなんて、ホントにできんのかな?」

「普通は無理ですよね」

大きな丸眼鏡《まるめがね》をかけた音羽が、声を潜めて応じる。

内科唯一の女性医師である音羽は、医師最年少の二十八歳である。年配者の多い信濃山病院では、龍田が一番年齢が近く、仲も良い。

「私なんて、外来とか処置とかが終わったら必ず替えるようにしていますから、一日で二、三枚は使っています。それを一日中替えずに使った上に、袋に入れて保管だなんて……」

「気持ち悪い話だよなぁ……」

敷島もさすがに同感である。

同感であるが、代案があるかと言われれば何も提示できない。

昨日すでに使用後のタイベックを保管する光景を目にしている。手指消毒薬も不足してきているため、かつては院内のどこでも手の消毒ができるように消毒瓶が配置されていたが、その場所も限定されるようになってきている。

資材の不足は多方面にわたって、確実に診療現場を圧迫しつつある。

「我々はすでに、経験したことのない領域に足を踏み入れつつある」

会議室に広がる動揺を押し鎮めるように、南郷の低い声が響いた。

「相手は未知の感染症であるうえに、物資は不足し、疑似症病棟も満床だ。ことごとく異常な事態であることは私も理解している。しかしだからといって、コロナ診療から撤退することはできないのは諸君もわかるはずだ」

南郷は卓上で大きな手を組んだまま、室内を一望してから続けた。

「東京周辺は、長野とは比較にならない感染拡大のただ中にある。すでに危機的な状態になりつつあるという話も届いている。つまり、いずれこの町も同じような状態になる可能性があるということだ。周辺医療機関への働き掛けは、引き続き全力で続けて行く。皆には、なんとか持ちこたえられるだけの準備を進めてもらいたい。繰り返すが、代案もないまま反対することには何の意味もない。君たちも医師であるなら、そのことは理解できるはずだ」

南郷の演説に、会議室内のざわめきは静かに遠のいていた。

納得や理解が生まれたわけではない。しかし南郷の言うとおり、ただ反対したり逃げ出したりすることは、解決につながらない。直接コロナ患者を受け入れている病院であるからこそ、その事実はよりいっそう明確に理解できるのである。

しばしの静寂ののち、重たい沈黙をゆっくりと押しやるように、内科部長の三笠が議事を再開した。

マスクの配給制について再度説明し、さらに防護服も使い回しを原則とするため、着脱時に破損しないよう気を付けるようにという話だ。

また疑似症病棟を維持するために、隣接する集中治療室の一部を疑似症の個室に転用する。これを受けて、さらに外科や整形外科の手術枠を制限する。

「要するに僕らは捨て石というわけか……」

かすかにそんなつぶやきが聞こえて、敷島は隣の席に目を向けた。神経内科の春日が、黒縁眼鏡の奥の目を細めて、小さくため息をついていた。

「すみません、聞こえてしまいましたか？」

春日のそんな問いかけに、敷島はゆっくりと首を左右に振る。

「何も聞こえていない。院長の熱意に当てられて、めまいがしただけだよ」

敷島の、彼らしからぬジョークに、春日が小さな苦笑を浮かべた。しかしそれをすぐに消して、春日は視線を落とした。

「すみません、敷島先生。コロナ診療もしていない僕が、勝手なことを言って」

唐突な言葉に、敷島としては返答が難しい。

南郷からコロナ診療にくわわるように要請を受けた春日が、家族を守るために断ったという話は、敷島も耳にしている。春日の家庭には二人の幼児がおり、子育てに懸命になっている妻が、断固コロナ診療に反対したらしいという噂《うわさ》も聞こえている。

春日はその選択に負い目を感じているようだが、敷島には責める心持ちは微塵《みじん》もない。

医師であるからという理由だけで一律にコロナ診療を背負う義務があるとは敷島は思わない。せめて治療薬なり、ワクチンなりがあれば、もう少し状況は変わるだろうが、身を守るすべが何もない状況でコロナ診療を強制する権限など、誰にもないはずだ。

「先生が謝るような問題ではないよ」

敷島がつとめて穏やかな声で告げれば、「それでも」と春日が小さく頭を下げた。

「すみません」

もともと小柄な春日が、いつも以上に小さく見えた。

その日、日本国内の感染者は五十四人。

累計の感染者は千人を突破した。


朝からＰＨＳが鳴りやまない。

敷島は、手元の古びた院内ＰＨＳに視線を落としてため息をついていた。

早朝に、入院中の患者が転倒した。頭部を打撲したが、幸い大事にはならなかった。昼前には、往診で診ていた患者が急変で搬送となり、午後には吐血の患者が運び込まれて緊急内視鏡になった。これらのイレギュラーに対応しながら、午前中は外来をこなし、午後は大腸カメラを行う。

地方病院の消化器内科を支える敷島にとっては、格別異常な一日というわけではないのだが忙しいことは間違いない。そして最大の問題は、今の敷島の仕事が、消化器内科の範疇《はんちゅう》にとどまらないことであろう。

つい先ほど、午後の大腸カメラが終わったタイミングで、待ち構えていたかのように三笠からの電話が飛び込んできたのだ。

〝忙《せわ》しなくてすみませんが、今から内科外来に来られますか？〟

ただならぬ空気を感じた敷島は、「すぐ行きます」と応じてPHSを切ったばかりである。

一日中酷使されているPHSは、いつのまにやら充電の残量もかなり減っている。ただPHSは一晩充電器につなげば満タンに戻るが、四十歳を過ぎた自分の体は容易に疲れがとれなくなっている。そんな他愛もない連想をめぐらせながら、手早く内視鏡用のガウンを脱ぎ捨てると、敷島はすぐに内視鏡室をあとにした。

向かった先は、内科外来の第一診察室だ。

コロナ診療はその内容が原則部外秘とされているため、医局のように多くの医師が行きかう場所で気軽に診療内容を話し合うことができない。ゆえに、三笠が腎臓外来に使っている第一診察室が当面の集合場所になっている。

診察室に顔を出せば、すでに日進も待っていた。皮肉屋の表情にも硬いものがあり、敷島は直感的に状況をさとっていた。

「コロナの新患ですか？」

椅子に腰を下ろしながら問う敷島に、三笠が静かにうなずいた。

「筑摩野中央医療センターからの紹介患者です。先ほど搬送車で運ばれてきたばかりで、今、発熱外来で千歳先生が対応してくれています」

三笠は持っていた紹介状を敷島に差し出しながら、

「患者は大庭六郎《おおにわろくろう》、七十四歳の男性。一週間前から感冒症状があり、二日前に筑摩野中央医療センターを受診してPCRを採取。今日結果が出る予定でしたが、朝から呼吸苦がひどくなって結果を待っていられれず、医療センターを再診しました。そこで撮影したCTがこれです」

三笠が示したモニター上のCT画像を見て、敷島はぞっとするような寒気《さむけ》を覚えた。

両肺に広範囲にわたって肺炎像が広がっている。

「夕方になってPCRが陽性と判明し、そのまま医療センターから当院に搬送となったという経過です」

つまり信濃山病院にとっては五例目のコロナ患者ということになる。

「どう思いますかねぇ、敷島先生」

張り付けたような乾いた笑みを浮かべた日進が口を開いた。

「なんだか見たことのある雰囲気の画像じゃありませんか？」

「江田さんのご主人を思い出させるCTですね」

敷島の返答に、日進は小さくうなずいた。

江田紘一が、急激に呼吸状態を悪化させて搬送になった経緯は、ほんの三週間前のことだ。あのときの切迫感と恐怖感は、江田の真っ白になった肺のＣＴ画像とともに、鮮明に記憶に刻まれている。

「危険な画像だと思います」

敷島の簡潔な評価に三笠がうなずいた。

「私も、同感です。同じ新型コロナウイルスでも患者によってこれほど重症度が異なる理由はわかりませんが、この画像は確かに危険です。今のところ酸素濃度は保たれているという情報ですが、重症化してくる可能性が高い」

「しかし、今の我々には決め手になる治療薬がありません」

「それについてですが、今日は、筑摩野中央医療センターの呼吸器内科ドクターが、搬送車に同乗して来てくれました。入院の手続きが終われば、千歳先生とともにこちらに来てくれる手はずですから、治療について、なにか意見が聞けるかもしれません」

「意見なんて面倒な手続きはやめて、このまま連れて帰って、直接治療してもらうってのはだめですかねぇ」

口を挟んだのは無論、日進だ。

「搬送してきた相手は、呼吸器内科の先生でしょう。わざわざ専門家のいない病院に運んでくるんじゃなくて、自前の病院で治療すればいいじゃないですか」

いつもの皮肉な笑みをちらつかせて言っているが、語調は真剣だ。額は青白く血の気が引いて、目も笑っていない。

「うちに入院させたって、インフルエンザの薬やら、喘息の吸入薬やらを使いながら、いたずらに励ましの言葉をかけて、お祈りする毎日ですよ。それで悪くなったら二時間かけて命がけの搬送です。いっそ病棟に仏壇と十字架を用意して、毎日祈禱《きとう》でもしますか」

患者の状態が危険なだけに、日進の皮肉にも磨きがかかっている。

しかし三笠は、少なくとも外面上は変わらない。

「筑摩野中央医療センターは、この近隣で唯一コロナ患者の受け入れを積極的に検討してくれている医療機関です。先日、先方の厳島院長先生とお会いしましたが、必ず受け入れ体制を構築すると言ってくれました。先生の気持ちはわかりますが、準備が整うまで、我々が持ちこたえるしかありません」

「了解しているつもりなんですけどねぇ。ただ、先生方があんまり忍耐強いものだから、少しは愚痴もこぼしたくなるんです。私みたいなやる気のない肝臓内科医でも、劇症肝炎の患者を専門医のいない病院に送り込んだりしないもんですから」

「耳の痛い話です。先生方には申し訳ない」

ふいに降って来た声は、診察室の外からのものだ。驚いて一同が振り返ると、診察室の戸口に、千歳とともに、白衣の小柄な医師が立っていた。

「筑摩野中央医療センターの、呼吸器内科科長をつとめる朝日《あさひ》です」

医師が丁寧に頭を下げた。

呆気《あっけ》に取られている日進に対して、朝日の方はあくまで丁重に語を継ぐ。

「専門でもない先生方に、大変な負担をかけているようで、面目ないと思っています」

「いや……これは……」

我に返った日進は、慌てて姿勢を正してから、朝日の後ろにいる千歳に目を向けた。

「このタイミングで入って来るというのは意地が悪いですよ、千歳先生」

「毒ばかり吐いている日進先生が、たまには毒気を抜かれてみるのもいいかと思いましてね」

「ひどい話ですねぇ」

そんなやりとりの間にも三笠が立ち上がって、朝日に名刺を渡している。

「腎臓内科の三笠です。わざわざ搬送車に同乗を、ありがとうございます」

「お礼を言うのは私の方です。当院で対応できなくて申し訳ありません。噂には聞いていましたが、本当に専門外の先生方が、コロナ診療を支えてくれていたのですね」

狭い診察室に視線をめぐらせて、申し訳なさそうにもう一度頭を下げた朝日は、部屋の隅の敷島に気づいたところで、ふと目を止めた。おや、という顔をするまでもなく、敷島もなかば無意識のうちに立ち上がっていた。

「朝日さん……」

「敷島じゃないか……」

朝日の、遠慮の埒《らち》をはずした素っ頓狂な声が響いた。

「お久しぶりです」

「お前もコロナを診ているのか……」

驚く声の背後に懐かしさがにじんでいた。


敷島と朝日は、学生時代に漢方同好会に所属した仲であった。

学年は朝日が敷島のひとつ上だが、朝日が二浪しているため年齢は三つ違いだ。学生時代には朝日の自宅まで遊びに行ったこともある親しい間柄であったが、多忙な国家試験を経て、朝日が呼吸器内科、敷島が消化器内科と異なる道を選んでからは、まったく接点が途絶えていた。

コロナ禍が引き合わせた二十年ぶりの再会であった。

「やばいな、本当に敷島がコロナ患者を診ているのか?」

広々とした夜の展望食堂に、朝日の声が響いた。

患者の申し送りを終え、カンファレンスを終えた夜の八時前である。昼間は患者たちがくつろぐ食堂も夜間は人影がない。安曇野を一望する眺望も、今は日が落ちて暗く、かすかな町の灯と星明かりがまたたいている時間である。

「当院に呼吸器内科医がいないことは周知のことでしょう。今さら驚くことでもないと思いますが」

自動販売機で二本の缶コーヒーを買ってきた敷島は、笑いながら一本を朝日に差し出して、その向かい側に腰を下ろした。

「たしかに噂は聞いていた。しかし聞くと見るとじゃ大違いだ……」

受け取った缶コーヒーを握りしめたまま、朝日は沈黙した。視線はじっと手元に向けられたまま、実際はここではないどこかを見つめる様子であった。

「この肺炎は危険だ……」

ふいに朝日がつぶやくように告げた。

「だが今のところ呼吸器学会の中でも特別な治療法は提案されていない。インフルエンザ薬やステロイドの吸入にくわえて、最近じゃ新型インフルエンザ薬のアビガンの投与が注目されているが、いずれも詳細なデータはない。『だから今はできるだけ近づくな、いずれ治療薬ができるから、今はとにかく手を出すな』」

そう言ってから朝日が敷島に目を向けた。

「それが、コロナ診療を傍観している多くの呼吸器内科医たちの共通見解だと言っていい。もちろん例外はたくさんあるし、負け戦覚悟で最前線に出ている呼吸器内科医もいるんだがな」

「できるだけ近づくな、ですか……」

「敷島の立場から見れば、笑える話だろうな」

「笑いませんよ。私もその通りだと思いますから」

衒《てら》いもなく敷島は続ける。

「国内の死者が思いのほか少ないのは幸いですが、イタリアの経過を見れば、日本が例外だと思う方が無理です。治療法もないのに、死亡率が十パーセントに迫る肺炎など、普通じゃありません。そういう意味では、肺炎の専門家ではない我々の方が、ウイルスの異常さがわからない分だけ落ち着いて対応できるのかもしれません」

「相変わらずお前は冷静だよ」

朝日がさすがに苦笑を浮かべた。

懐かしい笑みであり、懐かしい台詞であった。

敷島は学生時代から、その冷静な態度に定評があったのだ。

いつも本ばかり読んでいて、そうでないときは考え事をしている敷島は、余人から見れば、『どんなときでも冷静さを失わない人物』というイメージであった。見当違いも甚《はなは》だしいというのが敷島の実感だったのだが。

朝日は缶コーヒーを開栓し、一口飲んでから続けた。

「だが、今日実際に現場を見て、俺もいくらか状況が理解できた。こいつは一部の小病院だけに押し付けて乗り切れる状況じゃない。治療薬ができるまで待てばいいって発想は、事の大きさを理解できずに逃げ回っているアホの妄想だった」

朝日の切れ味のよい論評に、さすがに敷島は笑う。

「ことわっておきますが、私はそんな風には思っていませんよ」

「思ってくれていいさ。さっき下で千歳先生から聞いたが、院内でも受け入れ反対の意見がある中を、南郷院長が必死になって説得を続けていると言っていた。もし大きな感染の波が来れば、こんなぎりぎりの医療体制はひとたまりもない」

「実際、波は来ると思いますか？　イタリアの惨状が、世界に広がる可能性があると？」

「もう広がっているさ」

あっさり切り捨てるように朝日が答えた。

「ロンドンに、ひとり後輩が留学しているんだがな。そいつの話だと、ここ連日フランスだけで毎日百人以上が死んでいるらしい」

初めて耳にする情報であった。

イタリアの死者の多さについては連日のニュースである程度耳にしていたが、周りの国がどういう状況なのかまでは把握していない。

「フランスに限らない。イギリスでもひどい勢いで死者が増えている。要するにヨーロッパじゃあ、とっくにコロナはドーバー海峡を越えているってわけだ」

「死亡率は実際一割に達するという試算ですか？」

「イタリアじゃ、確かにそういう数値が出ている。しかしあそこは医師や看護師も感染して医療崩壊が起きているから、正確なデータにはならんだろう。イギリスやフランスがどういう経過になるか次第だと後輩も言っていた。願わくは、もう少し低い数値になってほしいと思うがね」

冷静な朝日の分析が聞こえてくる。

「今のところ、日本での死亡率は五パーセント前後だが、重要なことは、五パーセントでも十分に高いってことだ。季節性のインフルエンザの死亡率は〇・一パーセントなんだからな」

「死亡率はインフルエンザの五十倍ですか……」

「今はな」

すみやかに朝日が応じる。

「治療薬ができれば事態は変わる。ワクチンだって数年のうちに完成する。そうなればこんな悲惨な状況は劇的に改善するはずだ」

「薬はまだしも、わずか数年でワクチンができるでしょうか？」

「数年かからんかもしれん。不活化でも弱毒でもない新しいタイプのワクチン開発がアメリカで進んでいるんだ。研究レベルの話だが、もう実用段階に達しているってレポートは出ている。まあ細かいことはいい。とにかく、今の俺たちにとっては、時間が最大の味方ってわけだ」

　さすが呼吸器内科の専門医であった。

　いや、単に専門というだけではないだろう。朝日自身、コロナにかかわっていない状況でも注意をおこたらず情報を懸命に収集し、様々に考察を積み重ねてきた結果であるに違いない。

「さすがですね、朝日先生」

「変に改まらないでくださいよ、敷島先生」

　軽快な朝日の応答に、敷島はさすがに笑みをこぼした。

　かつてはサークルで語り合い、気楽に食事に出かけた二人の学生が、今は互いに「先生」と呼び合うような年になっている。時の流れというものであろう。

「今日の件は、俺も厳島院長に報告しておく。うちの院長はちょっと変わり者だが、コロナ診療に関しては本気で動くつもりだ。少々の反対意見を押しつぶすくらいの腕力もある。どちらかというと俺の方が逃げ腰だったが、もうそんなことも言ってられん」

　缶コーヒーを一気に飲み干して、朝日は立ち上がった。

　すでに時計は八時を回っている。帰る時間だ。

敷島も、開栓していない缶コーヒーを白衣のポケットに入れて立ち上がった。

「気を付けて、朝日さん」

「敷島もな」

肩越しに振り返った朝日が続ける。

「なかなかここまで来ることはできないが、困ったことがあったら、いつでも相談の連絡をくれ。ＣＴ画像をメールで送ってくれてもいい」

「そんなこと言っていいんですか？　毎日発熱外来で撮った大量のＣＴ画像を送り付けますよ」

「いいさ。笑って酒が飲める日が来たら、全部おごってもらうからよ」

爽《さわ》やかにそう告げて朝日は歩き出した。

小柄な朝日の背中が、ずいぶんと大きく見えて、敷島は我知らず深く頭を下げていた。

その夜、敷島のもとに、江田富江の九回目のＰＣＲ検査が陰性だったという報告が届いた。

三日前に行った八回目のＰＣＲも陰性であったから、晴れて退院基準を満たしたことになる。一か月近い入院生活に、ようやくゴールが確定したのである。

光の見えない日々の中で、ささやかな朗報であった。


空が高い。

敷島は、頭上を見上げ、額に手をかざして目を細めた。

ほんの数週間前までは、かすかな冬の名残《なご》りをはらんでいた風も、今は春の気配を帯び、淡く霞《かす》んだ空からは明るい日差《ひざ》しが燦々《さんさん》と降り注いでくる。

少し視線をめぐらせれば、かなたの北アルプスの山肌にも黒々とした土の色が見え始め、山麓《さんろく》は早くも緑に色づき始めていた。

「おとーちゃん！」

ふいに聞こえた声に、敷島は我に返って振り返った。

少し離れた大きな滑り台の上で、桐子と空汰が並んで手を振っている。

敷島も大きく右手を上げて笑顔とともに振り返す。なにがおかしいのか、二人は嬉《うれ》しそうに笑い声を上げて、滑り台に飛び込んでいく。

「やっぱり、遊びに来てよかった……」

告げたのは、すぐそばに立っていた美希である。

「あんなに嬉しそうに遊んでいるのを見るの、久しぶり」

「いつもの公園に来ただけなんだが……」

「それでも、寛治が一緒にいるのが楽しいのよ」

　そんな言葉を返す美希の微笑には、今も少なからず迷いや悩みが垣間見《かいまみ》える。

　無理もない、と敷島は思う。

　コロナ診療が始まってから、敷島は子どもたちとできるだけ距離を置く生活を続けていた。病院からの帰宅はできるだけ子どもたちが寝た後の時間を選び、朝は朝で子どもたちより先にすみやかに朝食をとって、「おはよう」のひと声もそこそこに出勤していく。表向きは仕事が忙しくなったということになっているが、感染のリスクを少しでも避けるためだ。

　そんな風にできるだけ自然な空気を取り繕っていた生活は、しかし三月に入って小学校が長期休校になったことで、にわかに息苦しいものに変化していった。スイミングスクールもそろばん教室も休業になり、二人の子どもは、日常生活のほとんどを自宅で過ごすようになった。まだまだ遊び盛りである。二人とも、元気を持て余し、遊びに行けないことに苛立ち、ケンカも増えて、見守る美希にも、明らかに消耗が目立っていったのである。

「みんなで公園に行こうか」

敷島が唐突な言葉を口にしたのは、そんな苦しい毎日のさなかであった。

躊躇《ちゅうちょ》する美希に敷島は、いつもより少しだけ語調を強めて、繰り返して宣言した。

「大丈夫。みんなで公園に行こう」

かくして平日の午後、休暇を申請した敷島は、病棟管理を日進に依頼して、家族四人で出かける時間を作ったのである。

ふいに昼間に帰ってきた敷島に、桐子と空汰はひどく驚いた顔を見せたが、公園に行けると聞いて飛び跳ねるように大喜びをした。移動する車の中から大騒ぎをして、美希に怒られる始末である。

「色々心配したけど、来てよかった。やっぱり家の中だけでずっと我慢させるなんて、無理な話よね」

「元気なさかりだからね。空汰なんて、毎日朝から園庭を何周も走り回っていたんだろう？　いきなり家に閉じ込められたら暴れ出すに決まってる」

敷島の言葉に、美希も小さく声を上げて笑う。

「でも、こんな時期に平日にお休みをとって大丈夫なの？　病院は大変なんでしょ。昨日入院になった人も、具合が悪いって言っていたし……」

美希が指摘したのは、昨日筑摩野中央医療センターの朝日が搬送してきたコロナ患者の大庭六郎の件である。

——私、助かるんでしょうか？

不安に震えるように問う、大庭の顔が思い出された。

白髪《しらが》交じりで無精ひげは伸び、落ち着きなくきょろきょろと視線を動かしていた大庭は、生来神経質で不安の強い性格なのかもしれない。iPad越しに病状を説明する敷島に、ほとんど泣きつかんばかりの様子であった。

大庭は七十四歳という年齢にくわえて、狭心症や高血圧などの持病もある。CT画像と合わせてかなりのリスクがある状態だが、案の定、今日の朝からSpO_2が微妙に低下を見せ、酸素投与が始まっていた。

——私はね、運のない男なんですよ。

鼻についている酸素カヌラチューブをいじりながら、そわそわと告げる。

——若いころは会社が倒産したり、結婚したばかりで家が火事になったり、散々な人生だっていうのに、今度はコロナなんて……。

辛抱強く話を聞けば聞くほど、滔々《とうとう》と苦しい話が続いて、敷島の方が気が滅入《めい》ってくるくらいだ。同情の余地は山ほどあるが、人生相談は敷島の領分ではない。可能な限り話を受け止めた上で、なんとかｉＰａｄ診療を終えたのである。

「もちろん大変じゃないとはとても言えないけど……」

シーソーに飛び乗った空汰が大きく手を振るのに応じながら、敷島は続ける。

「隔離病棟に付き添ったからといってできることがあるわけじゃない。それよりコロナのおかげで土日はほとんどなくなっているからね。平日の少しでも時間があるときに休息をとるように三笠先生からも指示が出ている。ちょうどいいタイミングだったよ」

敷島は穏やかにそう告げてから、公園の向こうに視線をめぐらせた。

滑り台などの遊具のほか、ランニングコースや広々とした芝生の広場もある公園は、その周囲に田園地帯が広がっている。あぜ道ぞいに艶《あで》やかな色が躍って見えるのは、梅の並木であろうか。梅林というには大げさだが、幾本かの紅梅が、まだ色彩の乏しい景色を艶やかに染めている。

「問題は、こんな生活がいつまで続くか、だね」

美希も小さくうなずき返した。

国が、全国の小学校、中学校、高校の活動を停止してすでに三週間が過ぎていた。子どもたちを未知の感染症から守ろうとするその方針は理解できるが、実効性の方は心もとない。

子どもたちにいくら行動制限をかけても、小学生や中学生はもともと県境を越えて移動することは少ない。むしろ活発に動き回るのは大学生や社会人であるが、この世代に対する行動制限は何も出ていないから、現状の対策だけでどれほどの効果があるのかわからない。

実際、ここ数日も全国の感染者は五十人前後で経過しており、急増はしていないが、減少は見えていない。

敷島の目には、嵐の前の静けさに見えるその状況も、人によっては解釈がずいぶん異なるのだろう。公園を一望すれば、そこには敷島たち以外にも、多くの母と子の姿が見えるが、桐子と空汰のようにきっちりマスクをつけている姿は少なく、親たちでさえマスクをつけている方が少数派だ。

「おとーちゃん！」とふいに大きな声が飛び込んできて、敷島は我に返った。

いつのまに駆け戻ってきたのか、桐子が敷島の腕をつかんでいる。

「空汰が三人で鬼ごっこしたいって」

「鬼ごっこは構わないが、お母ちゃんもいれて四人じゃないのか？」

「お母ちゃんは毎日大変だから、今日は休憩」

ぴしりと人差し指を立ててそんなことを言う。

思わず美希を振り返れば、妻は笑顔で手を振っている。

「無理はしないでね、寛治」

「言ってることと態度が、ずいぶん違うように見えるぞ、美希」

「大丈夫、気のせいよ」

笑った美希は桐子に向けて、

「ずっと我慢してきたんだから、たっぷりお父ちゃんと遊んできなさい」

「はーい！」と爽やかに返事をした桐子が敷島の右手をつかんでいるうちに、猛烈な勢いで走ってきた空汰が左手をつかんだ。

そのまま両手を引っ張られて敷島は滑り台の方へと連行されていく。

青く晴れ渡った空を見上げながら、今だけでも楽しい時間を積み上げておこうと、敷島は心に決めて、胸の奥底の暗い想念を振り捨てた。

繰り返しになるが、敷島たちは新型コロナウイルスに対する治療薬をなにも持っていない。少なくとも二〇二〇年三月の段階で、効果が証明されている薬物はなにもない。

　医師たちの仕事の大半は患者の話を聞くだけで、酸素濃度が下がれば酸素を流し、患者が不安になれば励ますくらいが関の山であり、回復するかどうかは、ほとんど神頼みに近い。

　そんな中で、大庭六郎の容体《ようだい》は、確実に悪化を見せていた。

　入院したときは、歩くことができ、酸素も使っていなかったが、一晩でゆっくりと酸素濃度が低下し、翌朝には酸素開始になった。大庭本人は、もともと不安感が強いために色々な症状を訴えていたものの、自覚症状が悪化しているわけではなく、そのギャップが一層不気味な印象を臨床現場に与えていた。

「アビガンを使います」

　早朝の内科外来診察室で三笠がそう宣告したのは、入院二日後のことである。

　まだ朝七時前であったが、日の出も早くなり、空はもうずいぶん明るい時間だ。三笠、敷島、日進、千歳の四人がそろっていた。

「アビガンというと、例の新型インフルエンザの薬ですね？」

　千歳の声に、三笠がうなずく。

「富士フイルムが開発した新薬で、コロナに効果がある可能性が指摘されています」

「また可能性ですか」

　皮肉な調子で口を挟んだのは、むろん日進だ。

「ゾフルーザに、レベトールに、カレトラに、実に様々な抗ウイルス薬を使ってきましたが、今度はアビガンの出番というわけですか。いつから我が国の医療は科学的エビデンスではなく、可能性と直感にもとづいて動くようになったんですかねぇ」

　遠慮のない論評を、千歳は微笑で受け止めている。

　笑えない皮肉を笑って聞き流せる度量が、千歳の凄《すご》みというべきかもしれない。いささか生真面目が過ぎるくらいの敷島にとっては、そんな千歳の態度がむしろありがたい。

「しかし、アビガンそのものは手に入るのですか？」

　敷島が素朴な疑問を口にした。

　アビガンは、新型インフルエンザの流行に備えて国家が備蓄している薬であり、一般に流通していない。

　季節性インフルエンザウイルスに対するゾフルーザはもちろん、Ｃ型肝炎ウイルスに対するレベトールや、ＨＩＶウイルスに対するカレトラなどの薬剤は、通常診療で使用する薬であるから、一般の医療機関で処方可能だ。しかしアビガンは違う。

「適応の有無どころか、薬価すら設定されていない薬と聞いていますが……」

「その通りです」

三笠がうなずきながら、そばの卓上に積んだ書類の山の中から、ひと束を取り出した。

「現時点では、都心部の大学病院が開始した治験に参加した上で、一症例ごとに、東京にある富士フイルムの工場から職員が薬剤を届けてくれるという手順です」

思わず医師たちは顔を見合わせる。

聞いたこともない方法論だ。

「要するに」と日進が呆れ顔で続けた。

「我々がアビガンを処方すると、報告を受けた製薬会社の職員さんが一人分の薬を握りしめて、特急あずさに飛び乗ってくれるというわけですか」

「その通りです」

三笠は揺るがずに応じる。

「富士フイルムの事務局に確認しましたが、あずさで三時間、当院までは四、五時間で薬を届けることができるという返事をもらっています」

淡々と述べる三笠と、呆れ顔の日進の姿が対照的である。

敷島としては、出来の悪い漫談でも聞いているような心地がしてくる。手続きのひとつひとつが現実離れしすぎていて、容易に想像がつかない。

あくまで超然としている千歳が口を開いた。

「三笠先生のことですから、すでに治験の申請も薬剤の要請も出しているということですね」

「いずれも昨夜、院長と相談の上、手続きをすませました。新宿発の始発のあずさに乗ってくれるということですから、遅くても午前十一時くらいには到着します。到着ししだい内服開始です」

「では大庭さんとその家族に、薬の説明が必要ですね。適応外の使用になりますから、副作用を含めてかなり慎重な説明が必要ですが……」

胸元から手帳を取り出した千歳が目を細める。

「今日は私は午前、午後と手術が続きます。時間がとれない」

「私も午後までぎっちり肝臓外来ですねぇ」

日進が頭を掻《か》きながら三笠に目を向ける。

「たしか三笠先生も透析《とうせき》センターの日でしょう」

「では私が対応しておきます」

敷島が答えた。

「今週から午前の胃カメラを少し制限してあります。説明の時間くらいはとれるはずです」

「それは助かりますが……」

迷うような口調でそう告げた三笠は、白髪を軽く掻きあげながらため息をついた。

「今日の午前中に、保健所経由でひとり発熱外来に受診予定の患者がいます」

思わず敷島は眉を寄せた。

なるほど、と千歳が小さくつぶやいた。

端的に言って人手が足りないのである。

日進が肩をすくめつつ、

「南郷院長の言うとおり、コロナを本気で続けるつもりなら、そろそろ本格的に一般診療を制限するしかないんじゃありませんか？　八方美人を続けても、破綻《はたん》することは目に見えていますよ」

日進の発言は正論ではあるが、言葉で言うほど簡単なことではない。

信濃山病院は、ながらく地域医療を支えてきた急性期病院なのである。

すでに手術件数も内視鏡件数も、ある程度減らし、救急車の受け入れも制限しつつあるとはいえ、今も多くの患者を抱えている。透析を中止するわけにはいかないし、がん患者の治療を延期するわけにもいかない。

「やむを得ませんね」

三笠が心を決めたように言う。

「今日のところは私が透析センターの業務の合間を縫って、なんとか対応しましょう」

「そういうやり方では、長くは続けられんと思うがね」

ふいのしわがれた声は、診察室の四人のものではなかった。

全員が振り返ると、診察室の裏側の通路に、循環器内科の富士が立っていた。

禿頭《とくとう》の老医師は、窓際のカウンターに置かれてある「心エコー予約帳」と書かれた分厚いファイルをぱらぱらとめくりながら続ける。

「コロナとの戦いは、想定していたより長期戦になる可能性がある。今のぎりぎりの体制を、変更するときが来ているのではないかと思うがね」

悠然とファイルを繰っている富士の表情は読み取りにくい。そのままの態度で富士はさらりと告げた。

「今日の発熱外来は私が対応しよう」

三笠が珍しく戸惑いを見せた。

「しかし富士先生……」

「あまり老人扱いをするものではないよ、三笠先生」

しわがれた声が、やんわりと響く。

富士は、ぱたりとファイルを閉じて振り返った。

「状況を改善するために先生方に対して二つの提案がある。まずは傍観することにしびれを切らしてきたこの老人を、現場にくわえること」

思わず敷島は、隣の日進と顔を見合わせていた。

「言いにくいことですがねぇ、富士先生」

日進が困惑顔で続ける。

「イタリアでの死亡率は十パーセントに近い数値が報告されています。なかでも六十歳以上で、死亡率が急増するという話です。だからこそ三笠先生も、先生に声をかけることをためらっているということで……」

「貴重な最新情報には感謝するがね、日進先生。私の方はもっと古いが、確実なデータを持っている。過労とストレスが免疫力を下げて、明らかに感染症の死亡率を上げるという話だ。余裕のある六十過ぎの循環器内科医と、疲弊しきった五十前の肝臓内科医と、どちらが危険か、これは難しい判断だとは思わないかね」

淡々とした循環器内科医の言葉に、皮肉屋の肝臓内科医が珍しく返答に窮している。

富士は表情の読めない細い目を一同に向けて、

「もうひとつの提案はしごく簡単な話だ。この小さな内科の診察室に五人の医師が入るのは狭すぎる。そろそろ上の会議室でゆったりとカンファレンスをやらないかね」

その目元にはかすかに微笑《ほほえ》んでいるような雰囲気があった。

今度は、反論する声は出てこなかった。


医師の仕事は、診療だけではない。

同じくらい大切な業務に、学会活動というものがある。

患者のために現場を駆け回ることはむろん重要だが、医療の世界は日進月歩であるから、診療を続けているだけでは確実に知識は古びていく。最新情報が重要なのは、コロナウイルス診療に限らない。糖尿病でも不眠症でも、気管支喘息でも便秘症でも、新薬が開発され、新しい提案が示されている。

だからこそ敷島もまた、多忙な業務の合間を縫って、不慣れなスーツに腕を通し学会や研究会に足を運ぶのである。

もっとも、今は平時ではない。

実際都心部では、コロナ感染拡大を受けて、大規模な学会や全国総会などは中止や延期が決定されている。一方、地方は対照的で、小さな地方会や研究会の動きに大きな変化は出ていなかった。

三月下旬、筑摩野駅前のホテルで開かれた「膵《すい》疾患治療研究会」も、普段通りの開催である。

研究会は、年に二回ほど、若手を中心とした医師たち十五人ほどが集まって、それぞれの困難症例や特異な症例を提示し合い、議論をするローカルな集まりで、敷島は十年近く通っている。おまけに今回は、単なる参加者ではなく、コメンテーターとしての招待であったから、迷った末に敷島は、数か月ぶりのスーツに身を包んで出席したのである。

コメンテーターと言っても、小さな研究会であるから、敷島の仕事はさほど難解なものではない。若い医師のプレゼンテーションを見て、意見を求められれば答えるだけである。そんな席上で、正面のスクリーンに映し出される胆管や膵臓の画像を見つめながら、敷島は奇妙な懐かしさを覚えたものであった。

二月十六日以来、肺のＣＴ画像とひたすら向き合う日々であった。わずか一か月であったが、専門領域の画像を懐かしいと感じるほど、異様な環境に身を置いているということであろう。

「お久しぶりです、敷島先生」

そんな明るい声が降って来たのは、研究会が終了し、席を立ったときである。振り返れば、黒のスーツに身を固めた背の高い青年が、人懐っこい笑みを浮かべて立っていた。青年は人差し指を自分の顔に向けて問う。

「もう忘れました？」

「覚えているよ、福原《ふくはら》」

笑って答えれば、「よかった」と明るい声が応じた。

福原優一郎《ゆういちろう》は、敷島がまだ大学病院にいたころに研修医として指導した後輩だ。少しそそっかしいところはあるが、頭の回転は速く敷島の教えたことを驚くほど的確に吸収していく優秀な研修医であったから、よく覚えている。

「スーツを着ている上に貫禄《かんろく》も出てきたものだから、最初は誰だかわからなかったよ。プレゼンを聞いている途中で気が付いた」

「先生に教わったのは、もう八年も前ですからね」

「そんなになるのか」

つぶやきながら、妙に年寄りめいたことを言っていると、また苦笑が漏れる。

「僕の発表、大丈夫でしたか？」

「いい症例だった。難しい閉塞性黄疸《へいそくせいおうだん》にも、しっかり対応しているみたいだな」

「患者さんにとって、何が幸せになるのかを考えて行動しろ。先生から教わったことです」

「そんなこと言ったかな」

ざわざわとその他の医師たちも雑談しながら出て行くのに交じって、敷島も戸口へ向けて歩き出す。

「たしか飯田の方の病院で働いていると聞いていたけど……」

「今年度まではそうでした。来週から、大学院なんで、大学に戻ってきます。今週は引っ越しの準備で大変ですよ」

言われて初めて、年度が変わるのだと気が付いた。

来週には四月である。

人事が動き、人が交代し、新しい世代に移っていくタイミングだ。当惑ばかりの敷島に対して、福原は無邪気に語を継いだ。

「先生は、ずっと信濃山病院なんですか？」

「そうだね。異動の希望は出していない」

「やっぱり忙しいですよね。ひとりで消化器内科をやるだけでも大変だし……」

うなずいた福原は、いくらか遠慮がちに、

「先生、久しぶりに飲みに行きませんか？」

唐突ではあったが、なんとなく予期していた言葉である。大学時代は、夜のカンファレンスが終わったあとは、診療班のメンバーで飲みに出かけたものであった。

しかし今は時期が時期だ。

「こんなタイミングでか？」

「タイミングって？」

「コロナ感染がこれから広がってくるかもしれないってことだよ。都心部じゃ、飲食店経由の感染も問題になっている」

「大丈夫ですよ」

福原はほがらかに笑った。

「ここは長野県ですよ。だいたい大人数で飲み会するわけじゃないですし。北海道だって先週、緊急事態宣言が終わって、みんな飲みに出かけているってニュースでやってました」

そんなことを言いながら、福原は返事も聞かず、「ちょっと待っていてください」と告げると、戸口近くに集まっていた若手の医師たちの輪の中に駆けて行った。なにか二言三言話している間にも、男女数名が敷島に気づいて笑顔とともに頭を下げた。そのうちの数名は、敷島が指導したことのある医師たちだ。

すぐに戻ってきた福原が、明るい声で続けた。

「同期の石川《いしかわ》さんも、空いてるって言っていました。先に飲んどいてって」

困惑気味の敷島の態度を福原はどう解釈したのか、にっと笑って、

「人数としては寂しいかもしれませんが、三人で飲むくらいなら、いいじゃないですか。たまには後輩におごらせてください」

言うなり、困惑と苦笑で首を傾げている敷島を、福原はなかば引っ張るようにホテルのロビーを抜けて歩き出していた。

福原の様子を見るに、敷島のいる信濃山病院がコロナ診療を行っていることさえ知らないのかもしれない。これがコロナ診療を知っている医療者とそうでない医療者の認識の違いというものなのだろうか。それとも、自分の方が神経質になりすぎているのだろうか、そんな迷いすら生まれてくる。

駅前通りに出てみれば、人の往来は少なくない。

平日とはいえ年度末である。例年に比べてどうなのかはわからないが、ひと塊《かたま》りになって歩くスーツ姿の数人のサラリーマングループや、居酒屋の前で集まっている若者の集団も目に入る。

福原と歩いているうちに、敷島でさえ、信濃山での難戦が、遠い別世界の出来事のように感じられた。

「じゃ、とりあえず一杯いきますか」

福原がそんなことを言って、賑《にぎ》わいのある居酒屋の戸を押してあっさりと店内に入って行った。続いて入ろうとした敷島は、しかし戸口のすぐ脇に張られた小さな張り紙に気が付いて、足を止めた。

『医療関係者の皆さまへ
当店では、コロナ診療にかかわっている医療者様のご入店を、ご遠慮いただいております。一般のお客様をお守りするための措置であり、なにとぞご理解のほど、よろしくお願いいたします。　店主』

すっと背中が寒くなるような感覚を敷島は覚えていた。

戸惑いがあり、驚きが生じ、そのあとに、胸の奥を貫くような鋭い痛みを感じていた。

少なくとも外面上は落ち着いて対処できたのは、飲食店におけるこういった張り紙の噂を、すでに耳にしていたからだ。最近では『信濃山病院スタッフ』と、固有名詞を入れて拒否を表明している店もあるという。

――理不尽だと、怒るべきなのだろうか。

そんな素朴な疑問を感じつつ、敷島は夜空を振り仰いだ。

オリオンの去った春の空には、柄杓《ひしゃく》を形作った七つの星がやわらかな光を放っている。

あくまで冷静であり得たのは、敷島がひときわ忍耐強い人間であったからではない。刹那《せつな》的な怒りというものは、多くの場合、立場の問題にすぎない。二十年近い臨床経験が、敷島にそんな諦観《ていかん》にも似た哲学をもたらしていたのである。

――なにをやっているのか……。

腹の底に生まれたつぶやきは、むしろ自嘲《じちょう》的なものであった。

コロナの恐ろしさを痛切に感じていたはずの人間が、いつのまにかずいぶん無思慮な行動をとっているではないかと、突き付けられた心地であった。

危機感というのなら、「一般のお客様をお守りするために」張り紙を張る店主の方が、よほどしっかりしているのかもしれない。正体不明の感染症の患者を診療するということは、そういうことなのである。

かすかに見える星明かりに目を細めたところで、店の戸が開いて福原が顔を覗かせた。

「どうしたんですか、敷島先生。早く入ってくださいよ。すぐ石川さんも来ますよ」

「そうしたいところなんだが……」

敷島はポケットからスマートフォンを取り出して示した。

「ちょうど今、病院からの呼び出しがきた。行かないといけない」

「マジですか？　このタイミングで？」

「小さな病院だからね。仕方がない」

目を丸くする福原に、敷島も肩をすくめる。

えーっ、と声を上げる福原に、敷島は笑うしかない。

福原はおそらく張り紙に気づいていない。気づいていないものを、あれこれ説明する必要はない。

すでに敷島は、平穏な日常から切り離された、特殊な世界に生きている。福原とは根本的に立っている世界が違う。今さらながら日進の憤りの深さや、千歳の行動力の偉大さが理解できるようであった。

「石川さんにもよろしく伝えてくれ。次の研究会のときにでも、また飲めることを楽しみにしてるって」

「了解です。先生、本当にお疲れ様です」

丁寧に頭を下げる福原に、片手を上げて、敷島は身をひるがえした。

いつもより少し足早に、繁華な町なかを抜けていく。

軽く仰いだ星空に、ふたご座らしき淡い光が、並んでそっと輝いていた。


『一日の新規感染者がついに百人を突破！』

三月二十七日の夜のニュースは、速報でそんな言葉を繰り返していた。

感染者数は百二十三人。先週までは五十人前後を推移していたはずだが、にわかに倍増である。死者も五人増え、累計五十人を超えたという。

そんな数値を背中で聞きながら、敷島は夜半の医局で黙々と電子カルテのキーボードを叩《たた》いていた。

すでに窓の外は闇に沈み、医局を行きかう人の気配もない。誰かがつけていったテレビからは、張りつめた調子のキャスターの声が飛び出して来る。不安と緊張にあふれていながら、どことなく空虚で空回りするような印象を受けるのは、キャスター自身が事態の深刻さを理解していないためだろう。

敷島は、テレビから聞こえてくる刺激的な文言を聞き流しながら、ただ淡々とキーボードを叩くだけだ。

その日夕方には肺炎の患者がひとり疑似症病棟に入院となったばかりだ。画像上は通常の市中肺炎に見えるのだが、名古屋への往復歴があるためにＰＣＲ結果が出るまでは疑似症病棟に入院となっていた。疑似症病棟三床は完全に自転車操業状態である。

一通りカルテの記載を終えたところで、一息ついて窓外に目を向ければ、ベランダには、ビニール袋に入った不織布マスクがいくつも洗濯ばさみで吊《つ》り下げられている。誰がぶら下げたのか、定かでないが、暗がりの軒下で風に揺れる袋入りのマスクというのは、なかなか不気味な景色である。

一週間前に始まった『マスク配給制』のもたらした奇景であった。

敷島は、一日使うとビニール袋に入れて机の引き出しに保管し、三枚を一クールとして三日ごとに使用しているが、医師によってはベランダにぶら下げている者もあり、ジップロックに閉じて卓上に積み上げている者もある。日常のそこかしこに、異様な景色が散らばっている。

「とうとう百人超えですか」

　ふいに声が聞こえて振り返れば、日進がノートパソコンを小脇に抱えて、くたびれた顔で入って来た。

「お疲れ様です。まだ帰れないんですか？」

「帰れないわけではないんですが、今週末に新潟の地方会で講演を頼まれていましてねぇ。そのスライドと原稿準備ですよ。てっきり中止になるかと思っていたんですが……」

　日進はポケットからウーロン茶のペットボトルを取り出しながら、ソファにどっかりと腰を下ろして、テレビを眺めやった。

「また感染者の記録更新ですか」

「百人というのは、さすがに実感がわきませんね。ただ、感染者が増えているとは言っても大都市圏ばかりですから、地方はまだまだ危機感がないのかもしれません」

「そうでしょうねぇ。それにヨーロッパに比べればはるかに平穏に見えるでしょう。聞きましたか、敷島先生。イタリアでは一日に六百人以上が死亡する日も出ているみたいですよ」

感染者の数ではなく、死者が六百人……。

「医療体制は完全に崩壊していると聞いていますが……」

「医師や看護師にも多数の死者が出ているみたいですねぇ。病院にたどり着いてもベッドがなくて外来で倒れる患者もいるそうです。ＳＦ小説か映画の話かと思いたくなりますよ」

まったくその通りだろう。

マスメディアは、イタリアの六百人の死者も、日本国内の百人の感染者も、同じように大騒ぎして報道するために、重要度も優先度もまったく見えてこないが、ヨーロッパの惨状は想像することも困難な領域に突入しつつある。

「先ほどのニュースで、日本もヨーロッパの都市封鎖のような宣言を検討するかもしれないという話題が出ていました」

「いわゆるロックダウン、とかいうやつですか」

日進が丸い肩をすくめる。

「エライ人たちの中にも、そろそろ本気で人の流れを抑えないと危ういということに気づき始めた人がいるのかもしれません。どちらにしても、動くなら早く動いてもらいたいですねぇ」

実際、イタリアは二月の段階で、一部の都市がすでにロックダウンを開始している。その後、三月十七日にはパリが、二十三日からはロンドンもロックダウンに入っているが、ウイルスの潜伏期間を考えれば効果が出るには一週間から二週間はかかるだろう。現に今のところ敷島が耳にする情報も、感染拡大に歯止めがかかっていないという内容ばかりだ。

「それにしても……」

日進がペットボトルを傾けながらうそぶいた。

「レッドゾーンに、パンデミックにロックダウンに、まあ色々と聞き慣れないカタカナが並ぶようになったものですねぇ。おじさんとしては、ぜひ平仮名か漢字で情報を伝えてもらいたいんですけど」

相変わらずのひねくれた発言に、敷島は小さく苦笑する。そんなささやかなユーモアも、しかしすぐに日進のPHSの音にかき消された。

応じた日進は二言三言、短く指示を出してPHSをポケットに戻す。言葉の断片だけで敷島には状況が見える。相手は感染症病棟の看護師で、話の内容は大庭六郎の病状だ。

「良くないようですね、大庭さん」

「じわじわと酸素濃度が低下していましてねぇ。まあアビガンに格別の期待を持っていたわけではありませんが、投与して二日がたった現段階では、効いている印象はまりありません」

深々とため息をついた日進は、卓上にノートパソコンを開いて、キーボードを叩いた。

「ロックダウンねぇ」

そんなことをつぶやきながら、スライドを確認している。

テレビ画面はいつのまにか、お笑い芸人が何人もひな壇に並んでさかんに笑い合っている様子を映し出していた。

大庭六郎の病状がゆっくりと悪化していく中、大庭に続く六人目の感染者の連絡が入ったのは三月二十八日の昼前であった。

三笠から連絡が来たときには敷島はちょうど大庭の診察で隔離病棟にいたため、即座に発熱外来に下りると、すでに看護師の四藤がｉＰａｄの準備をして待ち構えていた。

〝俺、結構やばいんですか〟

小さなiPadの画面の向こうで、そう言ったのは丸い眼鏡をかけた小太りの男性だ。患者の名は沢口久《さわぐちひさし》、六十二歳ではあるが、なんとなく愛嬌《あいきょう》のある風貌で年齢よりは若く見える。

敷島はつとめて穏やかな声で応じた。

「先ほど撮影したCT画像では、両肺に微妙な肺炎像が広がっています。沢口さん自身の症状はどうでしょうか？」

問えば沢口は、困ったように首を傾げながら、

〝すごい悪いってわけじゃないですが、なんか息が切れる感じですね……。ホントにコロナなんですか？〟

困惑する気持ちもわからなくはないが、二日前に近隣の病院で施行したPCRは間違いなく陽性なのである。

なにより沢口は営業マンで、この一週間の間にも京都、福岡、東京を移動している。おまけに訪問先では複数の顧客と会食をしており、感染経路も十分に成立する。

敷島としては、度重なる移動歴に、今さら驚きはない。ただ大都市圏の感染レベルが、きわめて危険な領域に入っていることだけは確かであろう。

沢口の体調を確認している間に、発熱外来に三笠と富士が姿を見せた。

「血液検査の結果がすべてそろったら再度、方針を説明します」

敷島は手短にそう告げて、ｉＰａｄを切った。

「患者さんは今のところお元気そうですね」

三笠の問いに、敷島はうなずきつつ、電子カルテのＣＴ画像を示した。

「体調は悪くはなさそうです。血液検査はまだ結果待ちですが、ＣＴ上は、重症とまでは言えないまでも、両肺に肺炎像を認めています」

「江田さんや大庭さんのような危険な雰囲気ではありませんが、それでも気になりますね」

「おまけに沢口さんは肥満がある上に、糖尿病があるようで、薬の量を見る限りでは、軽いものではなさそうです」

軽く眉を寄せる三笠の横で、富士が、顎に手を当ててつぶやいた。

「肥満や糖尿病があると重症化するというデータがありましたな」

「しかも沢口さんは、気管支喘息もあると言っていました。吸入薬で落ち着いている間はいいですが、発作が起こるとステロイドを使用することがあるとのことです」

一拍置いてから敷島は続けた。

「最初からアビガンを使いませんか」

唐突な言葉に、三笠が視線をモニターから敷島に転じた。

敷島は迷わず言葉を重ねる。

「今から依頼すれば、夜には届くはずです。今日からアビガンを使ってよいと思います」

「一日、二日、様子を見る余裕はないと？」

「抗ウイルス薬は早期投与ほど効果が期待できると言われています。アビガンそのものがどの程度効果があるかわかりませんが、少なくとも発症後、かなり時間が経過してから投与を開始した大庭さんの状態は改善していません。開始のタイミングが遅かったのか、もともと効果がないのかはわかりませんが、使用を検討するくらいなら、一日でも早く開始すべきです」

わずかの間を置いて、三笠はゆっくりとうなずいた。

「いいでしょう。このあとすぐに治験に登録し、アビガンを調達しましょう。夜から内服を開始します」

決断はさすがに早い。

しかし、と三笠が険しい表情で話題を転じた。

「先ほど病棟でカルテを見ましたが、大庭さんの経過は問題ですね」

敷島はうなずいた。

「今朝の段階で酸素3Lです。これ以上増えるようなら、人工呼吸器装着が可能な施設への搬送が必要です」

「また北信濃総合医療センターへの搬送を考慮するということになりますね」

敷島はもう一度うなずいた。

片道二時間弱の搬送である。

それがいかに過酷なものであるか、敷島自身が搬送したからよく覚えている。狭い車内で、ベッドに寝かせたコロナ患者と向き合って後部座席という密室で二時間。

悪夢の二時間だ。

「まずは今できることから始めましょう」

三笠が気持ちを切り替えるように口を開いた。

「アビガンの準備と調達の手続きは私の方でやります。敷島先生はこの患者の入院手配と、アビガンの説明をお願いします。大庭さんの方は、今は経過を見るしかありません。幸い今日は救急部の日直で富士先生が一日院内にいます。仮に発熱患者が来たとしても、対応できるでしょう」

うなずきかけたところで、敷島のＰＨＳがけたたましく鳴り響いた。

応じた敷島は、聞こえてきた看護師からの報告に、一瞬耳を疑った。軽く額に指を当て、ＰＨＳに向けてゆっくりと確認の質問を投げかけた。

「酸素５Ｌ？　いきなりですか？」

その言葉に、三笠と富士が同時に表情を硬くする。

わかった、と答えて敷島はＰＨＳを切った。

わずかな沈黙を置いて、敷島は告げた。

「大庭さんは転院すべきタイミングです」

一気に張りつめた空気が広がる。

三笠が静かに目を閉じ、富士がおもむろに腕を組んでいた。

敷島は絞り出すように続けた。

「人手が足りなくなるかもしれません」

言うまでもないことだ。

「ここには三人の医師がいるとは言っても富士先生は救急外来の日直ですし、アビガンを調達しながら、大庭さんの転院交渉を進めつつ、新患を入院させ、搬送への付き添いもしなければいけません。我々だけでは限界があります」

「ちなみに千歳先生は当直明けだ」

　富士がしわがれた声で言う。

「徹夜で働いて帰宅したばかりの医師をここで呼び出すのは、まともな判断ではありませんな。日進先生を頼りますか？」

「日進先生は、今日は講演で新潟に行っています」

　敷島の言葉に、富士はさすがに言葉を途切れさせた。

　息苦しい沈黙の中、三笠は目を閉じたまま動かない。

　黙々と電子カルテで入院の入力を進めていた四藤まで、手を止めて険しい顔を向けている。

　窓の外から降り注ぐ春の日差しが、場違いなほどに明るく暖かい。

「さらに人を集めるべきタイミングですな、三笠先生」

　しばし間を置いてから、富士がそんな言葉を口に出した。

　目で問い返す三笠と敷島に、富士は淡々と続けた。

「これは我々だけで戦いうる許容量を超えている。次の段階に移るべきだ」

「次の段階とは？」

「先ほど、病棟で音羽先生を見かけましてな」

富士は禿頭をゆっくりと撫《な》でながら、

「発熱外来や入院患者への対応をいきなり頼むのは難しいでしょうが、転院搬送への付き添いは依頼できるかもしれん。搬送は過酷な仕事になるが、彼女のことだ。イエスと言ってくれると思うがね」

三笠が答えなかったのは、そこに迷いがあるからだろう。

富士が細い目を三笠に向けたまま、そっと付け加えた。

「気を遣っている状況ではなかろう。そろそろ総力戦じゃないかね、三笠先生」

抑揚のない声に、三笠はそっと目を開けて、富士を見返した。

静かな目に、苦悩が垣間見えていた。

やがて様々な感情の発露を抑え込むように、三笠は黙ってうなずき返した。


午前十一時五十分、大庭六郎を乗せた民間の搬送車が、信濃山病院を出発した。

大庭本人は、まだ歩ける状態ではあったが、酸素5Lを流していても動くと息が切れる状態であり、予備の酸素ボンベまで携行した上での搬送となった。

病棟でiPad越しに転院の説明をする敷島に、大庭は不安な様子を隠さなかった。

——コロナなんかで死にたくないですよ。助かりますよね？　助けてくださいよ！

白髪や無精ひげのせいでただでさえやつれて見える大庭は、数日の入院でさらに頬の肉が落ち、凄愴《せいそう》と言ってよい風貌になっていた。

「先月もひとり同じように重症な方を搬送しましたが、その方は無事助かっています」

敷島は敢えて笑顔を交えて告げた。

「向こうには呼吸器内科のドクターもいますから、安心して転院してください」

そんな台詞がどれほど根拠のあるものか、敷島自身もわからなかったが、とにかく大庭にとっては安心材料になったようで、なんとか落ち着いて搬送車に乗り込んだ。

同乗したのは糖尿病内科の音羽である。

ちょうど病棟回診に来ていた音羽は、三笠の説明を受けると、二つ返事で搬送車への同乗を引き受けたという。

三笠とのやりとりの詳細については、敷島は知らない。新患の沢口久への対応に追われていたからだ。

沢口の血液検査の結果は、予想より悪いものであった。とくに持病の糖尿病がコントロール不良であり、腎機能にも影響が出ていたのである。

改めて発熱外来に戻った敷島は、今度は防護服を着て沢口のもとに直接診察におもむいた。

血液検査が予想より悪いこと、感染症病棟に入院してアビガンを開始すること、アビガン自体は本来新型インフルエンザの薬だが、ほかに使用できる薬がないこと……。

――俺、やばいんですか？

敷島の説明を聞いてそんなことを言う沢口は、不安そうな顔をするとどこか少年のような趣《おもむき》を漂わせる人物であった。

そんな沢口に、できるだけ穏やかに声をかけながら、敷島の胸の内にはかつてない黒々とした不安が広がり始めていた。

――このまま本当に持ちこたえられるのか……。

もしかしたら、コロナ診療そのものが崩れるのではないか。

以前から漠然と感じていた不安が、にわかに具体的な輪郭をもって胸の中を圧し始めた形だ。

その不気味な感覚を、なかば強引にねじ伏せて、敷島は沢口に説明を続けていた。

日の傾きかけた夕刻の窓から、かすかに明るい歓声が聞こえていた。

近くの市営の運動場で、野球か何かをやっているのであろう。初春の風に乗って聞こえてくる子どもたちの声は、風向きでふいに近づいたかと思うと遠のいていく。

ようやく一日の仕事の一区切りが見えてきて、敷島はキーボードの上に手を置いたまま、しばし夕空を眺めやった。

脳裏には、わずか半日の鬼気迫るような忙しさが通り過ぎていく。

酸素マスクを付けたまま荒い息をする大庭。

肺炎があるのにほとんど症状のない沢口。

迷いの中で沈黙する三笠と、それを見守る富士。

東京から届いたばかりのアビガンの錠剤。

病院裏口から走り出す搬送車。

その搬送車に同乗した音羽が戻ってきたのは、つい先刻のことだ。ただでさえ色の白い女性医師は、疲労と緊張で真っ白な顔に見えたが、音羽本人は愚痴のひとつもこぼさず、無事搬送が終わったことを報告したものだ。

敷島が礼を言えば、音羽はむしろ首を左右に振って、

——私も医師のひとりです。あまり気を遣わないでください。

そう言って、頭を下げて帰って行ったばかりであった。

すべてが一日に満たない間の出来事だったとはなかなか実感できない。

「お疲れ様です、敷島先生」

そんな声が飛び込んできて、敷島は我に返った。

首をめぐらせると、医局の戸口に立っていた神経内科の春日が見えた。問うより先に春日が続けた。

「今日は当直です」

「そうか、ご苦労様……」

そんな一言の返事にも、思わぬ疲れがにじんでいたようで、気遣うように春日が眉を寄せた。

「先ほど外来で、富士先生から聞きましたが、今日はすごかったようですね」

「私だけが大変だったわけではないけどね」

敷島は、なんとか間に合わせの苦笑とともにうなずきつつ、

「さすがに、途中で力尽きるかと思ったよ」

「その画像が、今日入院のコロナ患者さんですか？」

春日の目は、ちょうど敷島がモニターに映していた沢口久のＣＴ画像に向けられて

いる。

少し身を乗り出すように画像を覗き込んだ春日は、太い黒縁眼鏡を軽く持ち上げた。

「あまり良くない画像ですね」

「良くない上に、糖尿病と気管支喘息がある」

「酸素は始まっているんですか？」

「来院したときは大丈夫だったけど、夕方から２Ｌが開始になった。とりあえずオルベスコと抗生剤を併用しつつ、アビガンも調達中だ。なりふり構っていられないからね。もう二人も北信濃総合医療センターに搬送しているけど、向こうだって無制限に受け入れられるわけじゃない」

「そうですね」とうなずいた春日は、少し考え込むような顔をしてから語を継いだ。

「ステロイドパルス、というのは選択肢になりませんか？」

思わぬ提案に、敷島は春日を見返していた。ステロイドパルスとは、大量のステロイド製剤を短期間に集中的に点滴投与する治療法だ。通常なら１０ミリ、２０ミリという単位で用いるステロイドを、１０００ミリ単位という膨大な量で使用する。春日はＣＴを見つめたまま、

「ウイルス性肺炎の場合、過剰な免疫反応が病態を悪化させている場合は珍しくあり

ません。十五年ほど前のSARSのときもステロイドパルスの有効性が報告されています」

「SARSにステロイドか……」

「実はコロナにステロイドが有効だというレポートも、単発ですが出てきています。使用量にはばらつきがありますが、1000ミリを使うパルスに抵抗があるようならソルメド500ミリのハーフパルスを三日間というのはどうでしょうか？　もともと気管支喘息もあるようですから、そっちを抑えるという意味でも……」

いつになく多弁な春日がふいに口をつぐんだのは、敷島がじっとその顔を見返していたからだ。

「なにかおかしなことを言いましたか？」

「いや、ずいぶん詳しいと思ってね」

「気になりますから」

　春日は大きく息をついた。

「色々と気にはなるものですよ。コロナ診療にかかわらないって言っても、目の前で先生たちがこれだけ駆け回っているのを見ていれば、逃げ回るのも結構疲れるんです」

そんな言葉を、敷島は意外だとは思わなかった。

当初三人で始まったコロナ診療班に、千歳が入り富士がくわわり、今日の搬送には音羽が同乗している。春日も心穏やかではいられないだろう。

だが次の言葉には、さすがに敷島も驚いた。

「この患者、もし良ければ、僕が受け持ちますよ」

思わず春日を顧みたが、黒縁眼鏡の奥の目は、静かにCTを見つめるばかりだ。

「もちろんステロイドについては、一度三笠先生に相談した上で開始します。僕も何が正解か知っているわけではありませんから」

「治療内容については異論はない。しかし先生はコロナ診療を……」

「わかっています。でも、いつまでも逃げ回ってもいられません」

「家族はいいのか？　コロナ診療に明確に反対していると聞いている」

「妻には言いません」

敷島の遠慮がちな問いに、春日は短く応じた。

「妻のためにも、妻には言いません。言わなくても、できることはあります」

それが春日なりの覚悟の決め方ということであろう。

現場はゆっくりとだが確実に、配慮や理想論が成立しない状況になりつつある。患者は増加し、ひとりでも多くの人手が必要になっている。

「かまいませんか？」

「当たり前だよ。とても助かる」

心からそう答えれば、春日は疲れた微笑を浮かべてうなずいた。

ＣＴ画像に目を戻した敷島の脳裏に、富士の言葉が思い出されていた。

「総力戦か……」

文字通り、信濃山病院は総力戦に突入しようとしていた。


『クラスター』という聞き慣れない単語が、にわかにマスメディアで騒がれるようになっていた。

本来は「集団」や「グループ」を意味する言葉で、統計学や天文学など様々な分野で用いられているが、コロナ感染症においては、「集団感染」を意味することになる。

日進が聞けば、「またカタカナですか」とぼやくに違いないと、敷島は胸の内で苦笑しながら、『クラスター』の文字が躍るニュースに眉を寄せる。

暦が三月から四月にかわるタイミングで、東京や千葉で相次いでクラスターが報告されていた。千葉の障害者施設で五十人を超える施設内感染が報じられ、東京で発生した医療機関における集団感染は、多数の感染者を出すとともに、数名の死者が報告されていた。

クラスターの発生は言うまでもなく、感染者の急増を意味することになる。三月の終わりに百人を超えたばかりの感染者数は、同月末日に二百人を突破、数日後の四月三日にはあっさりと三百人を突破した。

感染の震源地は明らかに大都市圏であった。

一時、緊急事態宣言を発出していた北海道でも感染は燻《くす》ぶり続けていたが、東京、大阪、福岡近郊の感染拡大は、群を抜いて明白であった。

むろん長野県内も穏やかであったわけではない。年度が変わってからは、それまで感染者の出ていなかった長野、諏訪《すわ》、大町《おおまち》に一例ずつが確認され、発生区域が明らかに増えていた。都心部のような急拡大とは言えない状態だが、コロナの診療現場にはじわじわと逼塞《ひっそく》した空気感が立ち込め始めていたのである。

かかる状況で、数少ない朗報といえば、沢口の呼吸状態が悪化せず、持ちこたえていたことであろう。

〝ステロイドパルスは正解だと思うよ〟

電話の向こうでそう告げたのは、筑摩野中央医療センターの朝日であった。

春日の提案のもと、ステロイドを開始した沢口は、改善とは言えないまでも、微妙な小康状態を保っていた。酸素投与は2Lのまま悪化せず、熱は下がり、三日間の点滴治療を終えて、再度撮影したCTは、微妙な改善の気配を見せていた。

〝送ってくれたCT画像を確認したが、たしかにその神経内科の先生の判断は正しかったと思う。俺だったら1000ミリを使ったかもしれないが、ソルメド500は間違っていない〟

「効いている、ということでしょうか？」

〝効いていると思うね。もちろんこれだけ手あたり次第薬を使っていれば何が効いているかはわからんが、あてずっぽうのアビガンがそうそう当たるもんでもないだろうからな〟

冷静な分析である。

〝それよりすまんな、敷島〟

声音を抑えて、そんな言葉が返ってきた。

〝先週またひとり北信濃総合医療センターまで搬送したって話を、うちの院長から聞いた。本来なら近くにあるうちが受け入れ先になるべきなんだが……〟

「やはり受け入れ準備が進まないのですか？」

〝進んでいないわけじゃない。思った以上に抵抗が強いだけだ。看護師たちも不安に思っている。当然だがな〟

ため息交じりにそう言ってから、

〝だがあと二週間だ〟

朝日の力のある声が響いた。

〝院長も信濃山だけで持ちこたえるのは無理だとはっきり認識している。あと二週間で必ずコロナ患者の受け入れ体制を構築する。そうなれば、そっちで手に負えなくなった重症患者は、こっちで受け入れられるようになる〟

「十分です。筑摩野中央までなら、搬送は三十分で済みます。三笠先生の話では、救急隊の方も感染対策を進めていて、もうじき救急車でコロナ患者を運べるようになると言っていました。そうなれば、さらに搬送時間は短くなります。悪い話ばかりじゃありません」

〝そうあってほしいんだが……〟

微妙に切れ味の悪い返答が戻ってきた。

電話の向こうからでも、不穏な空気が伝わってくる。

わずかな沈黙を置いてから、朝日が続けた。

〝ロンドンの後輩からの続報だ。ここ数日、イギリスでもフランスでも死者が急増している。コロナの死亡率は十パーセントを超えてくるんじゃないかって話だ〟

さすがに敷島は息をのんだ。

イタリアにおける死亡率が十パーセント弱だという情報はすでに確認している。だがそれは、医療崩壊という特殊な状況に陥ったための例外的な数値だと見込んでいたのである。

「イタリアの死亡率の高さは、医療崩壊の影響というわけではないのですか？」

〝俺たちも最初はそう思っていたが、どうもそうでもないらしい。イギリスもフランスも医療水準は維持できているが、死者の増加に歯止めがかかっていない。ちなみに昨日イギリスの一日あたりの死者が、七百人を超えたそうだ〟

「イギリスの死者が七百人……？」

信じがたい数値であった。

〝三月頭から始まったロックダウンのおかげで、感染者の数自体は横ばいになってきているが、死者の数はまったく減っていない。あくまで現時点での見込みだが、コロナの死亡率は十二パーセントくらいじゃないかと言ってきている〟

敷島には答える言葉がない。

十二パーセントということは、単純計算で九人にひとりが死ぬということである。そんな感染症に、敷島はもちろん出会ったことがない。

〝この感染症は、明らかにやばい〟

朝日の、かすかに上ずった声が聞こえた。

〝これまで俺たちが普通に診療してきた疾患とは比べ物にならない。こいつはもしかしたら、世界中で数十万人、いや数百万人が命を落とすような、とんでもない大災害の始まりなのかもしれん。何かの間違いであってほしいがね。この二か月、最前線で闘ってきたお前に言えるような立場じゃないが、とにかく油断をするな。急がず、無理をせず、油断をせず、今しばらく持ちこたえてくれ〟

切実な朝日の声に、そのつもりです、と短く答えて、敷島は電話を切っていた。

電話を切ったとたん、ふいに強烈な疲労感を覚えて、敷島は椅子の背もたれにぐったりと身を預けた。

いつのまにか、背中にうっすらと汗をかいているようであった。

敢えて大きくひとつ深呼吸をして、天井を見上げる。

見慣れた自宅のリビングの大きな梁《はり》が見えて、敷島はそこが自分の家だと思い出した。

「大丈夫、寛治？」

ふいの声は、奥の寝室から出てきた美希のものであった。

パジャマ姿の美希が不安そうな顔を向けていた。

「ごめん、起こしちゃったかな」

慌てて敷島は微笑したが、あまり自然な態度ではなかったのだろう。美希は軽く首を振ると、「お茶淹《い》れるね」と言って奥のキッチンに入っていった。

「大変なの？」

控え目なその問いに、敷島はため息とともに応じる。

「思っていたより、大変なことになってきているかもしれない」

そこまで言って軽く首を左右に振る。

「いや、大変な事態だとわかっているつもりでいたけど、そんな危機感が及びもつかないほど、危険な状況になってきているのかもしれない」

「テレビでもやってたけど、東京はどんどん感染者が増えていて、全然おさまっていないって。長野市でも大町市でも感染者が出てるし……。明日から学校が始まるのに、先月休校になったときより、ずっと危なくなってるみたい……」

ポットの湯を急須に注《つ》ぎながら、美希が不安げな声で続ける。

的確な指摘だろう。

突然小、中学校、高校の休校要請が出された一か月前は、一日あたりの感染者が十人から二十人で推移していたのだ。それが今週は三百人を超えている。

「緊急事態宣言っていう話知ってる？」

そんな美希の問いかけに敷島はうなずいた。

「ラジオで聞いたよ。政府が検討しているってね」

「ヨーロッパのロックダウンみたいなものだって言っていたけど、そうなの？」

「休業や、自宅待機を要請するもので、法的な罰則はないみたいだ。イタリアみたいに道路が封鎖されたりするわけじゃないし、公共交通機関も止まるわけじゃない。どれくらいの実効性があるのかはわからないけど、なにもしないよりはマシだと思うよ」

むしろもっと急いだほうがよいのではないか。

敷島の胸にはそんな思いが去来する。

感染爆発も起こっていない今の段階で、すでにコロナ診療現場は限界に近づきつつある。

人は足りず、物資も不足している。

医師は総力戦になりつつある。

感染症病床六床に現在入院している患者は、スペイン帰りの木島と、ステロイドを使用した沢口の二名だけである。見方を変えれば、四床が空いているということになるが、それだけ余力があるということを意味しない。発熱外来、急変、搬送など、コロナ診療に関連する業務はすさまじい量になっている。内科の音羽や春日がくわわったのち、四月に入ってからは外科の龍田も発熱外来を手伝うようになったため、一般診療の最中に無闇と呼び出されることは無くなったが、これ以上の大きな負荷を支える余裕はない。

朝日の言うとおり、今はとにかく時間が唯一の味方と言っていい。

二週間、時間を稼げば、朝日のいる筑摩野中央医療センターが動き出す。そうなれば、他の医療機関も何かしら協力してくれるようになるかもしれない。ＰＣＲの検査ももう少し迅速になれば診療はスムーズに進むようになり、治療薬やワクチンの実用化も現実的になってくる。

だが現実問題として、今はそのすべてが現場に欠けている。欠けている以上、緊急事態宣言でもロックダウンでも、何か手を打って、感染爆発を少しでも先延ばししなければ、大変なことになる。

敷島はおもむろに立ち上がると、奥の廊下に向かい、そっと寝室を覗き込んだ。

畳敷きの寝室には四つの布団《ふとん》が並べられており、灯《あか》りを落とした室内に桐子と空汰が、それぞれの格好で寝転がっている。

桐子は布団を抱っこするように抱え込み、空汰はへそを丸出しにし、大の字になっている。頭と足の位置がひっくり返っているのはいつものことだ。

敷島は布団に膝をついて、そっと桐子の髪を撫でた。

「お父ちゃんが今日も帰ってこないって、桐子が珍しく泣いてたの」

背後から美希の声が聞こえた。

甘えん坊の長女は、大の寂しがり屋でもある。

「もう一か月以上、みんなで晩御飯も食べていないし、きっと心配なのね」

「コロナ診療のことは？」

「言ってない。明日から学校が始まるのに、万が一、周りに話したりしたら大変なことになるかもしれないから。知らない方が安全」

その通りだろう。

敷島はうなずいてから立ち上がり、そっと寝室の扉を閉めた。

「コロナが収まったら、いっぱい遊んであげて」

敷島はもう一度大きくうなずいた。

その二日後、政府から『緊急事態宣言』が発出された。


四月七日。

それが、この国に初めて政府からの『緊急事態宣言』が発出された日である。

対象は、東京、埼玉、千葉、神奈川、大阪、兵庫、福岡の七都府県である。朝からテレビはこの話題で持ち切りで、通勤中の車のラジオも同様であった。

早朝の国道は、緊急事態宣言の影響もあるのか、車の数が普段よりかなり少なくなっていたが、それでも静まり返っているわけではない。都心部は、普段なら雑踏する大きな交差点から人影が消え、静止画のように風景が一変していたが、それに比べれば敷島の目に映る景色は平生《へいぜい》に近い。

「東京はなんだかびっくりするくらい静まり返っているみたいですけど、こっちは意外なほど落ち着いた空気ですね」

早朝の会議室に音羽のそんな声が響いた。

朝のカンファレンスの準備のために、音羽は持って来たパソコン端末をつなげて電子カルテを立ち上げている。椅子を並べていた春日がうなずきながら、

「東京や大阪は入院ベッドが確保できなくなっているんじゃないかって、朝のニュースでやっていました。正直、首都圏の医療体制がそんなにもろいとは思いたくないですが……」

しかし一日の感染者が三百人を超えているとなると、そういう事態もありうるのかもしれない。

敷島は椅子に腰を下ろしながら問うた。

「沢口さんの呼吸状態はどう？」

「ゆっくりとですが持ち直しています。ステロイドかアビガンか、両方の効果なのかわかりませんが、これまで搬送した二症例とは違う経過です」

心なしかその声には力がある。

これまで、コロナ診療のネックは、なにも治療法がないということであった。肺炎が良くなるかどうかは神頼みであり、医師は酸素を流し解熱剤を投与する以外に、できることはなにもなかった。重症化して患者が転院になるたびに、無力感が病棟をおおっていたものである。今回の経過は、小さくても重要な一歩になるかもしれない。

「おはようございます！」と陽気な声を響かせて会議室に入って来たのは、外科の龍田である。肩の筋肉をほぐすように大きく腕を動かしながら、春日と音羽の作業を手伝い始めた。

春日が黒縁眼鏡の奥の目を細めて、

「珍しいね、龍田先生。今日は早い到着じゃないですか」

「やだなあ、春日先生、遅刻の常習犯みたいに言わないでくださいよ」

「そういうつもりじゃないけど……」

「緊急事態宣言のせいで、今日は国道がすいていましたからね。道路状況に救われたんですよ。いつもより十五分は早く到着しました」

つまり、いつも通り渋滞していたら遅刻していたということだ。音羽が小さく肩を揺らして笑っている。

そうこうしているうちに、外科の千歳と、皮肉屋の日進が姿を見せた。さっそく日進がぼやいている。

「東京は在宅勤務が要請されているんですからねぇ。うらやましい話ですよ。私なんか、頼まれなくてもいつでも在宅勤務でいいんですけどねぇ」

微笑とともに千歳が受け流すのも、いつものことだ。

「エッセンシャルワーカーに在宅勤務は成立しないでしょう。緊急事態宣言があってもなくても、我々の仕事は変わりませんよ」

「なんですか？　えっせんしゃる……？」

「エッセンシャルワーカーです」

「また新しいカタカナですか。このままだと平凡なジャパニーズのエブリデイがイングリッシュだらけになってしまいますよ。いやですねぇ」

そんなことを言いながら席につく。

気が付けば、長老の富士もいつのまにか最後尾の定位置に腰を下ろしていた。

内科と外科がそろったタイミングを見計らったように、三笠が入ってきてスクリーン横に座った。

「カンファレンスを始めます。まずはコロナ関連から」

三笠が手元の書類を開きながら告げると、音羽が電子カルテを操作して、感染症病棟の患者一覧を表示した。

入院患者は、スペイン帰りの木島とステロイドを使用した沢口の二名である。

「木島さんですが」と口を開いたのは、主担当の千歳だ。

「一貫してお元気です。入院時に見られた微熱もなくなりました。オルベスコも終了し、昨日から陰性確認のPCRを開始しています。二回連続陰性が確認できるのには、二、三週間はかかると思いますが、このまま退院に持っていけそうです」

三笠はゆっくりとうなずき、春日の方に視線を転じる。春日が黒縁眼鏡を持ち上げて、

「沢口さんは、一時酸素3Lが必要になりましたが、先週末から徐々に酸素投与量を減らして、現在は終了しています。発熱もなく、食事もとれています」

「改善しているように見えますね」

三笠の言葉に、春日はうなずき返した。

相手は未知の感染症である。このまま回復するかどうかはまだわからないが、少なくとも三人目の搬送を回避できる可能性があるということだ。

三笠は、手元の書類を開いて続けた。

「今日も保健所からすでに数名の受診依頼が来ています。今日の発熱外来の担当は、午前が音羽先生で午後が日進先生です。大丈夫ですか？」

「大丈夫ではないですが」と日進がすかさず皮肉な笑みを浮かべて、

「毎日交代要員がいるだけでも心強いですよ。いざ逃げ出しても、誰か代わりがいてくれるということですからねぇ。いっそ、愚痴ばっかりこぼしている肝臓内科医は、

現場からはずしてもらってもいいですよ」

医師たちが小さく笑うのを聞き流しつつ、三笠が敷島に目を向けた。

「入院担当は敷島先生ですが、すでに入院依頼が一名あります」

新しい情報だ。

「新患ですか？」

「八十歳の女性で、昨日女鳥羽川総合病院で陽性が確認された患者です。詳細な情報はあとで渡しますが、今日の昼前に到着予定です。採血、ＣＴを含めて、検査と入院対応をお願いします」

「わかりました」

うなずく敷島の隣で、千歳が顎に指を当ててつぶやくように言う。

「じわじわと入院患者が来る間隔が短くなっているように感じますね」

「まあ普通に考えれば、増えてきますよねぇ、長野県も」

日進がげんなりした顔でつぶやけば、千歳の後ろに座っていた龍田が張りのある声を上げた。

「今日の患者さんが入院すれば、感染症病床六床のうちの三床が埋まるんですよね。六床で足りなくなる、なんてことあり得ると思いますか？」

「ない、と言えるような楽観的な状況ではないだろうな」

千歳の応答に、龍田は太い眉を寄せて大きくうなずいた。

千歳の言うとおり、六床の感染症病床が満床になる可能性はゼロではない。わずか二、三名の感染者が入院になっているだけで多忙を極めていることを考えれば、想像したくもない事態だ。

「その点ですが、重要な検討課題があります」

三笠が静かな声で告げた。

静かであったが、先ほどまでとは違うただならぬ空気を感じて、敷島は三笠を見返した。

「まだ確定ではありませんが保健所からの連絡では、本日入院する患者の同居の家族複数名に発熱や咳などの症状があるとのことです」

ざわり、と言葉にならないさざ波が会議室に広がった。

「もともと、本日入院となる患者の感染経路は、横浜と長野を往復している娘ではないかという情報もあります。本日家族全員のＰＣＲを提出することになっていますが、保健所の読みでは、家族内感染が起きているのではないかということです」

「家族内感染……」と小さくつぶやいた春日がすぐに問う。

「同居の家族は何人いるのですか？」

「保健所によると五人です」

今度こそ衝撃が会議室に広がった。

思わず敷島は口を開いていた。

「集団感染ということですか？」

「実際に陽性者が出るかどうかはわかりませんが、江田夫妻のようにご夫婦で感染した前例もあります。複数名が陽性になれば、そういう定義にあてはまることになるでしょう」

千歳が腕を組みながら、厳しい表情で天井を振り仰いだ。

その横では、日進が目を丸くしている。

龍田が音羽と顔を見合わせた。

目を閉じたまま微動だにしない富士とは対照的に、春日が忙しそうに眼鏡をはずしてハンカチで拭いている。

「クラスターですな」

やがて、しわがれた声でつぶやいたのは長老の富士だ。

三笠がゆっくりとうなずいた。

「富士先生の言うとおり、長野県初のクラスターに認定される可能性があります」

「認定されればオーバーフローだね」

長老の短い言葉に、問題の核心が集約されていた。

オーバーフロー、すなわちベッドが足りなくなって患者があふれる、ということである。まさに先ほど龍田が口にした懸念が、いきなり眼前に突き付けられた形である。

信濃山病院の感染症病床は六床。現在二名が入院しており、本日一名が入院となる。この状況で、さらに五名のコロナ疑いの患者がいる。足し算をするまでもない。

「入院できるのはあと三名です、三笠先生」

千歳の声が、かすかな緊張感を帯びていた。

「五名どころか四名が陽性になった時点であふれます」

千歳の声に、三笠がうなずく。

「今夜、保健所で周辺医療機関の院長と保健所長の集まる、緊急の連絡会議が開かれます。そこで正式に各医療機関に、ただちに感染症病床を用意するように要請する方針です」

「要請は良いですが」と春日が控え目に口を開いた。

「一日、二日でベッドを用意できるものでしょうか。受け入れに積極的な筑摩野中央医療センターでさえ、準備にあと一週間以上はかかると聞いています。今日要請して、明日明後日《あさって》の受け入れが可能なものなのか……」

「あまり現実的ではありません」

三笠の応答は冷静であった。

「我々がクルーズ船の患者を受け入れてからすでに二か月。南郷院長は地域の様々な会議に出席して、コロナ診療への協力を要請してきましたが、地域の動きは驚くほど鈍重《どんじゅう》です。『役割分担』という名のもとに、極力コロナ診療に近づかないというのが、ほとんどの病院の基本方針に見えます。この状況で急にベッドを要請して確保できると考えるほど楽観的ではありません。それを見越して、保健所からは、当院の感染症病床の増床が提案されています」

すっと、会議室の気温が下がったように感じられた。

「現在の六床から十六床への増床です」

さらに気温が下がり、凍りつくような印象さえあった。

「十六……」

思わず敷島はつぶやいていた。

「まさかその数字をそのまま受け入れるつもりではありませんよね」

千歳の冷静な声が響いた。

冷静なはずの声に、険しさがくわわっていた。

「わずか六床の感染症病床を維持するだけでどれほど危険で膨大な業務が発生するかは、先生もご存知のはずです。内科と外科が総力戦をやってなんとか支えている現状で、十六というのは正気とは思えません」

「その正気とは思えないような要求を、当たり前のように突き付けてくるほど、コロナ診療の内外で認識がずれているのです」

三笠の声がかすかに上ずって聞こえた。

一瞬垣間見えた苛立ちを、しかし三笠はゆっくりとため息で押し流した。

「いわば『沈黙の壁』があるのです」

聞き慣れない言葉が漏れた。

「沈黙の壁？」

「コロナ診療は、きわめて秘匿性の高い特殊な診療現場です。患者のプライバシーを守ること、そして病院の風評被害を避けるために、患者の入院場所や、病状、治療内容や経過など、ほとんどの情報が非公開になっています。この沈黙の壁のために、外の医療機関からは、コロナ診療の実態がまったく見えないのです。これほど重大な事態が広がっているというのに、コロナにかかわっていない医療者たちの感覚は、テレビを見て怯《おび》えている一般人と同じレベルでしかない。怖い怖いと騒ぎながら、自分たちが実際にコロナ患者に出会うかもしれないということを、まったく想像できないでいるのです」

千歳が腕を組み、春日はまた眼鏡を拭いている。

額の汗をハンカチで拭いている日進は、今にも毒舌を繰り出さんばかりの表情だ。

日進の機先を制するように、敷島は問うた。

「受け入れるかどうか以前に、設備的に難しいのではありませんか？」

三笠が先をうながすように目を向けた。

「当院にある陰圧室は、現在使用している三人部屋二つだけです。だからこそ、この六床が感染症病床に指定されているはずです。さらに増床しようとすると、当然陰圧装置のない普通の病室でコロナ患者を診療するということになります」

「それについては大学病院の感染症学の教授から通達がきています。陰圧室については、〝あることが望ましいが、なくてもコロナ診療は可能である〟と」

「マジかよ……」

そんなつぶやきは龍田のものだ。

「つまり陰圧装置なしで、コロナを診ろって話ですか？」

「現状、コロナウイルスは飛沫感染だけであって、空気感染はしないというのが公式見解です」

「今はそうかもしれませんが、確実かどうかわからないじゃないですか。陰圧のない環境で対応して、ほかに入院している一般患者にもし感染が広がったらどうするんですか！」

「落ち着け、龍田」

怒りをにじませる部下を、上司の千歳が珍しく睨《にら》みつけて制している。

「三笠先生に怒りをぶつけて片が付くものではないだろう」

そう告げてから、千歳は「しかし」と三笠に視線を転じた。

「いずれにしても、他院は動かぬまま当院だけが十六床に増床することは、問題の解決にはならないでしょう。東京から大きな感染の波が到達する前に、複数の医療機関で連携して戦える状況を構築しなければ、イタリアのような惨状になりかねない」

「その通りです」

三笠の返答は早かった。

「ゆえに本日の緊急連絡会には私も院長とともに出席します。越えられない沈黙の壁があるのなら、直接出かけて壁を壊してでも現場の窮状を理解してもらうしかない」

三笠の声は大きなものではなかったが、有無を言わせぬ覚悟があった。

だからこそ、千歳もそれ以上の言葉を重ねなかった。

日進でさえ、皮肉も毒舌も抑えて口をつぐんだ。

三笠は内科の診療部長とはいえ、立場は一介の小病院の内科医にすぎない。だからこそ院外との政治的な交渉は南郷院長が引き受け、三笠は現場の統括と調整に全力を尽くしてきたのだ。ある意味で、三笠なりのそれが責任の果たし方であった。

その三笠が、動くという。

「突破口は大きくはありません。しかし発信しなければいけないでしょう。もはやコロナは、見て見ぬふりをしていれば通り過ぎてくれるような存在ではないのだと」

三笠の言葉に、反論をする者はなく、静寂だけが会議室に満ちていた。

――十六床……。

敷島はなかば祈るように、目を閉じていた。


『沈黙の壁』。

三笠の言った言葉は、敷島の胸の奥で大きな存在感を示していた。

その通りだと、敷島も思う。

コロナ診療の最前線である信濃山の医師たちでさえ、県内で発症した他の感染者の病状や治療状況などを確認するすべを持たないのだ。各病院の医師たちは、個々に文献を調べ、最善と信じる治療を進めているが、病院間を越えて情報を交換するシステムもない。

信濃山病院の中に目を向けても、コロナ患者の電子カルテを開いていいのはコロナ診療チームの医師と看護師だけに限定されている。同じ院内でさえ、一般診療のスタッフはコロナ患者が何人入院しているかも知らない。

最大の目的はコロナ患者の個人情報が漏れないようにするためだが、その姿勢が偏狭とさえ言える秘密主義を作り出しているように見える。個人情報を守るのは当然だが、今の体制のままでは情報を握りしめたまま孤立し、情報と共に心中することになりかねない。

「十六床か……」

敷島が思わずつぶやくと、キッチンに立っていた美希が不安そうな目を向けた。

「感染症病床って、そんなに簡単に増やしたり減らしたりできるものなの？」

味噌汁《みそしる》を温めながら、そんな問いを投げかけてきた。

時計はすでに夜の十時を回っている。

「六床だけでも大変なんでしょう？　今日入院した患者さんも、高齢だって言っていたし」

「かなりの高齢患者さんだよ。幸い肺炎像は目立たなかったけど、家族が熱を出しているってことをとても心配していた」

「そうよね、家族の中でコロナが広がったりしたら、それこそ近所の噂になって大変なことになるから」

入院になった八十歳の柳川千恵子《やながわちえこ》の、全身状態は悪くない。

ＣＴ上もたいした肺炎像はなく、同じコロナ患者でもなぜこれほど経過が違うのか不思議に思うほどだ。ただ年齢を考慮して、すでにオルベスコとアビガンを開始している。

柳川本人は、なによりも家族のことを心配している様子であった。

家族内感染が起こっていると断言するのはまだ早いが、病歴を聞いた敷島の目にはおよそ全貌が見えてきている。柳川はここ一か月、筑摩野市から一歩も出ていないのに対して、同居の娘がたびたび出張で横浜と名古屋に足を運んでいたのだ。

「家族内感染の可能性はあると思うよ」

「そうなると、ベッドが足りなくなるんでしょう。緊急事態宣言まで出ているのに、地域の病院みんなでがんばって戦うって形にならないの？」

そんな美希の率直な言葉に、思わず敷島は苦笑する。

「システムがないんだ。たくさんの病院があるけれど、それぞれの指揮系統が一本化されていない。患者を受け入れるかどうか、皆が自分の都合だけで判断している状況なんだよ。ほとんど病院長個人の使命感と責任感に左右されているって言ってもいいかもしれない」

「そういえばニュースでも言ってた」

刺身を盛り付けたお盆を持った美希が、敷島の食卓に歩み寄る。

「東京でも、コロナ患者さんを受け入れる大学病院もあれば、完全に断る大学病院もあって、全然対応が違うんだって」

「東京だけじゃないと思う。地域によって、一丸となって動いているところもあれば、うちのような小さな公立病院が単独で持ちこたえているようなところもあるみたいだ。これだけ地域差があること自体が、問題の本態なのかもしれない」

緊急事態において、医療の指揮系統を一本化するような組織があれば、これほどばらばらの対応にはならないであろう。

ある地方都市では、大学病院から民間病院まで一体となってコロナ診療に対応する体制を築いているというが、筑摩野市のように、各病院がそれぞれの都合を並べるだけで、まったく足並みのそろわない地域も多い。

病院の数が、医療のレベルを上げるわけではないということだ。

ため息をつきながら、箸を手に取る敷島の脳裏に、帰り際の発熱外来の風景が浮かんだ。

看護師の四藤が、薄暗い発熱外来の廊下で、外来の主任看護師とともに、黙々と防護服を折りたたんでいた。

今やタイベックを使い回すことは当たり前になっているが、日中に来院する発熱患者の数が増えるにつれて、タイベックの使用量も増えていく。使用後に、袋詰めにして一週間放置したタイベックを、再びそこから取り出し、折りたたんで滅菌に回す作業の手間も、一日ごとに増加しつつある。

すでにマスクは使い回し、防護服も再利用しており、最近は、クリアファイルをハサミで切って簡易のフェイスシールドを作成することまで本気で検討されているらしい。情報部の千早が、文房具の卸売業者に足を運んでいるという噂まで現場に届いていている。

ひとつひとつが冗談ごとのようだが、まぎれもない事実だ。

「少しは食べた方がいいよ」

ふいのそんな言葉に、敷島は我に返った。

食卓を挟んで座った美希が心配そうに見返している。

「ごめん、大丈夫だよ」

苦笑とともに、再び箸を動かそうとした敷島がその手を止めたのは、視界のすみに小さな人影が見えたからだ。

奥の寝室につながる戸口に桐子が眠そうな顔のまま立っていたのである。

「お父ちゃん……？」

「桐子か」

敷島はほとんど反射的に椅子から立ち上がって、長女に歩み寄っていた。

眠い目をこすりながら見上げる桐子を、敷島はそっと抱きしめる。

「こんな時間にどうした？」

「最近、お父ちゃんと全然遊んでない」

そんな言葉に苦笑しかけた敷島は、桐子の目を見て言葉につまった。その目にはうっすら涙が浮かんでいる。桐子にとっては笑いごとではないのである。

「空汰も怒ってたよ。お父ちゃん、全然帰ってこないって」

「ごめん、桐子。最近ちょっと忙しくて……」

精一杯の笑顔で頭を撫でてから、ゆっくりと抱き上げれば、不思議なほど大きくなったように感じられた。

「ちゃんと寝なさい。お父ちゃんもご飯を食べたらすぐ布団に行くから」

うん、とうなずいた桐子は少し首を傾けてから、

「お父ちゃん、コロナの患者さんを診てるの？」

突然の質問に、敷島は思わず息をのむ。

そばにいた美希が慌てて口を挟んだ。

「どうしたの、桐子。お父ちゃんはお腹《なか》のお医者さんなんだから、コロナなんて診るわけないじゃない」

声がかすかに上ずって、微妙な緊張感がにじんでいる。

「誰かになにか言われたのか？」

穏やかに問う敷島に、桐子はまだ眠そうな目のまま首を傾げつつ、

「昨日エリちゃんに聞かれたの。桐子のパパはコロナのお医者さんじゃないのって」

エリちゃんというのは、桐子がよく遊んでいる近所の同級生だ。

敷島が信濃山病院の医師であることは、近所にも知っている人は多い。どういう経緯なのかは測りようがないが、その事実とコロナ診療の噂とをつなげた保護者がいるのであろう。

何か言おうとした美希を片手で制して、敷島は穏やかに答えた。

「お母ちゃんの言うとおり、コロナの患者さんなんて診てないよ。お父ちゃんは肺炎なんて、とても怖くて診れないさ」

「そうなんだ」

こくりとうなずいた桐子は、ぎゅっと敷島の首にしがみついた。敷島はその温かな背中を優しく撫でながら、

「もう十一時だ。仕事が落ち着いたら、また遊べるようになるから」

うん、とうなずいた桐子は、しかしふいに語を継いだ。

「お父ちゃんはお医者さんでしょ。コロナの人、治してあげなくていいの？」

意外な問いであった。

戸惑う敷島に桐子は続ける。

「お父ちゃん、困ってる人がいたら助けてあげなさいっていつも桐子に言ってるでし

よ。お医者さんなのに、コロナの人、助けてあげなくていいの?」

胸の奥をとんと衝《つ》かれるような問いであった。

思わず言葉を失って、敷島は娘を見返していた。

桐子の目はまっすぐに見返している。まだ小学生だと思っていたその目は、しかしはっきりとした意志を持って、敷島の心の奥底まで見つめるようであった。責めるような鋭さはない。ただ、安易な嘘《うそ》やごまかしは通用しないということがわかる目だ。

敷島はしばし沈黙していたが、やがてゆっくりと桐子を床に下ろして、自分もそこに膝をついた。そのままの姿勢で、なおも少し考えてから、我が子に目線を合わせる。

「桐子は秘密が守れる子だよな?」

背後で美希が身じろぎする気配があったが、敷島は桐子から視線を動かさない。

桐子は、落ち着いた様子で大きくうなずいた。

「じゃあ、秘密を教えてあげよう。お父ちゃんは今日もコロナの患者さんを治療してきたばかりだ」

桐子の目が真ん丸に見開かれた。

「怖いか?」

桐子はすぐに首を左右に振る。

敷島は少しだけ笑って、

「お父ちゃんは少し怖い」

「怖いの？」

「怖いけど大丈夫。困っている人がいたら、ちゃんと助けてあげないといけないから」

桐子は今度は大きくうなずいた。

「だから帰りがどうしても遅くなるんだ。これからもしばらく続く」

「桐子は大丈夫だよ」

力強い返事であった。

「空汰とも遊んであげてくれるか？」

「うん、でも空汰には秘密にしとく」

「そうだな。頼むよ」

「うん」

怖い話を聞いたはずなのに、桐子は安心したように大きくうなずいた。それから美希のもとに駆け寄り、その手を引いて寝室に戻って行った。

これで良かったのか……。

一瞬そんな思いがよぎったとたん、桐子が廊下で振り返った。

「お父ちゃん、がんばってね」

迷いのない澄んだ声が響いた。

敷島は、ゆっくりとうなずいていた。

困惑顔で寄り添っている美希にもうなずき返し、寝室の戸が閉まるのを見送った。

二人の姿が見えなくなったあとも、敷島はしばしその場で立ち尽くしていた。


翌朝八時、信濃山病院の会議室に緊張感が満ちていた。

正面に座る三笠を囲むように、コの字形に、内科と外科の医師たちが集まっている。

基本的には前日と同じカンファレンスであったが、空気感はまったく異なるものであった。

三笠は、卓上で手を組み、目を閉じたまま動かない。

その姿そのものは普段と大きくは変わらないが、いつも大きな書類の束をかかえ、卓上にも積み上げていた三笠が、今日は何も携えず、机の上にも何も置かれてはいなかった。

「昨日の連絡会議の結果を伝えます」

三笠の抑揚のない声が響いた。

「昨日、地域の七病院の院長が集まって、今後のコロナ診療の在り方について検討した結果、筑摩野中央医療センターは十日後に感染症病床六床を開設します。原則すべてのコロナ患者はまず当院で受け入れるという体制は変わりませんが、重症化した症例については積極的に受け入れてくれるとのことです」

かすかに安堵《あんど》の空気が広がった。

つまり、二時間の患者搬送がなくなるということである。

「一方で、その他の五か所の総合病院については、引き続き一般診療に注力するという方針です。コロナ患者の入院はもとより、発熱外来も開設する予定はありません」

敷島には、ぴしりと空気にヒビが入る音が聞こえた気がした。

絶句というのであろうか。その場にいた三笠以外の医師全員が、声もなく、凍りついたように動きを止めていた。

『一般診療に注力する』

わかりにくい言い方をしているが、要するにコロナ診療を行わないという宣言にほかならない。

「これを受けて、保健所から正式に当院の十六床への増床が要請されました。本日何例が陽性になるかわかりませんが、それをすべて当院一か所で受け入れてほしいとの要請です」

「ひとつ確認してもよろしいでしょうか」

口を開いたのは千歳である。

口調は普段と変わらなかったが、その目は射貫《いぬ》くような光を放っていた。

「筑摩野中央医療センター以外は、今後も、コロナ患者を受け入れるつもりはないということですか？」

「残念ですが、その通りです」

「海外ではすさまじい勢いで感染が広がっています。普通に考えれば日本もいずれ同じ状態に陥るでしょう。当院が十六床に増やしたからといって安心できる問題ではないように思います。当院が今しばらく支えるのは良いとして、この期間のうちに、二床でも四床でも、感染症病床を開いて、パンデミックへ備えるべきではありませんか」

「その点については、私から直接伝えました。しかし連絡会議では、さらに感染が拡大した場合、当院の一病棟を、まるごとコロナ専用に切り替える三十六床案まで提出されました」

「さん……？」

どんな困難な症例を前にしても、臆せずメスをふるってきた歴戦の外科医が言葉を失っていた。

三笠は、卓上で組んでいた手をそっと動かして組み替えた。

「三十六床を準備し、それでも対応しきれなくなったときに、周辺医療機関が動き出すという案です。驚くべきことですが、当院全体をコロナ専用に変えればよいという案まで出されました」

ガタンと音がしたのは、春日が驚きのあまりに立ち上がったからだ。

「コロナ専用病院？　なにかの冗談ですか？」

「冗談ではなくそういう案を出す医師が本当にいるのです」

「一般の患者さんたちはどうなるんです？　入院患者だけじゃありません。外来にだって、透析の人や、がんで通院している人や、往診の患者だっているんです」

「何も考えていないのです。つまり真面目に相手にするような案ではありません」

春日が口をつぐんだのは、納得したからではもちろんない。三笠の目が、異様な光を放っていたからだ。

「重要なことは、その妄想のような提案に、いちいち反論することではありません。地域全体の医療を話し合う大切な場で、そういう異常な提案がなされるということ自体、ほとんどの医療者がいまだにコロナを対岸の火事だと思っているということの表れなのです。誰もが現実から目を逸《そ》らし、思考が停止したままなのです。南郷院長も私もこのままでは確実に後手に回るということを繰り返し説明しましたが、他の病院長たちの理解を得ることはできませんでした。役割分担という標語のもとに、見て見ぬふりをしていれば、いずれコロナはおさまって逃げ切れると本気で考えているのです」

卓上で柔らかく組まれていた三笠の手が、いつのまにか拳《こぶし》を形作っていた。

その右の拳がかすかに震えていることに、三笠自身が気づいたように言葉を切った。三笠は自らの震える拳を目の高さまでそっと持ち上げた。直後に、どん、と重い衝撃が響き渡ったのは、その拳が卓上に叩きつけられたからだ。

音羽や春日は思わずびくっと肩をふるわせていた。

鈍い残響が散っていく中で、三笠は表情を微塵も変えずに続けた。

「驚くべきことに彼らは、クラスターや感染爆発といった世界各地で起きていることが、自分の住んでいる町では起こらないと思っているのです」

卓上を殴りつけた拳はもはや震えていなかった。

「残念だと、言うしかない」

寛容と忍耐の代名詞のような三笠が、その限界を超えたようであった。

昨夜の会議で三笠はおそらく、想定をはるかに超える冷ややかな壁に直面したにちがいない。

『沈黙の壁』を、三笠は越えられなかったのだ。

「今日の夜までにPCRの結果が出てきます。これを受けて、明日から当院は十六床となります」

宣告するような冷然たる声が響いた。

「本日中に急性期病棟の患者の一部を他病棟に移動させ、レッドゾーンを拡張します。このあと院長と看護部長が、急遽《きゆうきよ》看護師たちへの説明を行う方針ですが、患者の移動にあたっては主治医の先生方にも協力をお願いしたい」

「ちょっと待ってもらえませんかねぇ、三笠先生」

真っ先に口を開いたのは、日進だった。

その口元に浮かんでいたのは浮薄な笑みではなく、凄絶《せいぜつ》な冷笑であった。

「なにかの冗談ですか？」

暗い湿気を帯びた声が響く。

「ここまでコケにされて、それでも命を張って前に進もうとするってのは、正気の沙汰じゃありません。我々はもとより看護師たちだって納得しないでしょうよ。それでも増床を受け入れようっていう先生の決断の理由はなんですか？　病院の体面ですか。内科部長の体裁ですか。ただ単に退《ひ》くに退けなくなっているだけですか。返答によっては、私はここを出て行きますよ」

滔々と問いかける日進の額には、大粒の汗が浮かんでいた。

大きな声ではなかったが、血のにじむような叫び声が、そこには含まれていた。

愚痴をこぼし、皮肉をばらまきながらも、もっとも初期からコロナ診療を支えてきたのが日進なのである。

「私もお聞きしたいと思います」

告げたのは春日だ。

席を立ったまま、ずり落ちかけた黒縁眼鏡をそのままにして続ける。

「今だけがんばれと言われれば、まだ了解できます。あと一週間がんばれば、医療センターがくわわり、二週間待てば女鳥羽川総合病院がくわわり、三週間すぎれば大学病院も準備が整うというのであれば、歯を食いしばって耐えます。けれども準備を進めているのは医療センターだけで、患者が増えたら、あとは病床を増やしてもっとがんばれというのです。この状況で、それでも十六床を受け入れる先生の気持ちはどこにあるんですか？」

三笠はすぐには答えなかった。

ただその目は何もない中空をじっと見つめていた。

朝八時、窓の外には往来があり、病院の入り口には多くの外来患者が来院し始めている時間だが、不思議なほどの静寂が広がっていた。まるで病院全体が、会議の成り行きを息をのんで見守っているかのようであった。

「信念や哲学などという立派なものは私にはありません」

三笠のそんな言葉が聞こえた。

「ただ」とつぶやいて目を細める。

「病める人がいるのなら、我々は断るべきではない。たったそれだけのことかもしれません」

今の空気に不似合いなほど、素朴な語り口であった。

「私は結局、四十年以上前に医師を目指した無邪気な少年が、そのままここに来てしまったような人間です。当時は今よりもっとこの土地には医師が少なかった。風邪を引いても、お腹を病んでも、診察を受けるためには何キロも離れた土地まで病院を訪ねていくしかなかった。医療が間に合わなくて亡くなった人はたくさんいたでしょう。そういう場所で多くの患者を受け入れられる医師でありたいというのが、私の思いであったのです。それが虫垂炎《ちゅうすいえん》であっても、インフルエンザであっても、たとえ……コロナであっても」

三笠は自分の拳に視線を落としてつぶやくように言った。

「そういう意味では、私は内科部長の器ではないのかもしれませんね」

再び静寂が舞い降りていた。

誰も何も語らなかった。

ゆったりと窓から朝日が差し込み始めていたが、その光が太陽の動きに従って、ゆっくり窓際に引いていくのさえ感じられるほど、静かな時の流れがあった。

千歳は腕を組んで動かず、日進は額の汗も拭かずに眼前を睨みつけている。

目を閉じて微動だにしない富士のそばでは、春日がおもむろに黒縁眼鏡を手に取ってぬぐっている。龍田は険しい顔で首を傾け、音羽は視線を落として考え込んでいる。

敷島にもむろん、結論などありはしない。

何が正しいかなどわからない。

命がけでなんとか支えてきた六床が、にわかに十六床という数字に置き換わるのだとすれば、その未来を現実感をもって理解することは難しい。暗然たる闇だけが広がっている。

ただ、その暗闇の中でも、三笠が語った言葉が、淡く暖かな光を放っているように思えた。それは、一見、無垢《むく》なヒロイズムや清浄な自己犠牲の精神のような近寄りがたい風貌を持っているが、実はそうではない。そういう、ともすれば現実から遊離しがちな高尚な価値観とは一線を画する、もっとはるかに切実な態度である。

それが敷島にはおぼろげながらわかる。

だからこそ、その淡く輝く光を掬《すく》い上げるように、敷島は口を開いていた。

「リウーという医師を知っていますか？」

ずいぶんと唐突な言葉がこぼれ出ていた。

敷島自身にも自覚はあったが、それが、伝えるための一歩であった。

千歳も日進も、怪訝《けげん》な顔で振り返った。

「ベルナール・リウー。カミュの『ペスト』に出てくる医師の名前です」

『ペスト』は、医師であれば一度は読んだことのある物語であろう。

平穏な一都市に、突然恐るべき感染症であるペストが襲来する。多くの人が事態の深刻さを理解するより早く、この恐るべき感染症は町全体をおおい、次々と命をのみ込んでいく。

町の人々を根こそぎ薙《な》ぎ倒すように広がっていくペストのために、都市は恐慌状態に陥るが、そのパニックの中で、医師リウーは黙々と患者のもとに足を運ぶことになる。

「リウーは特別な力をもった人物ではありません。平凡な市井の一内科医です。しかし彼は、治療法がないにもかかわらず、そして命の危険があるにもかかわらず、ペストにかかった患者のもとに、淡々と足を運びます」

「だから我々も診療を続けるべきだ、という論法だとすれば、説得力があるとは言い難いな」

口を開いたのは富士である。

白い眉の下で、糸のように細い目が光っていた。

「『ペスト』が優れた作品であるのは、感染症と戦った人々の勇気や行動力を讃《たた》えたからではない。人間の勇気や行動力など、なんの役にも立たない不条理で理不尽な世界を描いたからだよ」

寡黙な長老が珍しく、多くを語っていた。

「実際あの物語では、命がけで戦った医師は、多くのものを失うばかりで、何も報われることはない」

「確かにそうかもしれません」

敷島はゆっくりとうなずいた。

「けれども世界がどれほど理不尽でも、人間まで理不尽ではありません。現に、リウーは病人のもとに足を運び続けたのですから」

「それが医師のつとめだというのが、先生の哲学かね？」

富士の冷ややかな問いに、敷島は首を振って答えた。

「医師のつとめではありません。人間のつとめだと思うのです」

老医師の細い目が、かすかに見開かれた。

千歳も、日進ですらも、黙って耳を傾けていた。

「病気で苦しむ人々がいたとき、我々が手を差し伸べるのは、医師だからではありません。人間だからです。もちろん医師であればできることは多いでしょう。けれども治療法のない感染症が相手となれば、医学は役に立ちません。だからこそリウーは言ったのです。『これは誠実さの問題なのだ』と」

それがペストの町に踏みとどまった医師の答えであった。

様々な問いを投げかける知己に、リウーが与えた答えであった。

彼は続けて言う。

『こんな考え方はあるいは笑われるかもしれませんが、しかしペストと戦う唯一の方法は、誠実さということなのです』

本当に不思議な言葉だと、敷島も思う。

けれども死臭のただよう診察室で、穏やかにそう告げた医師の姿を、敷島はまるで実際にその目で見たかのように脳裏に描き出すことができる。

そして、そんなリウーの姿に通じるものを、三笠の言葉の中に感じ取るのである。

「致死率の高い危険な感染症を、専門家でもない我々が受け入れることは、危険なだけでなく、愚かなことかもしれません。もしかしたら、何年か経《た》ってこのパンデミックを振り返ったとき、多くの専門家たちが我々の行動を、無責任で、無謀で、未熟なヒロイズムだとあざ笑う日が来るかもしれません。けれども日本中の医師たちが、この『正しい理屈』にそって行動したなら、誰が今、病んで苦しんでいるコロナの患者さんを診るのですか」

肺炎が治ったあとも、何日も隔離されたまま黙ってPCR検査を受け続けていた江田富江が思い出された。

海外旅行で感染し、過酷な環境に追い込まれ、外来で泣いていた患者もいた。「助けてくださいよ」と必死の形相《ぎょうそう》で大庭が訴えていたのは、ほんの二週間前のことだ。

敷島は少しだけ言葉を切ってから、静かに続けた。

「我々は踏みとどまるべきだと思います。なぜかと問われれば答えます。医師だからではありません。人間だからです」

――コロナの人、治してあげなくていいの？

心の奥底で、桐子のそんな声が重なって聞こえた。

――困っている人がいれば手を差し伸べなさい。

それは、敷島がいつも桐子と空汰に告げている言葉だ。医師の心構えを教えているわけではない。当たり前の、人としてのあり方を教えてきたつもりであった。当たり前のその事柄が、しかしコロナという異常な世界の中で、いつのまにか当たり前でなくなっていた。そのことを気づかせてくれたのが桐子であった。

――治してあげなくていいの？

桐子のまっすぐな声が胸の奥に響く。

いいわけがない。

病んでいる人がいるというのに、受け入れる先がない。そんな状況を見過ごしていいわけがない。

「十六床、いってみませんか？」

敷島の落ち着いた声が響いた。

声が消えていったあとも、しばし返事はなかった。

誰も動かなかった。

窓の外から風に乗って、かすかに鉄道の踏切の音がこだまし、また窓の外に遠ざかっていく。静まり返った会議室の中で、その音の響きだけが、時が流れていることを教えてくれていた。

どれほど長い沈黙が続いたかはわからない。

最初に動いたのは禿頭の老医師であった。

「我々は、捨て駒になるかもしれませんな」

つるりと頭頂部を撫でながら、富士は淡々と告げる。

「今のところヨーロッパにおけるコロナの死亡率は一割強。だとすれば、我々のうちのひとりくらいは死ぬかもしれない。身近なところで犠牲者が出れば、さすがに周りの病院も動いてくれるでしょうから、そういう意味では……」

ゆっくりと立ち上がりながら、

「意義のある捨て駒だ」

さらりとそう告げて会議室を出て行った。

わかりにくい言葉であったが、まぎれもなく十六床への一歩であった。

富士の去った会議室は、たちまち静寂に沈む。その静けさの中で、今度は大きなため息が聞こえた。

「医学は科学ですよ。気持ちとか気合で支えられるものじゃない」

吐き捨てるように言ったのは、春日である。

「それなのにまったく……」

黒縁眼鏡を持ち上げながら、春日は敷島に目を向けた。

「言っておきますが、敷島先生。僕は『誠実さ』というものはよくわかりません。ただ、先生方が間違っているとも思えない。ただそれだけです」

乱暴に立ち上がりながら、三笠を顧みた。

「三十六床だけは絶対阻止してください」

それだけ言って、怒ったように春日は出て行った。

意外な展開になっている。

一瞬、奇妙な空白を置いてから、龍田が、「マジかぁ」と大きな声を響かせた。

「春日先生が折れるとは思わなかった。絶対反対すると思ったのになぁ」

「そうですか？　私は春日先生、反対しないって思ってましたよ」

隣の音羽がゆったりと笑っている。

「なんとなく、春日先生らしいって気がします」

「呑気《のんき》な顔してるけどさあ、音羽先生だって思うことがあるなら絶対言っておいた方がいいぞ。この病院の先生たち、わかりにくいんだけど、根っこはびっくりするくらい優しい人が多いからさぁ」

ほかにも上司たちがいる前で、龍田があっけらかんと言っている。そうやって口に出すことで、自分もまた納得しようとしているのかもしれない。龍田の家庭にも、生まれたばかりの赤ちゃんがいるのである。

「私は別にかまいませんよ」

音羽はそっと椅子から立ち上がると、三笠に向かって丁寧に頭を下げた。

「三笠先生、私も大丈夫です。先生方の決定に従います」

慌てたのは龍田の方だ。

「そんなんでいいのか？」

「私は最初から、反対なんてしていませんよ。龍田先生こそどうなんですか？」

「俺？　俺はそんなに頭良くないからさ。千歳先生にやれって言われたことをやるだけだよ」

「じゃあ、私とそんなに変わらないじゃないですか」

「まあそりゃそうかもしれないけどさ」

若手二人の明るい声が往来する。

やがて龍田も立ち上がり、「じゃ、決まったら教えてください」と告げて立ち去っていった。

内科と外科が勢ぞろいしていた会議室からは次々と人が去り、いつのまにか三笠のほか、日進、敷島、千歳の四人が残るのみとなっていた。

ふいに戻ってきた静けさののち、

「懐かしいメンバーに戻りましたね」

微笑とともにつぶやいたのは千歳である。

千歳自身は少し遅れてくわわったとはいえ、この四人は初期のコロナ診療チームであった。

四人が内科外来の第一診察室に集まっていたのは、ほんの一か月前のことだが、ずいぶん昔のことのように感じられる。

「しかし十六床ですか、本当に支え切れるものなのか……」

腕を組んだ千歳が隣席に目を向ければ、日進はぐったりと椅子に身を預け、口を半開きにして天井を見上げている。

「どう思いますか、日進先生」

「どうもこうも……」

応じる日進は、くしゃくしゃと頭を掻き回して、

「当院はいつからウイルスと戦うのに、抗ウイルス薬でもワクチンでもなく『誠実さ』などという魔法のような道具を使うようになったんですか」

「ワクチンがあれば使うのでしょうが、残念ながら、ワクチンどころかマスクや防護服も底をつきかけていますからね。使えるものがほかにない」

千歳の言葉に、敷島も思わず微笑した。

「しかし気合だけで乗り切ろうとすれば、無謀な精神論に陥るだけでしょう。ただ進めばよいというものではないことも確かだ」

千歳の指摘はさすがに冷静で的確だ。

敷島はうなずいて応じる。

「今は時間を稼ぐことが重要だと思います。朝日先生が言うには治療薬やワクチンについてかなり現実的なプランが海外で動いているという話です。今はとにかく、誰かが最前線を支えて、イタリアのような医療崩壊だけは回避しなければいけません」

「なるほど、時間を稼ぐことにたしかに意味はある」

「しかし本当に、周りが動いてくれるときは来ますかねぇ。『沈黙の壁』はそうとう分厚いですよ」

日進の皮肉な視線を受けて、敷島は笑い返した。

「動いてほしいと思っています。しかしおそらく、周りが動くか動かないかで、我々の判断は変わらないのかもしれません」

「また先生は身もふたもないことを……」

日進は呆れ顔だ。

千歳が顎を撫でながら、日進に微笑を向けた。

「どうしますか、日進先生、逃げ出しますか？」

「逃げ出せるわけないでしょうに、この状況で」

日進は首を左右に振りながら、「しかしね」と続けた。

「『ペストと戦う唯一の方法は誠実さ』。結構なことですが、カミュもまだまだ若い。

先生方はもうひとつ重要な方法を忘れてはいけません」

「なんですか、ぜひ聞かせてください」

「ユーモアという方法です」

ぬっと太い人差し指を立てて日進が告げた。

「ユーモアというのは、一種の鎮痛薬でしてねえ。病気を治してくれるわけじゃありませんが、パニックを回避して、物事と冷静に向き合う時間を与えてくれるんです。私は誠実さとはあまり縁がありません。こちらの方を担当させてもらいますよ」

「なるほど、心強い限りです」と笑った千歳は、視線を三笠の方に転じた。

「結論は出たようです、三笠先生……」

そう告げた千歳が、ふいに口をつぐんだ。

敷島も視線を向けて軽く目を見張った。

三笠はいつものように卓上で手を組んで座っていた。先ほど目を閉じてから身じろぎもせず、なにも変わった様子は見えなかった。ただ差し込み始めた朝日の中で泰然として座する三笠が、なぜか泣いているように見えたのだ。

静寂の中、千歳が少し声音を落として告げた。

「三笠先生、ひとつだけ忘れないでいただきたい」

一度言葉を切ってから、すぐに続けた。

「私は先生が内科部長だからこそ、コロナチームに身を投じたのです。そういう医師は私だけではないと思いますよ」

三笠は静かに目を開けた。

そうして三人の医師を見渡してから、ゆっくりとうなずいた。

それだけであった。

それだけで十分であった。

その日、信濃山病院の感染症病床は六床から十六床に増床が決まった。


四月八日、十六床に病床が拡張された日の夜、柳川一家の検査結果から五人全員の陽性が確認された。入院患者は一気に八名となり、一般患者を他の病棟に移動させて無理やり拡張した感染症病棟が、かろうじて間に合った形となった。

入院した柳川一家六名のうち、三名が肺炎像を認め、アビガンの投与が開始になったが、残り三名はわずかな微熱を認めるのみで、増床したばかりの病床は、かろうじて持ちこたえることができていた。

そうした経過の中でも、四月十一日、全国の一日あたりの感染者が七百二十人を数え、死亡者も十人に達した。いずれも記録を更新した形であり、これを受けて四月十六日に緊急事態宣言の対象地域が全国に拡大されることになる。長野県もまた緊急事態宣言下に置かれたのである。

十六日の早朝、敷島の視界は、静寂にしずんでいた。

一週間前に都市圏に宣言が出されたときとは明らかに異なる大きな変化であった。通勤路からは歩行者も自動車も消えて、まるで写真か風景画のように景色が止まって見えた。信号だけがときどき思い出したように明滅し、シャッターの下りた商店の前には置き忘れられた幟《のぼり》が、気まぐれのように春風にゆらいでいた。

「本当に静かなものですね」

人通りの絶えた病院正面の県道を見つめながら、三笠がつぶやくように告げた。

横に立っていた敷島は、朝日に目を細めながらうなずいた。うなずきながら、見上げた先は、病院の入り口の大きな桜の木である。遅咲きの大木が今を盛りと花開いて、まぶしいほどに艶やかだ。

二人が立っているのは、病院の正面玄関前である。

そこからはちょうど駐車場の入り口に立つ桜の大木が見える。いつもなら、桜の木の下で写真をとる来院者の姿も見える時期だが、今は緊急事態宣言が出ている。往来を行きかう人影はひとつもなく、車さえ見えない。はるか向こうに見える信号機が、ときどき赤や青に色を変えているのが、かえって奇妙に見えるくらいだ。

そんな静まり返った世界の中で、敷島と三笠は、ともに真っ白な防護服に身を包んで立っていた。今はまだ首から上は防護服から出し、不織布マスクをつけているだけだが、人気《ひとけ》のない病院正面に二人の防護服が並んでいるのはなかなか異様である。

「出勤したばかりの早朝からすみませんね、敷島先生」

三笠の言葉に、敷島は穏やかに応じる。

「この時期に、高熱患者が救急車で来ると聞けば、仕方がありません。ひとりでも医師の手が多い方がよいでしょう。むしろ当直明けなのに先生こそお疲れ様です」

笑って顧みた敷島の視界の向こうには、救急口の脇に臨時で設営された大きな白いテントが見える。

通常、発熱患者は病院裏口の発熱外来で診察するのだが、救急車を直接受け入れる設備はまだ整備されていない。ゆえに病院正面玄関の脇に臨時テントを立てて、そこで対応する流れになっているのだ。

テントの中では同じく防護服の看護師が、酸素ボンベや点滴などの準備をしているところである。

「名古屋からの出張帰りの患者だと聞きましたが」

「三日ほど名古屋、静岡と移動歴がある五十代の男性です。救急車からの一報では、いくらか酸素濃度が低めだということです」

「怪しいですね」

むろんコロナが、である。

「もしコロナなら、入院患者が九名になります。十六のベッドで足りるのか、微妙になってきましたね」

三笠が小さくうなずく。

「都心部における感染者の数は先週末をピークに、わずかながら減ってきています。緊急事態宣言はたしかに効果があるのでしょう。南郷院長も言っていましたが、今がふんばりどきなのでしょうね」

敷島は桜を見つめたままうなずいた。

緊急事態宣言の発出後ゆるやかではあるが、たしかに感染者数が減少に転じ始めている。それ自体は喜ばしいことだが、感染者の減少がただちに入院患者の減少につながるわけではない。いったん入院した患者がすぐには退院できない以上、病棟の負担は確実に増加していく。少しずつでも感染者が増えれば、十六床の壁を突破される可能性さえある。

〝まだ予断は許さない状況だよ〟

昨夜数日ぶりに電話をしてきた朝日も、そんな言葉を口にしていた。

〝ロックダウンを敢行したイタリアやイギリス、フランスでも、感染者の数は確かに減少してきている。だから人の流れを抑えるという意味では、日本の緊急事態宣言も有効なのだろう〟

しかし、とひと声入れてから、朝日が鋭く告げた。

〝死者はあとから増えてくる〟

厳しい指摘であった。

〝ロンドンからの速報だが、今週イギリスでは感染者が十万人を超えた。その時点での死者は、すでに一万五千人を超えているそうだ〟

つまり死亡率十五パーセント……。

寒気《さむけ》を覚えるような数値が弾《はじ》き出されてくる。

〝フランスでも概算で死亡率十五パーセント前後が出ている。どこまで正確なデータかはわからんが、コロナは今のところ、七人にひとりが死ぬらしい。笑える話だな〟

「全然笑えませんよ」

〝そうだった。笑うしかないだけなんだ〟

コロナ受け入れ開始を数日後に控えて、必死の準備が続いているのだろう。朝日の声には隠せない疲労の色がにじんでいた。

幸いなことに今のところ日本国内における死亡率は十パーセントどころか五パーセントにも達していない。この差が何を意味するのかはわからないが、油断してよい要因でないことは確かだろう。

「救急車、あと五分ほどで到着だそうです」

ふいに聞こえた看護師の声に、敷島は記憶の中から呼び起こされた。と同時に、風を受けて巨木がさざ波のように揺れ、わずかに遅れて淡い桜色の風になる。風はにわかに向きを転じ、桜色は光の加減か、たちまちにして濃淡を変えていく。

夕日の空にも劣らぬ贅《ぜい》をつくした色の乱舞だ。

「誠実さの問題、ですか……」

唐突なそんな言葉に、敷島は内科部長を顧みた。

白髪の内科医が、柔らかな微笑を浮かべていた。

「ペストの話には驚きましたよ。いまどき、人を説得するのに文学を持ち出してくるなんて、先生らしい」

「私はただ先生の言葉を言い換えただけだと思います」

　敷島は言葉を選ぶように、ゆっくりと続ける。

「この未曽有《みぞう》の感染症の中で、私はなにが正しい選択なのか、まったく答えを見つけられずにいます。行く当てのない患者を拒否したくはありませんが、すべてを受け入れるべきかといえば、そんな単純な問題でもない。しかし少なくとも先生は、きっといつでも町に残ることを選ぶのでしょう。相手がペストでもコロナでも」

「私はね、敷島先生」

　三笠はまぶしげに桜を眺めつつ、語を継いだ。

「あまり立派なことを考えて行動しているわけではありません。使命感とか責任感とかもそれほど意識しているわけではありません。ただ私は、ペストが蔓延《まんえん》したときに、医師も牧師もみんな町から逃げ出してしまっては、あまりに美しくないと思っているだけなのです」

　三笠が浮かべた微笑は明るいものであった。

　そして美しいものであった。

　そういうことなのだ、と敷島は改めて思う。

言葉を並べれば大仰《おおぎょう》になってしまう。

人によって立場や哲学が異なる以上、何が正しいかと問えば、答えはばらばらになってしまう。けれども何が美しいかと問えば、存外に人の意見は分かれない。

多くの人が桜を愛するのは、桜が正しいからではない。美しいからであろう。

そして、病者のためにペストの町に踏みとどまる者が幾人かでもいたならば、それもまた美しい景色ではないかと思うのである。

再び風が舞い、桜の花が舞っていく向こうから、かすかに救急車の音が聞こえてきた。世界が静かなだけに、サイレンがよく響く。

「すっかり暖かくなりましたね」

三笠はN95マスクをつけ、防護服のフードをあげ、頭からかぶる。

敷島もすっぽりと防護服に身を包みつつ、春の空を見上げる。

「明日の午後には雨だそうです。今日が見納めかもしれません」

そんな言葉に、三笠が小さくうなずいたところで、桜の木の下に白い救急車の車体が姿を現した。遠目にも運転席の救急隊員が防護服姿であるのが見える。

テントから看護師も駆け出してきた。

「はじめましょうか」

三笠が告げて、頭からフェイスシールドを装着した。

桜の花が舞う下を、敷島もゆっくりと足を踏み出した。


　こののち信濃山病院では、さらに一名の感染者が確認され入院となったが、その後、ゆるやかに感染の波は遠のき、しばしの静寂が訪れた。

　全国に拡大した緊急事態宣言がすべて解除されたのは、約一か月後の五月二十五日である。後にコロナウイルス第一波と呼称されることになるこの期間に、確認された国内の感染者はおよそ一万六千名、死者は八百名を超える。

　信濃山病院が第一波で受け入れたコロナ確定患者は、クルーズ船の患者を含めて十三名。疑似症病棟に入院した患者の数は、五十名に及ぶ。

　重症化のため搬送となった二名を含め、死者は認めていない。

エピローグ

令和四年五月四日の発熱外来は、日暮れまで患者が途切れることがなかった。

連休さなかの好天の外来に、一日で約五十名が来院し、日進と敷島は、ときに並列で、ときに交代で外来に対応してなんとか無事に乗り越えた。患者の三分の一に当たる十五名が小児であったため、小児科医の常盤もほとんど休み時間はなかった様子だ。

五十名のうち、入院になったのは二名。いずれもその日判明した高齢者施設でのクラスター患者である。二人とも九十歳を超えており、酸素状態も不安定であるため入院で対応となったが、車椅子に座った患者の方は症状があるわけではなく、画像上も肺炎はない。酸素の数値が悪いのも、コロナの影響というより、もともとの年齢に伴うものの印象だが、帰宅させるわけにもいかず入院で経過を見る方針となったのだ。

病棟から患者を迎えに来た看護師の赤坂が、

「寝たきりになる前に退院できるといいですね」

と告げれば、横にいた日進が、

「心配いりませんよ。もともと半分寝たきりみたいな患者ですから」

と相変わらずの応答を返していた。

結局入院の手配を済ませ、外来患者の対応も終わったのは、夜の七時に近い時間であった。

五月であるから西の空にはまだ夕焼けの名残《なご》りがあるが、東の山の端は夜の領分に入りつつある。

敷島は、医局の窓から、柔らかな茜《あかね》に染まった空を眺めつつ、スマートフォンを握っていた。

「そうだよ。今日はもう少し遅くなる」

そんな敷島の声に、〝えーっ〟と向こうから遠慮のない抗議の声が返ってくる。

〝お父ちゃん、昨日も帰り遅かったじゃん！〟

小学生の息子、空汰の声だ。

妻の美希に帰宅が少し遅くなると連絡しただけなのだが、途中で空汰が飛び込んできた。携帯電話にしがみついている様子が目に浮かぶ。

〝いま連休なんだよ。全然お休みになってないよ。いっぱいサッカーするって言ってたのに……〟

「明日は時間がとれるはずだよ。今日は思っていたよりたくさん患者さんが来たんだ」

〝またコロナ？　もういいじゃん。ほかのお医者さんに任せて帰ろうよ！〟

開けっ広げなその反応に、敷島は図らずも声を上げて笑ってしまう。

昔はコロナという言葉を家庭内で口にすることさえできなかった。こうして当たり前のように口に出して話せるという事実が、それだけで笑みを誘うのである。

〝だって、もう夜の時間なんでしょ。お医者さん交代でしょ？〟

「そうなんだが、まだこれから片付けないといけない仕事が山積みなんだよ」

小学生の子どもに説明するのは難しい。

たしかに日中の外来業務は終わったが、それで仕事が片付いたわけではない。日中に敷島が診察した患者は二十名あまり。全員にコロナ抗原定量検査を施行しており、その結果をこれから電話で連絡しなければいけない。

ひとりずつ電話するだけでも大変だが、そのうちの四割がコロナ陽性の結果になっている。陰性であれば陰性なりの注意事項があるが、陽性であれば、療養か再診かの判断を含めた今後の方針に関する説明が必要になる。

それらの電話が終わったあとは、保健所に届けるための発生届の書類も記載しなければいけない。たいした書類ではないものの、十名近い陽性者がいれば、すぐに片付くものではない。

〝お父ちゃん〟とふいに電話の向こうの声が、空汰から変わった。空汰より一歳上の桐子の声だ。

〝明日って何の日か知ってる？〟

「明日？」

〝こどもの日でしょ〟

なるほど、と敷島はうなずく。

〝こどもの日ってね、こどものためにいっぱい遊んであげる日なんだよ〟

小学校も高学年になった桐子は、最近急に背が伸びている。

泣き虫で、奔放で、明るくて、何事にも真剣なこの娘は、父親の目にも不思議な感性を持っているように見える。妻の美希に言わせれば、父親によく似ているということになるらしいが、敷島自身にはよくわからない。ただ桐子の真剣さに、敷島はときどき大切なことを気づかされることがある。

いずれにしても、最近では大声で泣くことはさすがに少なくなったが、その分、口の方は達者になってきた。

〝いい？　お父ちゃん。こどもの日だよ、明日は〟

「了解した。明日は子どものためにいっぱい遊んであげる日だね」

〝そーゆーこと！〟

とにかくがんばって早く帰ると説明して、敷島はスマートフォンを置いた。

一息ついて窓外に目を向ければ、先ほどまで赤がきわだっていた西の空は、わずかな時間に、涼しげな青を加えつつある。朱色から藍色へとゆるやかに転じる美しいグラデーションだ。

日本語の中では赤に関する表現がもっとも多彩だと、敷島は何かの本で読んだことがある。

石竹色《せきちく》、今様色《いまよう》、鴇色《とき》に蘇芳色《すおう》……。

かなたの空は何色というのがいいのか、と妙なことに連想が飛ぶのは、疲労とともに一仕事を終えた安堵《あんど》があるからだろう。

さて、電話仕事に取りかかろうかと身を起こしたところで、卓上のＰＨＳが鳴り響いた。

〝日直終わりにすみませんね、敷島先生〟

PHSの向こうから聞こえたのは、外科の千歳の声である。千歳は今日の当直であったはずだと気づいたところで、敷島は直感した。

「なにか急患ですか？」

〝申し訳ない。八十歳の腸閉塞《ちょうへいそく》が来ていましてね。今CTを撮ったところですが、おそらくS状結腸の大腸がんイレウスです〟

敷島は思わず目を閉じていた。

大腸がんイレウス。つまり大腸にできたがんによって、腸閉塞を起こしている状態だ。端的に言って、危険な病態である。

頭の中はすっかりコロナ診療に切り替わっているのだが、敷島は消化器内科医でもある。千歳の告げた情報はわずかだが、求められている処置は明らかだ。

頭上から覆いかぶさって来る大きな虚脱感と疲労感を押し返すように、敷島は口を開いた。

「緊急で大腸ステントですね？」

〝できればお願いしたい。ステントが入らないようならこのまま開腹に行きますが、そうなると人工肛門《こうもん》が必須になりますから〟

緊急の『内視鏡的大腸ステント留置術』は、がんで閉塞している大腸に、内視鏡でステントを入れ、閉塞を解除してくる処置のことだ。簡単な処置ではない。おまけに患者は全身状態が悪いことが多いため、リスクも大きい。しかしステントがうまく入れば、緊急手術が回避できるし、後日、改めて手術ができるなら人工肛門を回避できることも多い。

要するに、危険な処置だが、成功したときの効果は大きい。

「怒るかな、桐子は……」

〝何か言いましたか？〟

「いえ、なんでもありません。画像を確認して、すぐスタッフを集めますから一時間後で良いですか？」

〝助かります。穴が開いても、急変しても、あとは外科で処置しますから、存分にお願いします〟

口調は穏やかだが、発言内容はなかなか過激だ。

こういうところは、いかにも外科医といったところであろう。内視鏡医の敷島にとっては心強いことこの上ない。だからこそ敷島も笑って応じる。

「穴は開けませんよ。手術の予定は、全身状態が落ち着いた来週以降にしておいてください」

〝そうでしたね。先生にお願いしておきながら、失礼した。ではまたのちほど〟

そんな言葉とともにPHSは切れた。

ゆるみかけた気持ちを引き締めなおすように、敷島は大きく深呼吸をひとつした。

コロナ診療をやっているからといって、ほかの患者を後回しにしていいわけではない。

コロナ患者を受け入れながら、一般の消化器内科の患者にも対応する。それが敷島の仕事である。いや、医師の仕事であると言っていい。

専門領域には最高のパフォーマンスで応えながら、専門外に対しても最善のゴールを目指す。ときと場合によってそうするのではない。でき得る限り、力を尽くすのである。

それを教えてくれたのは、敷島の周りにいる人々であった。

外科の千歳も、肝臓内科の日進もそうであり、内科部長の三笠も、院長の南郷も同様であった。のみならず、看護師の四藤や赤坂も、その他、多くの事務職のスタッフや、電話の向こうで働く保健所の職員たちもまた、行動をもって示してきた。

そして誰よりも、桐子が教えてくれたことだ。

――コロナの人、助けてあげなくていいの？

あの二年前の夜、小さな娘がまっすぐな瞳を向けてそう問うたことを敷島は今も鮮明に覚えている。

過酷な現実を前に立ちすくみ、ともすれば目を逸《そ》らそうとしていた敷島の心を、静かに貫いた言葉であった。今も疲れ切って体が動かなくなりそうなときに、敷島は自分にその言葉を問いかける。

答えは明らかだ。

いいわけがない。

コロナの患者であっても、コロナ以外の患者であっても、答えは同じである。

敷島は白衣のポケットからＰＨＳを取り出して、事務当直の番号を押した。

「内科の敷島です。緊急内視鏡のスタッフを招集してください。一時間後です」

ＰＨＳを切った敷島は、ゆっくりと立ち上がる。

窓の外に目を向ければ、美ヶ原の空はもう、深みのある濃紺に移ろいつつある。天気予報は曇りと言っていたが、この空であれば、明日のこどもの日は好天であるかもしれない。

敷島はわずかに目を細めてから、背もたれに投げ出していた白衣を手に取って腕を通した。

そうして確かな足取りで、再び歩き出した。

あとがき

夏川草介

「少しでも世の中が良くなるように」

そんな一文を、私は本書の姉妹作である『臨床の砦《とりで》』文庫版のあとがきに記した。今から二年前の二〇二二年のことである。

それからわずかな歳月を畳んだだけだが、時代の変化は目まぐるしい。二年前の想定や思惑など一切を振り捨てて、時代だけが全力疾走を続けているかのようだ。新型コロナウイルスを取り巻く状況に限らない。為替《かわせ》相場から国際情勢、環境問題に至るまで、すべてが凄《すさ》まじい勢いで移り変わり、何が起こっているのかおぼろげながら理解したときには、すでに新しい事態が生じているといったことも珍しくない。しかも多くの事柄が、改善や前進といった表現とはほど遠く、未来に希望を見ることが難しい世界になりつつある。

それでも、いや、だからこそ、と言うべきか。私は本稿も姉妹作と同じ一文を掲げて始めることとした。

空元気ではない。存外に、私は希望を捨てていない。

コロナ第一波の絶望的な状況で、私は人間性への信頼を放棄したくなるような出来事をいくつも目にした。人の本性は、結局鬼か修羅なのかと悲鳴を上げたくなるような状況で、しかし私は、文字通り命がけで弱者に手を差し伸べ続ける少数の人々にも、確かに出会ったのである。前者ではなく、後者の景色《けしき》を書き留めておきたい。その思いが本書執筆の原動力となった。攻撃的な言動が当たり前のように飛び交うこの時代であればこそ、私が目にした風景には、大きな意味があるのではないか。そんな考えが私を捉えたのである。

本稿では、かかる経緯について、いくらかの補足とともに記してみようと思う。

なお、本書は単行本として刊行時『レッドゾーン』のタイトルを冠している。文庫化にあたって『命の砦』と改題したのは、本作が『臨床の砦』の姉妹作であり、砦シリーズとして、より明確になるよう配慮したためである。すでに『レッドゾーン』を読んでくださった方におかれては、重複に十分注意していただきたい。

本書『命の砦』は、コロナ第一波の医療現場を描いた作品である。

第一波到来は二〇二〇年二月であり、本稿の執筆が二〇二四年の五月であるから、そこに四年の月日が流れている。

冒頭にも述べたごとく二年で著しく変化する世界において、四年はもはや隔世の感がある。特に今回、あとがきを書くにあたって原稿を再読した私は、その精神面における距離感に、なかば呆然《ぼうぜん》とする思いであった。ここに描かれた恐怖、苛立《いらだ》ち、絶望感といったものに、それを記した私自身が実感を持つことが難しくなっているのである。

本書はあくまでフィクションであるが、しかし嘘《うそ》は記していない。現実生活を営む医療者、患者、関係者を守る目的で、事実と異なる設定を採用しているが、それでも私が実際に出会った景色を可能な範囲で忠実に描いた。それほど精緻に記したはずの本書を、書いた本人が読んで当惑している。当時の異常性が、一層際立つ思いである。

二〇二四年現在、新型コロナウイルス感染症はごくありふれた疾患であり、一般の診療所で診察し、投薬して治療する。そのありふれた疾患に対して、冷や汗を掻《か》き、恐怖に手を震わせながら診療している本書の登場人物たちの姿は、ほとんど滑稽と言ってもよい。インフルエンザウイルスと同等とは言わないが、当たり前のように感染し、大部分の患者が回復する疾患に対して、「命がけの闘い」などと称している医療者がいれば、その心意気は別としても、精神面の異常を疑いたくなるのが人情というものであろう。わずか四年前の世界が、当事者である私にとってさえ、もはや共感の難しい歴史的事実に変じているのである。

しかし、だからこそ私は本書を記しておいて本当に良かったと実感している。

あのコロナ第一波において、一握りの医療者が直面した、恐怖、焦燥、孤独、死の覚悟――、それらを今から振り返って描くことはもはや不可能に近い。奇妙な言い方になるが、本書は、著者自身にとっても、貴重な記録になっているのである。

蛇足を承知で記しておくが、私がコロナ第一波の診療現場にくわわったことは、崇高な使命感や壮烈な覚悟の存在を意味しない。あくまで所属大学の医局人事として赴任を命じられた先が、偶然、感染症指定医療機関であったというだけである。私に限らず、おそらく第一波で最前線に立った医師の相当数が、医局人事の不運な巡り合わせの結果としてそうなったにすぎない。よって、彼らを、格別の勇者として美化する態度は浮薄の誹《そし》りを免れないが、一方で、かかる不運に対して、ほとんどの医師が自己の安全より、医療体制の維持を優先したことは明記してしかるべきであろう。

医師も人間である。

家族もいる。

しかし彼らは踏みとどまったのである。


冒頭にも述べたとおり、私はこの第一波の現場に立つ中で、人間性への信頼を失いかねない景色をいくつも目にした。

平穏な社会においては良識を示していたはずの人々が、感染症の恐怖を前ににわかに豹変《ひようへん》した。

連帯と団結は退けられ、勇気と決断は診療拒否に動員せられ、保身のための巧妙な理屈が横行し、ときにそれが暴言となって、現場に踏みとどまった人々を追い詰めた。わずか数名の行き場のない患者が、不安と孤独と死の恐怖の中で喘《あえ》いでいるという事実に、多くの人々は気づかなかった。気づかぬふりをしただけなのかもしれないが、それは今もって私にもわからない。だが、信州の片田舎《かたいなか》の小さな発熱外来に、社会から切り捨てられるようにして、多くの発熱患者が運ばれてきたのは事実である。

その特異な環境で見た人間の負の側面を、しかし私は本書の主題に据えていない。

人間の持つ根源的な悪というものは、もちろん文学における大きなテーマの一つである。だが、私自身はそれ以上に、人間の善というものに強い関心を持っている。価値観が多様化し、人間の数だけ正義が乱立し、衝突の絶えない世界において、善を描くことは悪を描くことより、はるかに困難になりつつあるのではないか。そんな思いが私の中で年々大きくなっているのである。社会心理学者であり、哲学者でもあるエーリヒ・フロムも、述べている。『悪は多様な姿で現れるが、善はひとつの形しか取り得ない』と。そのひとつしかない善の在り方を模索する作業が、私にとっての執筆という行為なのかもしれない。

これから世の中はますます混沌《こんとん》としてくる。詐欺や暴力が横行し、力のない者は当たり前のように薙《な》ぎ倒されていく可能性がある。その中で私は、次の社会を背負う若い人々に、保身や欺瞞《ぎまん》ではなく、信頼と共感を持ち続けてもらいたいと思う。そんな言葉は、もはや旧世代の忘れられた価値観だと笑われるかもしれない。しかしそれでも失ってはならない。なぜかと問われれば答えることができる。自分の死すら意識するコロナ第一波の異様な環境で、私を支え続けてくれたのは、怒りや苛立ちではなく、虚栄心や復讐《ふくしゅう》心でもなく、この物語にも記した、孤立した患者たちに手を差し伸べる人々の姿であったからだ。

本書で描いた景色が、過酷な時代を生きる次の世代の、ささやかな指針とならんことを心から願っている。

いつものごとく謝辞を述べる稿となった。

第一に、私の上司であり、コロナ診療を牽引《けんいん》し続けた循環器内科のS先生に、感謝を申し上げる。S先生ご自身まったく専門外でありながら、この未知の感染症を相手に、黙々と、そして淡々と働かれるその姿に、私は多くを学んだ。世界が理不尽であっても、自分が理不尽に振る舞っていいわけではない。先生の背中はそう語っているようで、私は今も苦難のときには先生の穏やかな笑顔を思い浮かべている。

第二に、我が愛すべき後輩のI医師に謝辞を述べる。I医師は最初期から新型コロナウイルスの危険性を的確に認識し、空疎な意見にはたとえ相手が上司であっても敢然と反論を述べ、診療のみならず、医療スタッフの安全のために最大限の努力を払ってくれた。PCR検査のための防護シールドを設計し、コロナ患者の緊急内視鏡手順をマニュアル化したのも彼である。その姿は、ともすれば怠惰に帰する私の精神に、新風を投げかけ、励みと活力を与えてくれた。同じ消化器内科医としてだけでなく、人として彼のことを誇りに思うとともに、その働きに改めて謝辞を献ずる。

最後に、小学館編集者の幾野さんにお礼を申し上げる。幾野さんは、『神様のカルテ』以来、私の著作のほとんどに寄り添い、常に最上の結果を導いてくれた。本書においても同様で、コロナ診療を描くのは時期尚早ではないかと案じる私の背中を押し、執筆の時期を逸することなく本書を世に送り出してくれた。その手腕と変わらぬ交情に、感謝の言葉もない。

本来なら、最後に妻への謝辞を記すものであろうが、家族への感謝の言葉をわざわざ世間に向かって披露する慣習に、私は馴染《なじ》みがない。よってこれに代えて、以下の事実を記して擱筆《かくひつ》とする。

私が初めてコロナ患者を診察した日、帰宅した私の話を、妻は血の気の引いた顔で聞いていた。緊張と恐怖を抑えきれない様子であったが、多くを問わず抗議の声もあげなかった。のみならず、以後もコロナ診療について、ただの一度も弱音を口にしていない。愚痴ばかりこぼす私には、過ぎたる伴侶である。

二〇二四年五月、信州にて

本書のプロフィール

本書は二〇二二年九月に小学館より刊行した『レッドゾーン』を改題、加筆修正し文庫化したものです。

小学館文庫

命《いのち》の砦《とりで》

著者　夏川草介《なつかわそうすけ》

二〇二四年十一月十一日　初版第一刷発行

発行人　庄野　樹
発行所　株式会社　小学館
〒一〇一-八〇〇一
東京都千代田区一ツ橋二-三-一
電話　編集〇三-三二三〇-五九五九
販売〇三-五二八一-三五五五
印刷所―――大日本印刷株式会社

この文庫の詳しい内容はインターネットで24時間ご覧になれます。
小学館公式ホームページ　https://www.shogakukan.co.jp

ISBN978-4-09-407403-1